KB000631

야운하시곡

야운하시곡

夜雲下豺哭

산중 달 아래 긴 늑대의 울음소리,
낮을 찾아 우는가 벗을 찾아 우는가.

지난날에 반짝였던 눈물과 비애와
그리움 찾아 우는 것인가.

하지은
호인
이재만
김이삭
한켠
서변연
지언

황금가지

차례

야운하시곡 夜雲下豺哭

하지은

1984년생. 서울시립대 전자전기컴퓨터공학부를 졸업했다. 2008년 장편소설 『얼음나무 숲』으로 데뷔하며 독자들에게 작가의 이름을 명징하게 각인시켰다. 그밖에도 장편소설 『모래선혈』, 『보이드 씨의 기묘한 저택』, 『녹슨달』, 『오만한 자들의 황야』, 『눈사자와 여름』을 출간하였으며, 2010 경계문학 베스트컬렉션 『꿈을 걷다』에 「나를 위한 노래」, 글틴에 「밤 구름 아래 늑대 새끼 우짖는다」, 네이버 오늘의 문학에 「볼레니르에게 집착하지 마라」 등의 단편을 발표했다. 차기작 『언제나 밤인 세계』를 집필 중이다.

아들을 묻은 지 열하루가 지났다.

혼자 머물기에 이 산장은 너무도 춥고 삭막하다. 모아두었던 겨울 식량과 장작을 정리하고 떠날 채비를 하는데, 숲 쪽에서 누군가의 울음소리가 들려왔다.

다음 걸음을 내디뎠을 때 나는 이미 아들의 무덤 앞에 서 있었다. 소리가 난 곳을 찾아 주위를 둘러보다 실없이 웃어 버렸다. 이미 가 버린 녀석이 나를 찾으며 울었을 거라 생각하다니, 슬픔도 자비도 느낄 줄 모른다는 사혈공(死血公)의 체면이 말이 아니다.

산장으로 돌아가는 길에 다시금 같은 울음소리가 들려왔다. 이번에는 혼동하지 않았다. 숲으로 걸어 들어가니 탁 트인 곳에 앉아 울고 있는 늑대 새끼가 보였다. 어미도 다른 형제들도 어딜 가 버렸는지 홀로 남겨져 있었다.

"네 있을 곳은 거기가 아니다. 금세 맹수들에게 잡아먹힐 게다."

늑대 새끼는 조용히 울기만 했다. 맹수로 태어나 스스로가 맹수인 줄도 모르는 어리석은 금수로다. 사람과 마찬가지로 숲은 녀석에게 강호나 다름없다. 홀로 살아남아야 하는 것이다.

놔두고서 산장으로 돌아와 불을 지폈다. 마지막으로 저녁 식사를 하고 떠날 참이었다.

어디로? 아무 곳으로.

어쩌면 십수 년 전 묻어 뒀던 은원을 청산하러 가는 것도 좋을지 모른다.

하늘 가득 불편한 구름이 모여 있던 가을날, 운과 나는 화묵도에서 만났었다. 흰 목덜미가 아름다웠던 어느 여인을 버리고 떠난 나를 운은 용서하지 않았다.

스물두 합. 우리가 주고받은 검은 간결했지만 서로의 급소를 노리고 있었다. 감정이 흐트러졌던 운은 나선으로 휘어지는 내 검을 견디지 못하고 가슴에 깊은 상처를 입었다.

"목숨을 거두어라."

차분히 그러나 증오하는 눈으로 운이 말했다. 나는 고갯짓으로 거절했다.

"이 일을 대단히 후회하게 될 것이다. 언젠가 죽은 피가 흐르는 네게도 눈물 흘릴 날이 온다면 반드시 나를 기억

해라."

운은 물론 아들의 죽음과는 아무 관련이 없다. 그러나 이토록 몸서리치는 비애에 젖은 순간 나는 그를 기억한다. 그러니 그를 찾아가는 것이 도리일 터.

고기가 익어 입으로 가져가려는데 저편에서 늑대 새끼가 걸어 나왔다. 냄새를 맡고 나온 모양이었다. 이제 보니 비척거리는 모습이 제법 안되었다. 녀석은 나처럼 혼자였고 지쳐 있었다. 아직 익지 않은 사슴 고기를 떼어 던져주니 허겁지겁 잘도 먹는다.

제 어미는 죽은 걸까, 연약한 새끼를 버리고 떠난 걸까. 어느 쪽이든 참 모질기도 하다. 어찌 이 어린 것을 혼자 두고 가 버렸을까.

참 모질기도 하다, 휴야. 나를 두고 어찌 그렇게 혼자서 가 버렸느냐. 아무리 다정한 아비가 아니었던들 이토록 매정할 수 있느냐. 네가 야속하구나. 그리고 그립구나.

* * *

휴는 원했던 아이가 아니었고 원하던 여인에게서 태어나지도 않았다. 사냥꾼에게 숲이 풍요롭듯 강호가 내게 그러했다. 재물을 원하면 갈취했고 여인을 원하면 돈으로 샀다.

휴는 그런 이름도 기억하지 못하는 숱한 여인 중 하나에게서 태어났다. 그녀는 떠넘기듯 젖먹이를 내게 안겼다.

아이를 처음 품에 안던 순간이 기억난다. 너무 작고 연약해서 그대로 모가지를 비틀어 버릴까 생각도 했었다. 내게는 단지 짐이고 방해물이었으며 운이 없을 경우 훗날 내약점이 될 수도 있었다. 어느 쪽이든 사혈공에게는 용납되지 않을 일이다.

그러나 순간의 변덕 혹은 호기심에 아기의 목숨을 내버려두었다. 언젠가 필요해질지 모르는 후계자에 대해서도 고려하지 않을 수 없었다. 내 피를 이어받았다면 틀림없이 하늘 아래 적수 없는 부인이 될 터. 내 아들을 그렇게 키우고픈 욕망이 생겨났다.

내 아들. 스스로가 떠올린 그 단어에 놀랐다.

나는 아들을 가졌고 아버지가 된 것이다. 원치 않았던 일이지만 그것을 인정한 순간부터 내게는 책무가 생겨났다. 아버지로서 아들을 기른다. 대개 그 책무는 피곤함과 짜증스러움을 안겨 줄 뿐이었지만 아주 가끔, 방긋방긋 웃는 아이에게서 소소한 기쁨과 훗날에 대한 기대감을 느꼈다.

이 아이가 나처럼 될 수 있을까?

눈매는 확실히 나를 닮았지만 체질은 그렇지 않아 확신할 수 없었다. 아이는 잘 먹지 않고 자주 아팠다. 아이란 게 다 그런 건지 아니면 제 어미가 없어서 그런 건지 알 수 없었다.

나는 아이를 업고 강호를 돌아다니며 아이에게 부족한 부분을 채워 주고자 했다. 의원들을 협박하여 병을 치유해 보고 여인들을 달래어 어머니의 역할을 해 보게 했다. 어느 쪽도 만족스럽지 않았고 휴는 여전히 연약한 채로 일곱 살이 되었다.

"아버지. 그럼 아버지가 세상에서 제일 강한가요?"

"물론. 일 대 일로는 적수가 없지."

"일 대 다수로는요?"

"사명종(四命終)을 한꺼번에 대적하는 경우라면 생각 좀 해 봐야 할 게다. 하지만 그들 넷은 서로 사이가 대단히 좋지 않아 그럴 일은 없을 게다."

내 예상은 보기 좋게 틀렸다. 아들을 살리기 위해 마구잡이로 강호를 드나들었던 나는 사명종 중 둘째인 백주문의 아우를 건드렸다. 명의로 이름 높았던 그가 말을 듣지 않자 눈을 멀게 했다.

백주문이 어떤 귀신같은 솜씨로 사명종을 모았는지는 아직까지도 의문이다. 어쨌든 그들은 산장에서 아들과 함께 머물고 있던 나를 쳤다.

그게 일 년 전 여름, 숨소리마저 뜨겁던 날이었다.

"소문이 사실이었는가. 사혈공에게 아들이 있다던 소문이."

백발의 수좌 장사영이 가벼이 혀를 찼다. 그들은 이미

산장을 포위하고 있었다. 아들은 내 다리를 꽉 붙든 채 떨어지지 않았다. 매달려 있는 아들의 무게가 곧 우리 두 사람 목숨의 무게였다. 그것이 이토록 무거웠던가.

"휴라고 합니다. 휴야, 인사 드리거라."

휴는 다리 너머로 고개만 내밀어 꾸벅 인사했다. 장사영은 희미하게 웃으며 고개를 끄덕였다.

"영민해 보이는 아이로고. 그처럼 소중히 여기는 자식도 있는 사람이 어찌 그리 함부로 사람을 해치는가."

"제 행동에 변명하지는 않겠습니다. 그것을 들으러 오신 것도 아닐 테고."

"그래. 이제(二弟)가 있으니 용서는 불가하겠지. 아쉽구나, 아쉬워. 사혈이 맥박치는 날이 멀지 않아 보이거늘."

네 사람이 혈투를 준비하는 것을 보고 나는 아들을 달래었다.

"들어가 있거라, 휴야."

"저 사람들과 싸우는 건가요?"

"그래야 한단다."

"아버지, 죽어요?"

겁에 질린 아들의 작은 머리를 쓰다듬어 주었다.

"네가 아비를 기다린다면 그런 일은 없을 게다."

"기다릴게요. 아버지, 집에서 기다릴 거예요."

"그래, 그래."

아들이 집 안으로 사라지자 백주문이 이죽거렸다.

"쓸데없는 짓이다. 네가 죽으면 아들도 무사하지 못할 것이다."

"아무것도 모르는 일곱 살짜리 아이일 뿐일세. 내가 죽으면 아이는 거두어 주게."

"죽이지는 않겠다. 다만 눈이 먼 채로 평생을 살아가게 해 주지. 내 아우처럼."

속으로 혀를 찼다. 어리석게도 그는 스스로 내가 죽을 수 없는 이유를 만들어 주었다. 기력을 끌어 모아 순식간에 땅을 박차고 날아오른다. 태양이 나를 마주보고 네 사람의 그림자가 나를 따른다.

하늘 아래 사혈공의 적수는 없음이로다!

* * *

오랜 시간 미동 없던 산이 격노하며 깨어난다. 미물이나 다름없는 다섯 인간이 그의 살을 깊이 파헤치고 뒤엎는다. 수천수만 년 사람의 시간보다 오래 잠들어 있던 바위들이 불쾌한 비명과 함께 낙석으로 전락한다. 숲의 은밀한 곳까지 짐승의 흔적 대신 사람의 피와 땀이 뿌려졌다.

열흘하고도 이레가 더 이어진, 하늘이 무너지는 싸움이었다.

나는 처음 이틀 동안 둘째와 셋째를 죽였다. 그러나 은신에 능한 넷째와 정면으로 상대하기 버거운 장사영은 십칠 일째 되는 날까지 손을 쓰지 못했다.

숲의 열기는 무더웠고 나는 몹시도 지쳐 있었다. 남은 두 사람도 마찬가지였다. 이곳 산중에서 칠 년을 보낸 내게 유리한 것은 지형뿐이었다.

마지막 날 나는 간신히 장사영을 좁은 협곡 속으로 몰아넣고 위쪽 절벽을 무너뜨렸다. 두 다리가 으스러진 장사영의 허리 아래쪽은 바위에 파묻혀 있었다. 내 실력이 우위였기 때문이라기보다 나이 차이 때문에 벌어진 결과였다. 일흔이 넘은 장사영은 긴 싸움에 나보다 먼저 지친 상태였다. 그의 목숨을 끊기 직전 내려다보면서도 마음이 편치 않았다.

"손에 망설임 둘 것 없네. 이 나이가 되도록 살아 있었다는 것이야말로 나의 강대함을 증명하는 일일 터. 부끄럽지 않고 후회하지도 않네."

"그리 말씀하시니 거두겠습니다. 좋은 곳에서 다시 만나 벗이 되기를."

나는 진심 어린 경의를 담아 그의 목을 내리치려 했다. 그러나 아들이 새된 목소리로 나를 불렀다.

"아버지!"

목소리가 겁에 질려 있었기에 잠시 뒤를 돌아보았다. 아뽑싸. 넷째 윤무형이 아들을 잡고 있었다.

"일형을 놔 줘."

아들의 목을 칼로 겨눈 그의 손은 떨렸고 얼굴은 치욕으로 물들어 있었다. 사 대 일 승부에 정면혈투였다. 그런 와중에 아이를 인질로 삼았으니 나쁜 아니라 그 자신도 받아들일 수 없는 모욕일 터였다.

"아우, 놔주어라."

장사영이 잠긴 목소리로 말했다. 그러나 윤무형은 고개를 저었다.

"이대로 다 죽을 셈이오? 우리 사명종이 이렇게, 단 한 사람에게……."

허무와 치욕, 후회와 분노가 뒤섞인 머리가 그의 목에서 떨어졌다. 피를 뒤집어쓴 아들은 잠시 후에야 비명을 질렀다. 손을 써서 아들을 잠재우고 홀로 남은 장사영에게 다가갔다. 세 아우의 죽음을 지켜봐야 했던 그는 비통하게 고개를 떨구었다.

"자네의 강인함에 실로 탄복하지 않을 수 없네. 그러나 손이 너무 잔인해. 그중 어느 것도 자네 아들에게 이어지는 않을 테니 세상을 위해 그것을 다행이라 해야겠지. 죽어 후회할 말을 하는 이 늙은이를 용서하게나. 그러나 자네 아들은 앞으로 채 일 년을 더 살지 못할 걸세."

아들을 붙잡은 윤무형을 봤을 때도 생기지 않던 분노

가 그제야 치밀었다. 적이지만 존경했고 죽여야 하지만 존중했던 상대에게 잔혹한 마음이 일었다. 나는 손으로 직접 그의 머리를 내리쳐 목숨을 끊었다. 고고했던 백발이 피에 젖어 지저분하게 흩어졌다.

"어찌 휴가 죽는단 말이냐. 누가 감히 내 아들을 데려갈 수 있다는 말이더냐. 강호의 누구도 그럴 수 없다. 사람이 아니라면 귀신, 그도 아니라면 하늘일지언정 내게서 휴를 떼어낼 수는 없다."

괴롭고도 기쁜 마음으로, 나는 휴가 내 유일한 약점이 되었음을 깨달았다.

* * *

늑대 새끼가 와서 끙끙대며 내 손을 핥는다. 먹이를 던져준 사람이라고 그새 마음을 놓은 모양이다. 어리석고 연약하다. 손을 다 쓸 것도 없이 손가락만 튕겨줘도 금세 끊어질 목숨이다.

휴를 처음 안았을 때와 비슷한 마음이었다. 나는 그때처럼 녀석을 받아들일 수 있고 죽일 수도 있었다. 이제 하나뿐이던 약점은 사라졌고 다시 그런 것을 만들 생각은 없다. 얻을 때의 기쁨 배 이상으로 잃을 때의 상실감이 크기에. 실제 휴가 떠났을 때 내 일부는 아들과 함께 죽었다.

무엇으로도 다시 살릴 수 없다.

"너를 휴라고 부르마. 내가 부르고 싶은 이름은 그것뿐이니."

늑대 새끼는 나를 바라보며 고개를 갸웃거렸다.

* * *

휴는 영리했다. 허약한 탓에 집 밖으로 잘 나오지 않던 아들은 글자를 깨치자마자 많은 책을 읽었다. 좁은 산장의 절반이 책으로 뒤덮여 있는 것도 그 탓이다. 나는 좀생이처럼 구는 아들이 마음에 들지 않았다. 사혈공의 아들이 선비가 된다면 그처럼 우스운 일도 없을 테니까. 하지만 아들은 틈만 나면 새 책을 사 달라고 졸랐다.

"서둔평의 글은 정말 재미있단 말이에요."

"책은 그만두고 아버지와 기공 수련이나 하자꾸나."

"그런 것은 싫어요. 싸우는 것도 싫고 칼을 휘두르는 것도 싫어요. 책이 보고 싶단 말이에요."

"그 입 다물어라. 사혈공의 아들은 그런 소리를 하지 않는다."

"전 죽은 피가 흐른다는 그 사람이 누군지 모르겠어요. 아버지는 따뜻하기만 하신걸요."

강호에서 누군가 그런 말을 했다면 나는 하늘을 향해

비웃음을 날리고 그를 찾아가 최대한 잔인하고 고통스러운 죽음을 안겨 주었을 것이다. 한데 아들의 그 말은 이상하게 싫지 않았다.

"알았다. 다음번 장에 나가는 날에 사다주마."

"고마워요, 아버지. 고마워요."

네게서 그 말을 다시 들을 수만 있다면 내가 뭔들 하지 못하겠니.

* * *

늑대 새끼인 휴도 영리했다. 녀석은 먹이를 얻고 가끔 친근감을 표시할 때가 아니면 나를 귀찮게 하지 않았다. 대개의 경우 가까이 오지 않고 서너 걸음 떨어진 곳에 앉아 나를 관찰하듯 물끄러미 바라보기만 했다. 마치 나와의 관계에 대해 고려해 보는 듯한 눈치다.

이 사람은 나에게 먹이를 준다. 그러면 내가 그를 개처럼 따라야 할까?

늑대 새끼는 맹수로서의 본능과 살기 위한 본능 속에서 갈등하고 있었다. 후자를 위해서라면 나를 주인으로 섬기는 것이 옳은 판단일 게다. 나는 녀석이 홀로 결정하도록 먹이를 주는 것 외에 특별히 손을 내밀지 않았다. 그래서 녀석의 고민도 길어지는 듯했다.

이미 지체된 시간이 사흘이었다. 기운을 차릴 때까지만 먹이를 주자고 결정한 것이 잘못이었다. 숲은 짐승들의 강호고 녀석은 새끼일지언정 맹수다. 그를 개처럼 기르는 게 옳은 일일까?

분명한 것은 내가 떠나고 나면 홀로 오래 버티지 못하리란 점이다. 가끔 손가락을 잘근잘근 무는 녀석의 이는 아직 충분히 날카롭지 못하다. 녀석이 결정하도록 기다리는 것만이 내가 베풀 수 있는 최대한의 호의일 터. 그러나 부디 나를 떠나 맹수로서 죽기를 바란다.

먹이를 던져준 지 아흐레. 늑대 새끼의 고민은 끝났다. 산장 앞마당에서 선잠이 들었던 내가 눈을 떴을 때 휴는 내 품에 누워 자고 있었다. 갸르릉 갸르릉. 짐승도 꿈을 꾸는지 입을 달싹거리고 앞발을 휘젓는다. 나는 웃어 버리고 말았다.

"그래, 그래. 살아야겠지. 우선은 살고 보자꾸나."

휴가 충분히 자랄 때까지 산장에서 떠나는 것을 기약 없이 미루기로 했다. 아들의 무덤을 떠나지 않을 변명거리가 생겨 잘되었다고 내심 생각했다.

***

늑대 새끼는 사람의 아이와 달리 빠르게 자라났다. 장난

치며 물고 할퀴고 했던 녀석이 이제는 제법 맹수의 본능을 드러낸다. 녀석과 놀아주다 보면 팔이 성할 날이 없었다. 한번은 호되게 물려서 피를 흘리기도 했다.

"사혈공에게서 이렇게 많은 피를 본 놈은 네가 처음일 게다."

휴는 다소 풀이 죽은 채 멀찌감치 떨어져 앉아 있었다. 보송보송하던 털이 짧고 날카로워지고 눈에도 허기가 져 있다. 녀석을 보낼 날이 멀지 않았음을 느낀다. 짐작하고 있었기에 크게 아쉽지는 않다. 다만 너무 빨리 그날이 왔다는 생각만 들 뿐이다.

"다음에 주는 먹이가 마지막일 게다. 앞으로는 스스로 잡도록 해라."

이미 휴는 작은 토끼나 다람쥐 등을 쫓아 숲을 헤매는 일이 잦았다. 반쯤 찢긴 쥐의 시체를 물어와 내 앞에 자랑스럽게 내려놓기도 했다. 그다지 내키지 않았지만 휴가 처음으로 준 선물이었기에 함께 나누어 먹었다. 생각보다 맛은 나쁘지 않았다.

우우우.

휴의 고개가 홱 돌아간다. 며칠 전부터 숲의 먼 곳에서 들려오는 울음소리다. 꼬리로 땅을 탁탁 치며 안절부절못하는 모습이 가고픈 모양이었다.

"가거라."

휴는 다시 나를 본다. 그리고 꼼짝도 하지 않는다. 멀리서 다시 한 번 울음소리가 들렸지만 이번엔 돌아보지도 않았다.

"의리를 지키는 게냐?"

휴는 대답하지 않고 나를 가만히 보기만 했다. 기특하긴 하지만 마음에 들지는 않는다. 문득 강호에서 만난 수많은 인간 군상보다도 이 늑대 한 마리가 믿을 만하다는 생각이 들었다. 나는 그런 것을 보내려 하고 있는 것이다.

"네 뜻은 알겠다만 우리는 갈 길이 다르다. 나는 지려는 해이고 너는 떠오르려는 달이지. 밤이 오거들랑 네 동료들과 함께여야 할 것이다. 그것이 늑대 새끼인 것을."

휴는 귀만 쫑긋거렸다. 녀석은 내가 무슨 말을 할 때마다 이해하려는 듯 그런 행동을 보이곤 했다.

우우우.

* * *

그날은 달이 몹시도 들뜬 밤이었다. 풀벌레들이 귀를 어지럽히는 자정, 아들의 무덤가에 서서 하염없이 눈물을 떨군다.

"이것이 마지막 눈물일 게다. 용서하려무나, 휴야."

다시 올 것을 약속하지는 않는다. 칼을 뽑는 매순간이

마지막일 것처럼 살아 왔고 지금도 그러하다. 아들이 죽은 지 이 년 만에 다시 찾는 강호는 많이 달라져 있을 것이다. 내 이름도 풋내기들의 허언 속에 많이 바랬을 터. 실력도 그렇지 않으리라 장담할 수 없었다.

아들이 나를 찾아 너무 많이 울지만 않았으면 좋겠다. 늑대 새끼인 휴가 나를 기다리며 너무 오래 이곳에 머물지 않았으면 좋겠다. 녀석을 떠나보낼 자신이 없어 내 쪽에서 먼저 떠나기로 했다. 의리를 지켰던 녀석은 배신감을 느낄 게다. 그러나 또다시 같은 상실감을 느끼고 싶지 않았다.

아들의 무덤에서 한 줌 풀을 뽑아 땅을 박찬다. 억겁의 나무들이 우러러보는 가운데 밤을 스쳐 달을 밟는다. 오래간만에 하늘을 나는 사혈공의 심장은 뜨겁고 살아 있다. 누구라도 와서 이것을 가져가 보아라!

손에 쥔 풀 한 줌을 하늘에 뿌린다. 내가 남긴 날카로운 흔적들이 지상으로 나풀나풀 떨어진다. 휴를 위한 작별인 사다. 마지막 풀잎이 땅에 닿을 즈음 나는 산장으로부터 삼백 리 떨어져 있는 주해(轇骸)의 땅을 밟고 있었다.

* * *

백골이 모여든다는 그 땅의 주인은 가은(可垠)당의 당주 소운영이다.

십삼 년 산중수련으로 유검(楺劍)의 모든 것을 전수받은 나는 강호에 처음 발을 디딘 대부분의 무사들이 그러하듯 그릇된 세상을 바로잡겠다는 꿈에 부풀어 있었다. 그런 내게 처음 무언가를 의뢰해 온 것이 그녀였다.

　그녀는 수많은 절정고수들을 비열하게 살해한 암살자 자비(紫匕)를 처리해 줄 것을 부탁했다. 이름과 달리 자비로움과는 아무 관련 없는 인물이다. 목숨을 걸어야 하는 위험천만한 일이었지만 나는 받아들였다. 그것이 호승심 때문이었는지 소운영의 아름다운 흰 목덜미 때문이었는지는 지금도 의문이다.

　일곱 개의 거대한 산봉우리 아래 험난한 지형이 어우러진 칠서협곡에서 마침내 나는 숨어 있던 자비를 찾아냈다. 구십 일이 넘는 추격 끝이었다. 더 이상 도망칠 기운이 없는지 그는 지쳐 나를 바라보았다. 수십의 목숨을 앗아간 살인광인데도 묘하게 그의 눈은 살기 없이 고요했다. 속지 않겠다고 다짐하는 내게 그가 말했다.

　"나는 손을 털었네. 더 이상 추적하지 말게."

　"그대가 거둔 목숨들을 어이하고 이제사 발을 빼려 하시는가. 무고한 많은 목숨을 대신하여 나와 겨루세."

　"자네에게 맹세하겠네. 정확히 십칠 년 뒤 자네를 찾아가 아무 대가 없이 목숨을 내놓을 거라고. 그러니 오늘만큼은 고이 보내주시게나."

"그런 유예를 자네 손으로 살해한 이들에게는 왜 주지 않았나?"

"이제 와 죄를 부인하지는 않겠네. 그러나 내게도 사정이 있네."

그의 눈에는 진심 어린 절박함이 담겨 있었다. 그토록 다잡았음에도 마음이 흔들렸다. 그의 행동을 이해할 수 없었다. 나와 대결하여 질 것을 걱정하는가? 나는 솔직하게 내 우세를 점칠 수 없었다. 한데 어째서?

계곡 저편에서 어린아이의 울음소리가 들려왔을 때 자비가 흠칫하는 것을 보고서야 이해했다.

"자네 아이인가?"

"······그렇다네."

"혼인한 적이 없는 것으로 알고 있네만."

"사생아로 태어났지. 나처럼. 그러니 나와 같이 되지 않도록 키울 걸세."

"십칠 년이라. 과연, 그래서였나."

"이제 나를 이해해 주겠는가?"

"어림없는 소리. 자네도 아이 있는 아비를 죽이기 전 양해를 구하지 않았겠지."

자비는 탄식했다.

"내 업이 곧 아이의 업. 청산하기 전에는 떠나지 않겠다는 거로군."

그의 검에서 자색 검광이 터져 나왔다.

* * *

그때 나는 자비를 보내줬어야 했을까? 흰 목덜미의 여인이 기뻐하는 모습을 보겠다는 내 욕심을 뒤로 미루고서?

그러나 회의를 느꼈을 때 이미 자비는 내 검에 쓰러진 뒤였다.

"휘어 바로잡을 검이라……. 과연. 유검의 전승자로군."

한 움큼 피를 토하면서도 자비는 웃었다. 그러나 곧 아들에 대한 걱정으로 얼굴을 일그러뜨렸다.

"내 죄는 나로 종결하고 아이만큼은 부디 거두어주게."

"가은당에 맡기도록 하지. 당주 소운영은 덕이 있는 여인일세. 자네 바람처럼 올바른 아이로 자라나겠지."

"그렇군. 고맙네."

눈을 감기 전 아들을 품에 안겨 주기 위해 계곡에서 아이를 찾아 왔지만 자비는 이미 숨을 거둔 뒤였다. 흰 강보에 안겨 있던 아이가 반짝거리는 눈으로 나를 바라보았다.

회의가 명확한 후회가 된 것은 그때부터였다. 성공적인 첫 의뢰에서 내가 배운 것은 악한일지라도 생명의 무게는 무겁다는 것이었다. 그러나 강호의 거친 바람 속에 그 깨달음도 오래 가지 않았다.

스스로 옳다고 믿는 바를 실천하며 살아왔음에도 나는 어느새 그렇게도 증오하던 악인이 되어 있었다. 젊을 적의 나처럼 정의를 실현하겠다고 날뛰는 젊은이들이 제일 먼저 겨냥하는 게 바로 나였다. 죽은 피가 흐르는 악당이라 해서 붙여진 사혈공이라는 이름. 그것이 경멸스럽기보다 내심 자랑스러웠던 것은 마음 한구석이 진실로 변질되었기 때문인지도 모른다.

　휴를 얻기 전까지 나는 어찌할 바 없는 세상의 악(惡)이었다.

＊ ＊ ＊

　그 후로 십여 년 만의 방문이다. 가은당사에 내려앉은 적막은 준엄했다. 조만간 불쾌한 침입자가 그것을 깰 것을 짐작하지 못하는 듯하다.

　다 죽일 것인가, 그들의 손에 죽을 것인가. 어느 쪽이든 나쁠 것이 없으니 내게는 유리한 선택이다. 그러나 다른 고민은 결정을 내리기 쉽지 않았다.

　운을 먼저 만날 것인가, 소운영을 먼저 만날 것인가?

　운에게는 분명한 볼일이 있었다. 그러나 소운영에게는 분명치 않다.

　젊은 시절 나는 그녀를 농락했었다. 곧 결혼할 것이라

믿고 수년간 기다리게 했으니 변명의 여지가 없다. 호위로서 그녀를 사모했던 운이 나를 죽이겠다 쫓아온 것도 무리는 아니었다. 그런 그녀를 찾아가 봐야 사죄밖에는 할 일이 없을 터.

결정을 내리고서 몸을 움직이려는 순간 격렬한 기의 움직임이 느껴졌다. 당사 뒤쪽의 연무장이었다. 들킨 것인가 싶어 긴장한 채 싸울 준비를 했지만 내게 향하는 살기가 아니었다. 누군가 수련 중인 모양이었다.

호기심이 동한 나는 조용히 몸을 날려 연무장으로 접근했다. 중년의 남성이 갓 소년티를 벗은 청년을 가르치는 중이었다.

"몇 번을 해도 마찬가지구나. 네게는 의지가 없다. 싸워서 상대를 이기겠다는 의지 말이다."

"별로 싸우고픈 마음이 들지 않는 것을 어쩝니까."

"사내 녀석이 어찌 그리도 나약한 소릴 하느냐. 강호는 네가 싸우고 싶지 않아도 싸우게끔 만들 것이다. 너를 죽이려고 마음먹은 상대에게도 그런 태도를 보일 테냐?"

"저를 누가 무슨 이유로 죽이려 한다는 말씀이십니까? 전 누구하고도 싸우고 싶지 않습니다. 은원이 생기지 않도록 강자에게 굽히고 약자에게 너그러이 살아가면 됩니다."

"한심하구나, 정말로 한심해. 당이 어떤 지경인지도 모르고……"

절로 미소가 지어졌다. 중년의 남자는 운이었다. 기개로 보아하니 그동안 꾸준히 수련을 쌓아온 모양이었다. 청년은 그의 제자일 터였다. 운을 좋아하지는 않지만 나도 그의 말에 동의했다. 강호는 그처럼 자기 뜻대로 되지 않는다. 싸워야 할 이유가 생겼을 때는 늦다. 그런 날을 위해 수련해야 하는 것이 젊은이들이거늘.

"네 좋을 대로 하거라. 밤이 깊었으니 이만 처소로 돌아가라."

청년이 사라지자 운이 연무장 한가운데로 걸어와 누군가를 기다리듯 섰다. 뜻을 알아차린 나는 그의 앞으로 뛰어내렸다. 알고 있었던 듯 운은 놀라지 않았다.

"십오 년 만이군."

"벌써 그렇게 되었던가? 용케 기억하고 있군."

"네놈은 잊었는지 모르겠으나 나는 한시도 잊지 않았다. 네놈이 남긴 상처는 아직도 가슴에 선명하다."

"유검은 날카롭지. 누구에게나 흔적을 남긴다."

운의 손이 꿈틀거렸지만 아직 공격할 태세를 갖추지는 않았다.

"네가 여기 무슨 볼 일이 있어 왔느냐."

"너에게 기회를 주기 위해 왔다."

"기회?"

"나를 죽일 기회."

아마포에 싸인 검의 손잡이를 잡고 서서히 뽑아낸다. 내내 그리워하고 있던 감촉이다. 월광에 찬란히 반란하는 검, 휘어 바로잡을 검. 수많은 생명이 유검으로 끊어졌다. 이 년 만에 나는 그때의 감각을 되뇌었다.

"선수를 양보하겠다. 와라."

운의 눈이 일렁였다. 밤마저도 가르는 날카로운 살기가 온몸을 찢을 듯하다.

죽어야만 한다면 죽을 각오로 검을 뻗는 자에게서.

* * *

"진심으로 탄복한다. 그새 많이 강해졌구나."

운은 웃었다.

"오로지 네놈 가슴에 같은 상처를 새기겠다는 일념 하나로 검을 휘둘러 왔다. 수많은 낮과 수많은 밤. 아씨를 사모하는 날보다 네놈을 증오하는 날이 더 많았지. 그러는 동안 나는 너와 같은 놈이 되었는지도 모른다. 죽은 피가 흐르는 사람 같지 않은 놈."

나는 피 웅덩이를 피해 운의 곁에 앉았다. 하늘을 올려다보고 있는 그의 숨은 점차 가빠지고 있었다. 피거품과 함께 그가 말을 이었다.

"그럼에도 부족했구나. 후회한다, 더 악귀가 되지 못한 것을. 그보다 더욱 후회한다, 차라리 아씨 곁에서 따스한 벗이 되어 드릴 것을, 그러지 못한 것을."

"운영은 어찌 지내고 있나."

"그 이름 감히 입에 올리지 마라."

"원한다면 찾아가 사죄하겠다. 그녀를 위해서가 아니라 너를 위해서."

운은 한동안 말하지 않았다. 숨이 끊어진 것인가 확인하기 위해 고개를 돌리자 그제야 입을 열었다.

"먼 강을 건너가셨다. 깊고 어두운, 돌아올 수 없는 고독한."

잠시 할 말이 떠오르지 않았다.

"언제?"

"오 년이 지난 일이다. 내게는 어제 일처럼 선명하지만."

"요절했군. 무슨 일이 있었던 거냐?"

"지모진이라는 사내가 있었다. 사건이 있기 육 개월 전부터 아씨를 찾아와 자신과 혼인할 것을 강요했던 사내다. 그는 아씨를 사랑하지 않았다. 단지 이 땅과 가은당이란 이름이 필요했을 뿐. 아씨가 거절하자 불같이 화를 내고 돌아갔다. 그로부터 일주일 뒤 자객이 찾아왔고, 그리고……."

운의 몸이 경련하듯 떨렸다. 나는 그의 어깨를 짚고 기를 넣어 주었다. 식어 가던 그의 몸이 잠시나마 따뜻해졌다. 그는 고마운 눈빛을 보내고 말을 이었다.

"지모진의 짓이라고 확신했지만 물증이 없었다. 어르신들이 그를 찾아 사람을 풀었지만 모두 돌아오지 않았지. 내가 직접 움직이다 죽을 고비를 넘기고서야 그가 천문(天問)당의 사람임을 알아냈다. 복수를 위해 몇 번이고 조직을 꾸렸지만 번번이 손을 써 보지 못하고 격파당했다. 부끄럽게도 나만 늘 살아남았지. 복수를 위해 자결할 수도 없었고."

"천문당이라. 서녘의 주인들인가."

"현 강호의 지배자들이기도 하다."

"그렇군."

나는 자리에서 일어나 그를 내려다보았다.

"편히 가거라. 네 복수는 내가 이어받겠다."

그의 눈이 놀라움으로 뜨였다.

"어째서 네가?"

"사죄할 수 없다면 그것이라도 대신해야겠지."

운은 말을 잇지 못했다. 대신 그제야 힘겨운 업을 해결한 사람처럼 편안한 얼굴이 되었다. 마지막으로 그의 입술이 꿈틀거렸지만 말이 되어 나오지는 않았다. 아마도 고맙다는 말을 했으리라. 그렇게 추측할 뿐이다.

운의 눈을 감겨주고 일어섰을 때 당혹스러운 표정을 하고 있는 청년과 마주쳤다. 아까 운과 대련했던 청년이었다.

"운 아저씨?"

제자는 아니었던 모양이다. 그의 눈이 싸늘하게 누워 있
는 운과 피 웅덩이를 훑고 내게 향했다. 나는 고개를 끄덕
여 긍정했다.

"내가 그리했다."

"……어째서?"

"오랜 은원의 청산이다."

"이놈!"

그가 허리춤을 더듬거렸지만 칼도 차고 나오지 않은 상
태였다. 나는 쯧 소리를 낸 뒤 말했다.

"지금은 이르다. 훗날 찾아오거라. 혹 아까 말했던 대로
싸우고 싶지 않아 강자에게 굽히는 것이 네 뜻이라면 존
중하겠다."

"헛소리 집어치워라! 내가 운 아저씨의 원한을 갚겠다!"

"그것도 좋겠지. 되도록이면 반드시 그렇게 해라."

몸을 돌려 날아오르려는 순간 청년이 외쳤다.

"내 이름은 자운이다! 잊지 마라! 반드시 너를 찾아갈
것이다!"

"자운이라고?"

새삼스레 그의 얼굴을 살폈다. 그렇지. 자비의 아들을 소
운영에게 맡긴 것도 십오 년 전의 일이었던가.

"네가 자비의 아들이냐?"

"내 아버님의 존함을 네가 어찌 알고 있는 것이냐?"

"재미있군. 네가 복수해야 할 이유는 이로써 두 가지다. 운의 죽음과 네 아비의 죽음."

"뭐…… 뭐라고?"

"강호에 일 대 일로 더 이상 적수가 없을 때 사혈공을 찾아와라. 그 전에 나를 찾아서는 네 아비처럼 개죽음이 될 뿐이다."

짐승처럼 울부짖는 녀석을 뒤로하고 날아올랐다. 세 번 허공을 박찼을 때 이미 뇌리에서 녀석의 이름은 잊히고 없었다. 사혈공에게 해야 할 일이 생겼다. 위험하기에 더욱 몸을 던지고 싶은 책무. 내게도 아직 젊을 적의 치기가 남아 있는 모양이다.

무엇이든 잠시나마 휴를 잊을 수만 있다면.

* * *

"아버지. 나 곧 죽나요?"

사명종과의 혈투가 끝난 지 얼마 되지 않은 날이었다. 아들은 사혈공을 상대로 날카로운 기습을 성공시킨 셈이었다.

"죽다니, 왜 그런 소릴 하는 거냐?"

"오늘 장을 보러 나갔을 때 어떤 할아버지가 그랬어요.

제가 곧 죽을 것이라고요."

"미치광이였던 모양이구나."

"그래요? 살 방도를 찾고 싶으면 지사자(知死者)를 찾아오라고 하던데."

"지사자라고?"

맙소사, 내가 왜 여태껏 그를 떠올리지 못했단 말인가.

미심쩍어하는 아들에게 대충 얼버무린 후 밤을 틈타 그를 찾아 나섰다. 장에 왔었다면 멀지 않은 곳에 있을 터. 예상대로 얼마 지나지 않아 나는 독특한 기의 흐름을 포착했다.

지사자는 죽음에 임박한 사람의 수명을 읽어낼 줄 알았다. 그리고 그가 읽어내는 죽음은 살 방도가 있는 죽음이었다. 나그네처럼 강호의 온갖 곳을 떠돌아다니며 그는 원하는 사람들에게만 그 능력을 행사했다. 대가를 주려 하면 허허 웃고 떠날 뿐이었다.

그런 그를 여기서 만나다니, 천운임이 분명했다. 나는 그가 머무는 초라한 객잔에 내려섰다. 늦은 시간까지 불빛이 흘러나오고 있었다. 창을 부수고 들어가고픈 걸 간신히 자제하고 정중하게 문을 두드렸다.

"또 누가 내 손을 필요로 하는가?"

"장에서 제 아들을 만나셨다고 들었습니다만."

안으로 들어서며 대답하니 그가 다소 뜻밖이라는 표정

을 지었다. 나를 아는 기색이었다. 하지만 이름에 비해 내 얼굴은 그다지 알려진 편이 아니었다. 만일 그가 나를 안다면 그것은 득이 될까 실이 될까.

"사혈공에게 아들이 있었던가."

정체가 드러난 이상 솔직하게 말하지 않을 수 없었다.

"올해로 일곱 살이 되었습니다. 이름은 휴라고 합니다."

"과연. 아이의 특이한 기혈이 이제야 이해가 가는군."

"제 아들의 기혈이 특이하다 하셨습니까?"

"그렇다네. 끓어오르기 직전이야. 차가운 제 아비 대신에 그런 업을 진 모양이지."

내 탓이라는 말에 가슴이 덜컥 내려앉았다.

"그럼 어찌해야 합니까? 방도가 있다고 하셨지 않습니까?"

"방도야 있다네."

"그럼 손을 써 주십시오. 부탁드립니다."

지사자는 대답하지 않고 나를 가만히 보기만 했다. 재차 다그치려 하자 그가 입을 열었다.

"설영이라는 이름에 대해 들어봤는가?"

"아니요, 못 들어봤습니다. 그를 찾아가야 합니까?"

"찾아갈 수 없네. 이미 죽었지."

죽은 사람에 대한 이야기를 괜히 꺼내는 것은 아닐 터였다. 문득 불안이 엄습했다.

"기억하지 못할 줄 알았네. 자네 손으로 해친 그 수많은 이들을 일일이 어찌 기억하겠는가."

"제가 죽였단 말입니까?"

"그렇다네. 내 아우였지."

눈앞이 아득해졌다. 다른 할 말은 떠오르지 않았다.

"제발 제 자식을 살려 주십시오."

"거절하겠네."

일말의 고민도 없이 나온 대답이었다. 속에서 울컥 살의
가 치솟았으나 간신히 내리눌렀다.

"제 죄는 달게 받도록 하겠습니다. 아들만큼은 제발 살
려 주십시오."

"내 대답은 한결같을 걸세."

내 인내심은 고작 거기까지였다. 자리에서 일어선 나는
지사자의 바로 앞까지 걸어가 끌어낼 수 있는 모든 살기를
내질렀다.

"당장 내 아들을 고쳐내라. 그러지 않으면 네 혈족을 찾
아내어 다 죽이겠다."

"죽은 아우가 내 유일한 혈족이었다네."

그의 담담한 목소리에는 어떠한 여지도 없었다. 내가 무
슨 짓을 해도 상황을 바꿀 수 없을 거란 걸 분명히 느낄
수 있었다. 차라리 그가 나를 놀리거나 비웃었다면 고문의
여지라도 있다고 생각했을 것이다.

무릎을 꿇어야 할까? 그래, 사혈공이 태어나 처음으로

그리고 유일하게 무릎 꿇는 순간이 있다면 바로 지금일 것이다.

"무고한 아이의 생명을 가지고 저울질하지 마십시오. 저를 죽이시고 제 아이는 살려 주십시오. 복수를 하실 것이라면 아이가 아니라 저에게 하십시오."

그는 무릎 꿇은 나를 보고 딱하다는 듯이 말했다.

"지금 하고 있지 않은가."

* * *

그를 죽이기 위해 나는 손을 올렸었다. 그러나 태연히 목을 내미는 그를 보고 어째서인지 허탈해져 그만두었다. 결국 손을 거두고 산장으로 돌아온 나는 가장 먼저 자고 있던 아이를 꽉 끌어안았다. 아이가 잠에서 깨어났다.

"아버지, 왜 그러세요?"

"아니다. 아무것도 아니다, 휴야."

휴는 칭얼거림 한 번 없이 다시 잠들었다.

업이란 이토록 무거운 것이다. 이토록 무서운 것이다. 어리석다는 걸 알면서도 처음 강호에 발을 디뎠던 그날로 돌아가기를 간절히 바랐다. 가장 먼저 유곽에서 외다리 여인을 꺼내와 혼인할 것이다. 그러면 휴만은 그대로겠지.

물론 그런 일은 일어나지 않았고 다음 날 똑같은 아침

이 찾아왔다. 휴를 안고 잠들었던 나는 아이의 몸이 뜨거운 것을 느끼고 화들짝 놀랐다.

"휴야, 왜 이러느냐? 휴야!"

그날부터가 시작이었다. 어떻게 그동안 알아차리지 못했는지 의아할 정도로 휴의 기혈은 엉망이었다. 나만 바로 곁에서 그것을 모르고 있었다. 장사영도 그렇게 말해 주었는데.

아들의 몸은 낮에는 뜨겁고 밤에는 차가워졌다. 어느 쪽이든 손을 댈 수 없을 정도였다. 고열로 인해 일찌감치 귀가 멀었고 눈도 멀어 갔다. 겁에 질린 아들은 정신이 들 때마다 소리 질러 나를 찾았고 그럴 때면 달려가 손을 잡아 주는 것 외에 할 수 있는 일이 없었다.

처음에 기절과 구토만 반복하던 아들은 열흘이 지나자 본격적으로 고통을 호소했다. 일곱 살짜리 아이가 말하는 '온몸이 찢어진다'거나 '뼈가 바스러진다'는 표현은 내 가슴을 찢고 바스러지게 만들기 충분했다.

날마다 산을 헤매며 고통을 줄여 줄 약초를 찾아다녔지만 곧 한계에 다다랐다. 무엇을 먹여도 아프다고 비명만 질렀고 어쩌다 깨어났을 때 내가 없으면 피를 토하도록 내 이름만 불렀다.

억겁 같은 한 달이 지나, 아들도 나도 지쳐 있을 때였다.

"이제 그만하세요, 아버지."

오래간만에 비명 대신 듣게 된 아들의 말이었다.

나는 대꾸할 기운이 없어 숨을 고르며 아들의 얼굴만 바라보았다.

"이만하면 됐어요. 저도 아버지도 더는 못 견딜 거예요. 이제 그만 보내 주세요. 아버지는 그런 일을 쉽게 하실 수 있잖아요……."

일곱 살짜리가 하는 말이다. 잠깐의 고통을 못 이겨 하고 있는 소리일 뿐이다. 틀림없이 아들은 죽음이란 게 얼마나 엄청난 일인지도 모르고 있을 것이다.

"이번이 마지막일 거예요. 폭풍 전에는 고요함이 먼저 찾아온다고 하셨죠? 저는 이제 그걸 알겠어요. 제가 이렇게 이야기할 수 있는 것도 그 덕분이에요. 이후로는 고통, 오직 고통뿐이에요. 그것을 느끼기 전에 갈 수 있도록 해 주세요. 저는 무서워요. 너무나도 무서워요. 제발요, 아버지."

열이 높아 하는 헛소리일 뿐이다. 아들이 내게 그런 말을 할 리 없지 않은가. 나는 아들을 달래어보고 윽박지르기도 하고 애원하기까지 했다. 그러나 아들은 아파서 비명을 지를 때가 아니면 입을 열 때마다 한결같이 말했다.

죽여 주세요.

얼마나 많은 눈물을 쏟고 얼마나 많은 탄식을 뱉어냈던가. 아들 대신 죽을 수 있고 아들 대신 아플 수 있다면 무슨 짓이라도 했을 것이다. 그러나 내 손은 고통을 줄 수 있을지언정 고통을 가져올 수는 없었다. 모든 것이 부질없었다……

열두 시간 동안 이어진 비명 끝에 아들은 목소리마저 잃었다. 나는 뜨거운 눈물을 흘리며 아이의 손을 붙잡았다.

"그곳에 가서도 나를 잊으면 안 된다. 절대로 아버지의 얼굴을 잊으면 안 된다."

아들이 입모양으로 대답했다.

안 잊을게요.

"다시 만나자. 꼭 다시 만나자. 그곳에서도 서로를 기억하여 반드시 다시 만나자."

꼭 다시 만날 거예요.

아들은 미소 지었다. 내 손으로 보내고 난 후에도 아들은 여전히 그렇게 웃었다.

* * *

"이럴 수가. 내가 늦었을 리 없을 텐데."

하루를 꼬박 무덤 앞에 주저앉아만 있었기에 고개를 돌리기까지 상당한 시간이 필요했다. 시야도 흐릿했다. 하지만 목소리는 기억하고 있었다.

"지사자?"

"내가 너무 늦은 모양이군."

아니, 그는 늦지 않았다. 내가 하루를 더 견뎠더라면, 아들을 타일러 하루만 버티게 했더라면 늦지 않았을 것이다.

"내가 보내 버렸소."

"자네가…… 아아."

"나 편하자고 그리했소. 아들의 비명을 더는 들을 수 없어서 그리했소."

"미안하네. 이제야 자네를 용서하게 된 나를 용서해 주게."

"그런 것은 부질없소. 이제 모든 일이 아무 의미가 없어졌소."

나는 자리에서 일어섰다. 아들의 무덤은 작고 구슬펐다.

"이제사 진실로 내 피는 죽었소."

* * *

그 후로 삼 년 하고도 육 개월. 나는 천문당의 중심에 와 있다. 과연 하늘에 대고 직접 물을 자들이었다. 그들은 하나하나가 일당백의 고수였다. 정면혈투로는 승산이 없었기에 암습을 택했다. 그럼에도 긴 시간을 소요하고 나서야 지모진과 독대할 수 있었다.

그와 오래 이야기를 나누지는 않았다. 그는 대화하기에 즐거운 상대가 아니었다. 단 두 번, 손을 써서 소운영과 운의 은원을 갚았다. 죽고 나서 알았지만 그는 비밀리에 키운 당주의 후계자였다. 때문에 천문당은 전력을 쏟아 나를 추적했다. 그들을 따돌리고 하나하나 처리하는 동안 또다시 삼 년이란 시간이 속절없이 흘렀다.

강호를 지배한다던 자들이 이제는 작은 문파의 눈치를 봐야 할 지경에까지 이르렀다. 물론 나도 온전하지는 못했다. 온몸이 크고 작은 흉터들로 가득했고 가장 큰 부상은 오른쪽 다리를 절게 된 것이었다. 예전처럼 일각에 천 리를 가는 일은 이제 엄두를 내지 못한다. 비단 부상 때문만은 아니었다. 나도 늙은 것이다.

한창 세력을 떨칠 무렵 자행했던 악행이 한둘이 아니었는지 천문당의 세력이 약해지자 금세 여러 문파가 힘을 합하여 그들을 무너뜨렸다. 어찌 보면 내 수고를 던 셈이다. 그러나 천문당주와 그를 호위하는 몇몇이 도망쳤기에 여전히 할 일이 남아 있었다. 나는 이 년 넘게 그들을 추적하여 대륙의 끝자락에서 살해했다.

아들이 죽은 지 구 년, 그로써 복수가 완료되었다. 가장 강대했던 문파를 홀로 멸문시켰으니 자랑스러워해도 좋을 일이었다. 그러나 나는 소소한 성취감을 느꼈을 뿐 그것 외엔 아무것도 남지 않았다.

머리는 희끗해지고 다리는 점차 무거워진다. 더 이상 목적도 죽여야 할 사람도 없었다.

이제 휴를 보러 갈 시간이다.

*　*　*

　무성하게 자란 잡초더미가 산장을 뒤덮고 있었다. 나는
잠시 산장을 둘러본 뒤 아들의 무덤을 찾았다. 한데 그 작
은 둔덕이 보이지 않았다. 그새 지형이 바뀌었거나 내 기억
이 흐려진 것인지도 모른다.

　아들의 무덤을 찾아 풀을 자르고 또 잘랐다. 생각 같아
서는 힘을 써서 죄 태워 버리고 싶었지만 그랬다간 아들의
무덤도 무사하지 못할 터였다. 나는 농부처럼 낫을 든 채
조금씩 풀을 베어내야 했다.

　그날 하루를 다 쓰고 다음 날, 또 다음 날이 지나자 점
차 초조해졌다. 아버지가 아들의 무덤을 찾을 수 없다니
참을 수 없이 배덕한 일로 느껴졌다. 홀린 듯 풀을 베고 또
베었다. 손에 잔뜩 생채기가 생겼다. 그러는 동안 내가 찾
은 것은 오래되지 않은 늑대 배설물뿐이었다. 늑대 새끼
휴의 것일까? 실없이 그런 생각을 하기도 했다.

　나흘째에 이르러 거의 주저앉을 지경이 되었다. 근방의
풀이란 풀은 거의 다 베었는데 무덤 비슷한 것도 없다. 어
쩌면 내가 자리를 비운 사이 홍수나 산사태가 나서 무덤
이 떠내려 가 버렸는지도 모른다. 그렇게 생각하는 것만으
로도 견딜 수가 없었다.

　그때 숲 반대편에서 바스락거리는 소리가 들려왔다. 기

는 느껴지지 않았지만 혹시 모르기에 기척을 죽이고 그리로 다가갔다. 사람이라면 암살자일 가능성이 크다. 그러나 눈앞에 드러난 것은 사람 아닌 짐승이었다.

"휴냐?"

나도 모르게 그렇게 불렀다. 늑대처럼 보였기 때문이다. 그러나 휴라고 하기에 그 늑대는 너무 늙어 있었다. 빛이 바랜 회색 털에 이가 빠지고 나처럼 한쪽 다리마저 저는 놈이었다. 어쩌면 내가 찾아낸 배설물의 주인인지도 모른다.

"아니로구나. 내가 찾는 늑대는 아직 작고 젊은……."

아니다. 그것은 이미 구 년 전의 일이다. 휴는 그때보다 더 나이를 먹었을 테고, 어쩌면 눈앞에 있는 이 늑대처럼 변해 버렸을지도 모를 일이다.

나는 설마하면서 늑대에게 손을 내밀었다. 야생 늑대라면 보일 리 없는 반응이 왔다. 녀석은 순순히 내게 걸어와서는 다리에 얼굴을 슥 비볐다. 가슴이 덜컥 내려앉았다.

"휴야, 정말로 너냐?"

늑대의 눈이 나를 응시했다. 잘못 읽었는지도 모르지만 그것은 분명한 그리움과 반가움이었다. 갑자기 왈칵 비애가 치솟았다.

"네가 정말로 그 녀석이란 말이냐?"

믿을 수 없어 몇 번이고 물으면서도 나는 녀석을 하염없이 끌어안았다.

"어찌 이리도 금세 늙었단 말이냐. 이토록 참혹한 지경이
되다니."

내가 녀석을 돌봐주어야 옳았을까? 사람 손에서 안락하
게 자란 늑대 새끼가 숲에서 어찌 살아갈지 생각해 봐야
했을까? 나는 녀석을 거칠게 쓰다듬고 다시 얼굴을 들여
다보았다. 비록 녀석은 늙었지만 깊은 눈동자를 하고 있
었다.

"그래. 보내준 것이 옳았을 게다. 이제야 진실로 숲의 짐
승답구나."

녀석은 귀를 쫑긋했다. 그러곤 몸을 돌려 어디론가 걸어
갔다. 나는 아무 생각 없이 녀석을 따라갔다. 녀석이 멈춘
곳은 어느 작은 둔덕 옆이었다.

"……맙소사."

그제야 나는 완전히 방향을 착각하고 있었다는 걸 깨달
았다. 산장에서 북서쪽이 아니라 북동쪽이었던 것이다. 그
것도 모른 채 틀린 방향의 풀만 모조리 베고 있었다.

"네 녀석이 나보다 똑똑한 것만은 틀림없구나."

나는 녀석의 머리를 한 번 쓰다듬어 주고 아들의 무덤
가에 앉았다.

"아버지가 왔다. 휴야."

아들은 언제고 같은 자리에서 나를 기다리고 있었다.

***

늦대 휴는 그로부터 얼마를 더 살지 못했다. 녀석은 죽기 전까지 비척거렸고 늘 힘겨운 듯 헐떡였다. 그렇게 나를 볼 때면 아들이 자신을 그만 보내 달라고 말하던 때가 떠올랐다.

"다시 그런 일은 하지 않는다. 내게 부탁하지 말려무나."

휴는 체념한 듯이 엎드렸다. 먹이를 줘도 먹지 않고 물도 간신히 한두 모금 마실 뿐이었다. 죽음에 이르렀다는 것을 느낀 나는 마음을 가다듬었다. 그런다고 해서 나아지는 것은 없었지만.

힘없이 누워만 있던 휴가 어느 날 갑자기 울부짖기 시작했을 때 녀석이 드디어 기운을 차렸을지도 모른다고 생각했다. 그러나 하늘을 향해 반 시간 동안이나 운 녀석은 그대로 절명했다.

아직 따뜻한 녀석을 품에 안고 나는 끝없이 후회했다. 짐승 새끼 따위 거두는 게 아니었다. 그네들은 나보다 먼저 늙어 버린다. 아비보다 먼저 간 자식처럼 배덕하기 그지없다. 다시는 그 같은 것에게 정을 주지 않을 것이다.

이제 하늘 아래 휴라는 이름은 없다. 아들도 늑대 새끼도 나를 두고 먼저 가 버렸다. 무슨 뜻이 있어 이 악한만이 계속 살아남는가. 아직 내게 남은 업이 무엇이란 말인가.

나는 녀석을 아들 곁에 묻었다. 언젠가 나도 그 곁에 묻힐 거라고 생각하면서.

"그대로 돌아서라."

목소리가 들릴 때까지 누군가 기척 없이 등 뒤까지 접근해 온 것을 알지 못했다. 강호에 나온 뒤로 단 한 번도 없었던 일이지만 그다지 놀라지는 않았다. 아마 이제는 무슨 일이 있어도 별로 놀라거나 감흥이 일지 않을 것이다.

말하는 대로 돌아서니 눈앞에 강인해 보이는 무사가 서 있다.

"나를 기억하는가?"

내가 거둔 목숨이 몇인데 일일이 기억하겠는가. 누구의 제자나 아들쯤 되겠지. 나는 고개를 저었다.

"내 이름은 자운이다."

아아, 그래. 그 이름이라면 기억하고 있다. 자비의 아들이고 운이 가르쳤던 아이다. 과연 어릴 적 그를 자극했던 것이 효과가 있었다. 싸우고 싶지 않다고 말했던 아이는 이제 강호에 일 대 일로 더 이상 적수가 없어 보였다.

"분명히 말했다. 너를 찾아가 복수하겠노라고."

기억한다.

"가서 검을 가져와라."

그의 말에 무의식중에 허리춤을 더듬었지만 만져지는 게 없었다. 검을 산장에 놓고 나온 것이다. 나도 모르게 헛웃음을 짓고 말았다. 그런 애송이를 비웃었던 게 누구더라?

자운은 기다리겠다는 듯 팔짱을 낀 채 섰다. 나는 산장으로 가기 전 두 개의 작은 무덤을 돌아보았다. 내가 죽으면 이들 곁에 묻어 달라는 말이 필요할까? 아니. 필요하지 않을 것이다.

나는 사혈공이다. 하늘 아래 사혈공의 적수는 없음이로다!

***

산중 달 아래 긴 늑대의 울음소리, 낮을 찾아 우는가 벗을 찾아 우는가. 지난날에 반짝였던 눈물과 비애와 그리움 찾아 우는 것인가.

구슬프다. 무덤가에 진 혈화(血花)만큼이나 구슬프다.

호식총을 찾아 우니

호인

한 번도 쉬지 않고 학위와 면허를 따고 취직하고 결혼하고 아이도 낳고 한 번
도 쉬지 않고 그렇게 살다가 어느 순간 내가 번 아웃되지 않았다는 사실을 깨
달았다. 나는 그 많은 일들을 건성으로 대충대충 돌을 팔고 있었던 것이다. 그
리고 사표를 내고 자격증도 없이 혼자 구슬을 꿰며 아주 적은 일들을 대충 하
며 살고 있다.

산은 험했다. 울창한 숲길이 끝없이 계속되더니, 가파른 능선을 따라 길이 이어졌다. 그 길마저 점차 좁아지면서 왼쪽으로는 천 길 낭떠러지가 아찔하고 오른쪽으로는 높은 절벽에 기대다시피 위태로운 걸음을 옮겨야 했다. 산 아래 주막의 주모가 아차 한발 헛디며 산은 못 넘고 황천 건너간 사람이 부지기수라며 겁을 주던 것이 허풍만은 아니었다.

수찬은 앞서가는 총각을 흘긋 바라보았다. 숱 많고 거친 머리털을 대충 땋아 늘인 것이 절벽 바람에 푸슬푸슬 날리고 있었다. 이 험한 길에 저 여유만만 걸음새라니. 산적질을 해 먹으며 산에 사는 인간 아닌가 걱정도 됐다.

주모가 험한 산세와 함께 들먹이던 것 중 하나가 산적 아니었던가.

"산길 험한 데에 산적 들끓는 거야 당연한 이치지. 까놓고 말해서 임자처럼 돈푼이나 있어 보이는 중늙은이는, 산적들에게는 아주 봉이겠네, 봉."

'빌어먹을 여편네 같으니. 중늙은이라니. 내가 나 늙은 걸 모른다고 했나.'

주모가 험한 산세와 도적만 들먹인 것은 아니었다. 하늘 아래 험한 곳, 험한 인간 다 겪어 보았다며 웃는 그를 향해 주모는 혀를 쯧쯧 찼다.

"내가 뭐 하룻밤 방값 벌려고 이러는 줄 아시는 모양인데, 오랑캐 땅 다니면서 속아만 봤나. 산길 험하고 산적 끓는 것만 문젠 줄 아오? 정말 중요한 건 그게 아니라니까? 저 산에는 세마골 터줏대감인 늙은 호랑이가 있는데, 거느리고 있는 창귀가 수십이라 혼자 길 떠난 사람 있는 거 알면 귀신같이 알고 찾아온다고. 귀신같이가 아니라 바로 귀신이지 뭐."

"세마골 터줏대감이라. 늙은 호랑이는 알겠는데, 창귀라니 그게 무엇이오?"

수찬이 묻자 주모의 말이 한층 빨라졌다.

"아하, 이 양반이 이국땅을 떠돌며 살았다더니 창귀 무서운 걸 몰라서 그러는구나. 호랑이에게 잡혀 먹힌 귀신이 창귀 아니오? 호랑이에게 먹혀서 창귀가 되면, 저 잡아먹은 호랑이 종이 되거든. 부모 형제 가리지 않고 사람을 잡아다 호랑이밥으로 바쳐야 풀려나요. 그 늙은 호랑이는 잡아먹은 사람이 하도 많아서 딸려 있는 창귀도 얼마나 많은지. 창귀들이 서로 경쟁을 하면서 사람 혼을 쏙 빼놓아서, 제아무리 똑똑한 사람도 얼이 빠져 버린대요."

수찬은 주모의 호들갑에 얼이 빠질 지경이었다. 주모는 그를 보고 피식 웃었다.

"임자처럼 창귀가 뭔지도 모르는 어리보기 혼자 산을 넘으면, 아주 창귀들에게도 봉이겠수다. 저 산은 그 호랑이가 산신령이라, 어둡기도 전부터 창귀들이 기세를 떨쳐요. 그러니까 오늘은 예서 자고 내일 아침 사람들 좀 모이면 같이 떠나시우. 기다리는 식구도 없이 구경이나 다닌다는 양반이, 뭐가 그리 급해……."

그 순간 쪽마루에서 막걸리와 부침개를 먹던 총각이 불쑥 나서며 엉긴 것이다.

"주모에게도 저 아재가 아주 봉인가 보네. 세마골 늙은 호랑이가 혼자 다니는 사람만 잡아먹는다니, 저 봉 아재랑 나랑 둘이 가면 되겠네."

주모는 펄쩍 뛰었다.

"아니, 둘이나 하나나 호랑이 앞에서야 그게 그거지, 총각이 힘이 세 봤자 얼마나 세다고 하룻밤을 못 참아서 그 야단이야?"

"아재, 산 너머에 장날이 오늘이니 산 넘어갈 사람들은 어제 아침에 함께 모여 다 떠났어. 오늘 밤 예서 자고 기다려 봤자 더 올 사람 없는 게 뻐언한데, 굳이 방값 보태줄 일 있수?"

총각은 수찬의 팔을 끌어당겼다. 그 힘이 어쩌나 센지 온몸이 휘청 끌려 나갔다. 한때 힘깨나 쓰고 살았던 수찬도 깜짝 놀랐다.

"내 기운 하나는 호랑이 잡아먹을 천하장사 아니오? 아재, 주모 아지맹이 말에 속아 넘어가 괜히 방값 날리지 말고 나 믿고 같이 가면 오늘 저 산 넘어갑니다. 호랑이 만나면 내가 잡아서, 꼬랑지는 잘라서 아재 줄게."

수찬은 총각의 허풍스러운 제안이 마음에 들었다. 낌새를 챈 총각은 의기양양해져서 주모를 놀려먹었다.

"아줌마 오늘 방 방값은 포기하슈. 봉들은 훨훨 날아 산 넘어 갈라오."

그러고는 수찬을 보며 은근한 목소리로 말하는 것이었다.

"저 산속에 심마니 마을이 있는데 여차하면 게서 묵으면 돼요. 길은 내가 대충 알고 있으니 나만 믿고 따라오소."

총각이 수찬의 봇짐까지 챙겨 지워 주고 사립문을 나서자 주모가 급히 따라 나왔다.

"하이고 이 철없는 양반들아, 내가 그까짓 하루 방값 챙겨 무슨 갑부가 된다고……. 아침에 일찍 떠난 사람들은 해지기 전에 산 넘어 마을에 도착하니까 큰 문제없지만,

늦게 떠난 사람들은 캄캄한 산에서 정말 호랑이밥 된다니까! 심마니 마을, 그게 뭐 길가에 있어서 처억 들어가면 되는 줄 아나? 정히 떠나려면 잠깐 들어와서 내 말이나 잘 듣고 가……."

그러나 총각은 싱글거리면서 수찬을 재촉할 뿐이었다.

"왜? 들어가면, 이 양반 겁줘서 재우려고? 주모, 방값 욕심이 아니면, 사내가 궁한가?"

나이 지긋한 주모는 총각의 희롱에 성낼 여유도 없이 수찬의 등 뒤에 대고 외쳤다.

"거기 점잖은 양반, 철부지 떠꺼머리에게 휘둘리지 말고 내 말 새겨들어요! 괜히 해 남았다고 욕심부려 산 넘으려 들지 말고 해 떨어지기 전에 일찌감치 심마니 마을에 들어가야 해! 길 찾기 쉽지 않으니까 정신 바짝 차리고! 그 절벽 길 지난 다음 세 번째 갈림길에서 큰길로 가지 말고 샛길 따라가다가 ……쯤 가면 ……큰 나무…… 좁……."

총각의 걸음이 어찌나 빠른지 주모의 목소리는 순식간에 아득한 메아리가 되어 버렸다.

* * *

주모가 말하던 절벽 길은 다리가 후들거릴 지경이 되어서야 끝나고, 다시 능선은 완만해졌다. 그러나 좌우로 관목

림이 우거진 사이사이 키 큰 나무들이 가지를 뻗고 있어서 정말 어지간한 샛길은 놓치기 십상이었다. 수찬은 숨이 차고 힘도 들어 다시 총각 쪽을 흘금 보았다. 잠시 쉬어 가자고 하려 했으나, 총각은 여전히 팔팔했다. 갈림길을 찾는 건지 산세 구경을 하는 건지 건성으로 두리번거리던 총각이 무엇을 발견한 모양이었다.

"저기, 저것 보소."

총각이 가리키는 곳에는 묘한 것이 보였다. 큰 나무 아래에 무언가 봉긋한 것이 보이는데, 그 위에 꼬챙이 같은 것들이 비죽비죽 솟아 있었다. 길에서 멀리 벗어나지 않은 곳이라 수찬은 성큼성큼 그리 다가가 보았다.

넓적하고 평평한 돌들이 따박따박 아귀를 맞추어 쌓인 위에 둥그런 것이 놓여 있었다. 얼마나 오래되었는지 흙과 이끼가 덮이고 그 위로 비죽 솟은 꼬챙이들이 벌겋게 녹슨 모양이 기괴했다. 손바닥으로 위에 덮인 흙을 슬슬 쓸어내리자 무슨 항아리 같은 것이 드러났다. 항아리가 엎어져 놓여 있는데 그 바닥에는 구멍이 여러 개 나 있고, 쇠꼬챙이들은 그 구멍에 꽂혀 있는 터였다.

'이건 시루가 아닌가.'

험한 산 중 돌무지기 위에 시루라니 엉뚱하고 생경했지만 모양새로 보나 바닥의 구멍으로 보나 떡 찌는 시루가 분명했다.

뜻밖의 물건을 보고 눈을 껌뻑이던 수찬이 무엇에 홀린 듯이 쇠꼬챙이 하나를 잡아당겼다. 구멍을 꽉 막고 있던 흙이 부스러지면서 꼬챙이가 흔들렸다. 세게 흔들자 시루 구멍 주변이 삭아 부서지며 꼬챙이가 뽑혀 나왔다. 중간에 울퉁불퉁 홈이 있는 것이 물레 가락이었다. 가락은 아홉 개가 꽂혀 있었다. 아홉 개를 차례차례 다 뽑아 들고 시루 위에 남은 흙은 벅벅 긁어내는 순간, 산속에서 삭아 가던 시루가 쩌억 금이 갔다. 수찬은 제가 한 짓에 흠칫 놀라 한 걸음 물러섰다.

"어, 어…… 호식총을 깨박질렀네?"

어느새 다가온 총각이 수선을 피웠다.

"호식총? 호식총이 무엇인가?"

수찬의 질문에 총각은 눈이 동그래졌다.

"아니, 호식총을 몰라요? 호랑이에게 먹힌 사람 무덤이 호식총 아닙니까. 호식당한 사람은 남은 시신을 모아 그 자리에서 화장을 하고 저렇게 호식총을 만들어야지, 그냥 두면 창귀가 되어 사람을 끌고 간다 안 합니까. 아재는 얼마나 오래 타국살이를 했기에 호식총도 모르고 창귀도 모르고……."

총각의 떠들썩한 반응에 수찬은 무안해졌다.

"조선 땅을 떠난 지 오래라 잊었나 보네. 듣고 보니 기억이 나는 듯도 하고……."

"남은 시신을 태워서 돌로 꽉 눌러 놓고, 그래도 모자라서 시루에 푹푹 찌고, 시루 구멍마다 물렛가락을 꽂아야지요. 가락이 물레 안에서만 뱅뱅 돌듯 혼백이 시루 안에서 뱅뱅이치고 못 빠져나오게 해야 하는데, 아재가 시루를 깨뜨리고 가락은 뽑아 버렸으니……. 이제 창귀가 오면 아재가 책임지고 따라가야 하오."

"호랑이 오면 잡아서 꼬리는 나 준다더니?"

"하하, 창귀란 놈이 오기만 하면야, 따라가서 호랑이를 잡아 통째로 드립지요."

호식총도 어쨌거나 무덤인데, 남의 무덤을 망가뜨린 두 남자는 서로 마주 보고 웃었다. 키들거리는 것을 보니 총각은 창귀 따위는 믿지 않는 모양이었다. 한번 웃음을 교환하자 둘은 친밀해졌다.

"아재는 기다리는 사람도 없다면서 왜 그리 급히 산을 넘어요?"

"나야 기다리는 사람 없이 사는 것도 지겨우니 산신령 호랑이나 보고 죽는 것도 좋네만, 젊은 자네는 장날도 지났는데 왜 위험하게 서두르는가?"

"나는 산속이 내 집이나 다름없어요. 아버지가 심마니라 어려서 산에 살았지요. 열 살 때 아버지가 호환당해 죽어서 산에서 나왔어요."

총각은 근처 바위에 털썩 주저앉더니 투덜투덜 신세 한

탄을 했다. 덤덤한 태도에 수찬은 무슨 말을 해야 할지 곤혹스러웠다.

"저런. 어린 나이에 큰일을 당했네그려. 그런데 산길이 무섭지 아니한가."

"웬걸요. 세상살이가 호랑이보다 더 무서웁디다. 거기 비하면 차라리 산길 가는 게 훨씬 나아요. 창귀라도 좋으니 울 아버지 얼굴이라도 보면, 그것도 좋고."

"하긴 그럴 수도 있겠군. 그래 아버지처럼 산에 들어가 삼이라도 캐고 살려고?"

"헤에, 심마니도 뭘 알아야 하지, 아버지에게 배워 두질 않아서 어디 하겠나요. 그리고 요즈음은 산에 숨어 산삼만 캐고 살아도 귀신같이 알고 공납이다, 부역이다, 어차피 도망도 못 가요. 그냥 외사촌이 장호리에 사는데 일거리가 있을까 가 보는 중이우."

생각하면 갑갑한지 말을 돌렸다. 총각은 수찬의 이야기를 졸라 댔다.

"아무튼 아재, 나는 조선 땅 벗어나 봤다는 사람은 처음 만났소그려……."

수찬 역시 쉬고 싶던 차에 적당한 자리를 찾아 엉덩이를 걸쳤다.

그의 집안은 대대로 역관이었다. 부친과 조부가 중국에 드나들며 일을 했고 역관들이 흔히 그렇듯이 무역 일을 겸

해서 큰돈도 벌었다. 증조부는 역관에서 은퇴해 집에서 대소사를 주관하며 어린 증손주를 가르쳤다. 수찬은 어려서부터 중국말을 배웠다. 총기가 뛰어나고 눈치가 빨라 몽고말이며 여진말도 그럭저럭 알아들었다. "고놈, 양반집에 태어났더라면 소과, 대과에 급제하고 삼정승인들 못 오르겠나." 하며 증조부는 항상 아쉬워했다. 수찬이 역과 합격을 우습게 보고 어린 나이부터 기생집 나들이에 취미를 붙인 건 어찌 보면 당연했다. 그렇게 허랑방탕 헛똑똑이로 살다가 대감댁의 첩실로 들어간 혜랑이와의 염문으로 떠돌이 신세가 된 것이 그의 나이 서른다섯. 어려서부터 보고 들은 일이니 무역 일을 쉽게 시작했고 잘하기도 했다. 몇 개나 통달한 외국어에 타고난 성정까지 딱 맞아 돈은 벌었으나 그래도 오랑캐들과의 장사일이 좋기만 할 리야 있겠는가.

먼 옛날 일을 되돌아보자니 어쩌면 한바탕 꿈같기도 하지만, 꿈속에서도 잊지 못하는 것이 있는데 하물며 피같이 살아낸 삶에 있어서야. 생면부지의 총각에게 시시콜콜 털어놓을 일은 아니니 대강 뭉뚱그리고, 이국을 떠돌며 보고 들은 이야기를 들려주었다.

총각은 흥미진진 그의 이야기에 빨려드는 듯했다. 호기심에 가득 차서 이것저것 물어댔다. 총각의 반응에 으쓱해서 자랑 반 허풍 반 한참 떠들다 보니 무슨 이야기를 했는지 자기도 헷갈리는 참이었다. 총각이 눈을 반짝이며 물었다.

"그래 돈을 많이 벌어 귀국하셨는데, 조선 땅에 아는 분이 아무도 없으시다고요? 지금도 그저 정처 없이 유람이나 다니시는 중이라고요?"

그제야 정신이 번쩍 들었다.

'호환당한 무덤가에서 내가 넋이 나갔나……'

저도 모르게 허리에 찬 전대로 손이 갔다. 오히려 시선을 끄는 행동이란 걸 의식하고는 얼른 손길을 돌려 옆구리를 긁적였으나, 더욱 어색한 꼴이 되어 버렸다. 험한 산길을 동행해 온 총각이 새삼 낯설게 느껴졌다. 산길에 익숙한 것이 산 도둑 아닌가, 우스개로 의심했던 것이 불쑥 그를 위협했다. 허리께에서 안절부절못하는 수찬의 손이 눈길을 끌었는지, 총각의 눈이 또 반짝 빛났다. 수찬은 점점 더 불안해졌다. 총각이 벌떡 일어섰다. 가뜩이나 건장한 체구인데, 앉은 자세에서 올려다보니 영락없이 그 그림자에 묻힌 꼴이 되었다. 총각의 힘이 장사인 것은 잘 알고 있었다. 수찬은 위축되지 않으려고 총각처럼 벌떡 일어섰다. 그러나 일어선 것은 마음뿐, 무릎에 힘이 빠졌다. 산전수전 겪으며 힘에도 그런대로 자신이 있었지만, 이제 그의 나이 쉰하고도 다섯. 산길을 오르느라 피로한 것이겠지. 끄응 힘을 쓰는데 천근같이 무겁던 몸이 갑자기 휙 끌려올라 갔다. 서 있던 총각이 그의 등짐을 잡고 끌어올린 것이다. 사는 게 지겨워 호랑이나 만났으면 한다던 호기는 간데없이 등줄기가 써늘했다. 수찬은 등짐을 잡힌 채 엉거주춤, 허리춤에 달고 다니는 장도(粧刀) 칼집을 움켜잡고 상대를 노려보았다.

총각은 묘한 표정을 하고 있었다. 갑자기 이상해진 수찬의 태도가 우스운 걸까? 아니면 늙은이가 그래봤자 어림없지 하는 조롱일까. 알 수 없는 웃음이 걸려 있었다.

"왜, 짐이 무거워요?"

수찬의 혈관 속에 끓어오르던 김이 피시시 빠졌다. 긴장이 풀어지며 헛웃음이 났다. 한순간에 위험하다 외친 그의 속마음이 오히려 머쓱해졌다.

"허허, 나이를 먹으니 몸이 예전 같지 않네."

중얼거리며 등짐을 추슬렀다.

호식총을 뒤로하고 오던 길을 향하다가 버석 하는 기척에 뒤를 돌아다보았다. 반으로 금이 간 채 돌무지기 위에 엎어져 있던 시루가 기우뚱 미끄러진다. 이어 수찬의 시야에 들어온 세상 모두가 기우뚱 기울어졌다. 머리에서 뻐억 소리가 울린 것을 깨달은 것은 오히려 한순간 뒤였다. 무릎이 꺾이고 수찬은 무너졌다. 흙바닥에 처박힌 얼굴에 뜨듯한 피가 몇 줄기 흘러내렸다. 끈적한 액체가 눈에 들어가 그는 눈을 감았다.

* * *

꿈인지 생시인지, 네댓 살 먹은 여자아이가 보였다. 송화색 저고리에 다홍치마, 초롱초롱한 눈이 예쁜 아이였다. 아이 뒤로 석양이 저물고 있었다. 앙증맞게 땋은 종종머리에서 비어져 나와 하늘거리는 머리카락들이 석양빛을 받아 섬세하게 빛났다. 아이는 앵두 같은 입술을 움직여 무어라 말하고 있었다.

수찬은 바싹 마른 입술을 움직여 목소리를 짜냈다.

"난아? 난아야?"

난아는 승문원 제조 이명윤 대감의 소실이 된 기생 혜랑이의 팔삭둥이 딸이었다.

뜬금없이 햇살 좋은 툇마루에 모녀가 앉아 있던 광경이 떠올랐다. 혜랑이 난아의 머리를 빗기고 있었다. 겨우 어깨에 닿을 듯 말 듯, 짧은 머리를 촘촘히 빗기고 한가운데에 가르마를 탔다. 양편으로 나눈 머리를 다시 세 갈래로 나누어 꼼꼼하게 땋고, 땋은 가닥 세 갈래를 함께 모아 댕기를 드린다. 난아의 잔머리들은 혜랑의 섬세한 손끝보다도 더 가늘고 고와서 쉽게 잡히지 않고 하늘거렸다. 햇볕 속에서 그 머리카락들은 마치 지난 봄날부터 남겨진 아지랑이의 잔재 같기도 하고, 어쩌면 꿈에 본 나비의 더듬이 같기도 하고, 그 꿈은 어쩌면 그의 것이었던 듯도 하고 아닌 듯도 하고, 그 봄 또한 그의 것이었는 듯도 하고, 아닌 듯도 하고…… 그 광경이 너무 고와서 수찬은 모녀를 물끄러미 바라보았다. 그때 혜랑이 난아에게 말했다.

"난아야, 저기 봐라. 누가 오셨나? 몰래 담장을 넘어 누가 우리 난아를 보러 오셨나?"

오래전 스쳐 지나가 버렸던 그 한 장면이 인생 전체의 기억인 양 머리를 가득 채웠다. 그 난아가 지금 눈앞에 있었다. 수찬은 가라앉아 가는 의식을 깨우려 안간힘을 썼다. 필사적으로 아이를 불렀다.

"난아야……."

그러나 목소리는 나오지 않았다. 일어나려 했으나 겨우 머리를 들었을 뿐. 세상이 빙글 돌아 다시 땅에 머리를 박았다. 눈두덩이 뻐근해지더니 뜨듯하고 맑은 액체가 눈가를 적시고 얼굴로 흘러내렸다.

* * *

수찬을 다시 깨운 것은 퉁명스럽고 정신 사나운 목소리였다.

"아재, 얼른 일어나야지, 정말 산 가운데서 자고 가려고 그러시우?"

머리가 뻐개지는 것 같았다. 머리를 더듬자 붕대가 친친

감겨 있었다. 붕대를 적신 끈적한 액체가 굳어 가는 중이
었다. 눈꺼풀이 풀칠이라도 한 듯 들러붙어 있었다. 가까스
로 눈을 뜨고 고개를 들었다. 곱던 석양은 꿈속의 일이라
아직 하늘은 밝았다. 그러나 해는 중천에서 한참 기울어
산에는 그림자가 깊어져 있었다. 총각이 낄낄 웃으며 목을
받쳐 주었다. 수찬은 화들짝 놀라 몸을 일으켰다.

'저놈이 내 뒤통수를 치고 전대를 털어간 게 아니었던가?'

"아. 뭘 그렇게 두리번거리셔? 내가 뭐 훔치기라도 했을
까 봐?"

총각은 옆에 떨어져 있는 나뭇가지를 가리켰다. 가지라
기에는 많이 굵은 그 끝에 피 칠갑이 되어 있었다.

"재수가 없어도 참 오라지게 없소. 이 넓은 산속에서 하
필이면 아재 머리에 저놈이 떨어질까?"

그러니까 느닷없이 떨어진 나뭇가지에 머리를 맞아 정
신을 잃었다는 거였다. 수찬도 어이가 없어 허허 웃으려 했
으나 웃는 움직임에도 머리가 욱신거렸다. 수찬은 상을 찡
그리며 주변을 둘러보았다. 허리에 찼던 전대는 옆에 놓여
있고, 봇짐은 풀어진 채였다.

"놀라기는. 머리에서 피는 철철 나는데, 내 옷 찢어 묶을
수는 없잖우. 쓸 만한 게 뭐 있나 내가 짐을 풀어 봤수다.
옷가지 하나 찢어서 붕대를 만들었으니 뭐라 하지 마슈.
그거 아니었음 아재는 여기서 피 쏟고 죽었을 테니까."

총각은 또 흐흐 웃었다.

"근데 내가 전대도 풀어 봤는데, 돈이 참말로 많소?"

'산적은 아니더라도 경우 바른 인간은 아니구나.'

수찬은 기분이 나빠져 끙차, 몸을 일으켰다.

"어서 떠남세. 이거 정말 산에서 한뎃잠 자게 생겼네."

"걱정 마시오, 내가 심마니 마을 가는 길을 아니까. 내 어려서 거기 살았다니까?"

총각은 자신만만 앞장을 선다. 수찬은 엄벙덤벙 무작정 길을 가는 총각이 불안했다. 젊은 날 저런 철딱서니로 저지른 행동에 그의 인생은 지옥이 되지 않았던가.

"자네 장가는 어째 아니 들었는가?"

"혼자 입에 풀칠하기도 힘든 놈이 장가는 무슨 장가를 들어요. 그러는 아재는 식구는 다 어디 가고 혈혈단신이 되시었소?"

"어려서 장가들었는데……."

수찬은 말을 흐렸다. 대답할 처지가 못 되었다.

어려서 장가는 들었다. 집안 어른들이 속히 대를 이으려고 나이 찬 처녀와 혼인을 시켰다. 그런데 신랑이 너무 어렸다. 어린 수찬은 여섯 살 많은 아내가 거북하고 어려울 뿐이었고, 아내를 어려워하는 채로 성장하며 다른 여인들을 품는 재미에 눈을 떴고, 그렇다. 그 여인들 중에 난아의 어미 혜랑도 있었다. 아내에게 잘못했다는 생각이 든 것은 조선을 떠나고 나서도 한참 후, 아내가 죽었다는 소문을 들은 다음이었다. 수찬은 옛 생각에 잠겨들었다. 지난 이십 년간, 잊지 않으려는 노력이 열이었다면 잊으려고 애쓴 것은 백이었건만. 한번 의식을 뚫고 나온 기억은 금 간 항아리에서 새는 물처럼 소리조차 없이 흘러내리며 그를 적셨다.

혜랑은 빼어나게 예쁘고 영리했다. 그러나 기생치고 지나치게 꼿꼿한 것은 남자들 사이에 호오가 엇갈렸다. 수찬은 그런 혜랑을 몇 번 취한 뒤에 자꾸 부담스러워지는 경우였다. 혜랑은 아마도 수찬에게 호감을 느꼈던 것이리라. 수찬의 한량질에 은근한 잔소리가 늘어갔다. 수찬으로서는 마누라도 건들지 않는 그의 행각을 자꾸 지적하는 혜랑이 점점 피곤해졌다.

그런가 하면 그런 혜랑을 좋아한 것은 이명윤 대감이었다. 난초를 좋아하는 대감은 난초 낭자라는 이름에 끌려 혜랑을 찾기 시작하더니 점차 혜랑의 면면에 반해서 아예 첩으로 앉히고 싶어 했다. 혜랑이 이명윤 대감에게 그런 제의를 받았다며 무언가 넌지시 묻는 듯했지만, 수찬은 시치미를 떼고 축하만 했다. 역관 집안 아들인 수찬은 승문원 관리들에 대해 잘 알았고, 이명윤 대감의 평판도 잘 알고 있었다. 점잖기로 소문이 났지만 은근히 풍류를 즐기고, 은밀히 여색을 찾을 때에도 품격이 있었다. 그래서 대감께서 난초를 좋아하신다니 난초 낭자, 혜랑이라는 기생은 혹시 아시느냐고 우연인 척 이야기했던 터였다. 기생이 몸을 의탁하기에 딱 좋은 자리에 가게 해 줬으니 내가 혜랑이에게 부담가질 일은 이제 없다, 내심으로는 안도의 한숨을 내쉬었다.

그렇게 대감 댁으로 들어간 혜랑은 팔삭둥이 딸을 낳았고, 그 아이 이름이 난아였다. 난아는 열 달 전에 걷고 말을 시작했다. 어린 아기가 어찌나 눈치 빠르고 영민하고 말을 잘 하는지 대감의 귀여움을 독차지했다.

그 이후로 종종 혜랑을 찾은 일도 생각났다. 대감과 집안 어른들 심부름을 핑계로 대감댁에 드나들며, 그때마다 몰래 혜랑을 만났다. 내가 갖기에는 부담스럽지만, 남의 것이 되고 나자 오히려 구미가 당겼다. 자고로 일도이비, 남의 아내를 훔치는 것이 최고 재미요, 천한 종년이 그 다음이라 하지 않던가. 때로 아예 사람들 눈을 피해 담장을 넘어 침입하는 것은 더욱 아찔한 재미가 있었다.

* * *

수찬은 옛 생각에 정신없이 걷다 걸음을 멈췄다. 총각이 길을 멈추고 서서 두리번거리고 있었다. 해는 완전히 기세를 잃고 내려오는 참. 이제 곧 노을이 지고 밤이 오게 생겼다. 수찬은 사방을 둘러보았다. 왼쪽의 바위와 오른쪽의 큰 나무가 어딘가 낯이 익었다. 어쩌면 길을 잃고 갔던 길을 계속 뱅뱅 돌고 있는 건지 모른다는 의심이 들었다.

"이거 아까 왔던 길 아닌가? 자네, 혹 길을 잃은 것은 아닌가?"

총각은 버럭 화를 냈다.

"거, 아재 의심 한번. 아무렴 내가 살던 곳인데 길을 모를까 봐?"

"어릴 때 떠난 후론 가 본 적도 없다며. 이봐, 여기 낙석 무더기, 아까 본 게 틀림없는데."

"그 참, 산이 이리 험한데 돌 굴러 떨어진 게 여기 한 군데겠수? 내가 길을 안다는데 왜 그리 사람 말을 못 믿는지, 산 아래 주모 말대로 오랑캐들에게 속아만 사셨나, 츳츳……."

생각이 있는 건지 없는 건지, 총각은 어거지를 부리며 짜증을 냈다. 말이 통하지 않는 말싸움이 이어지면서 그의 속에서 무언가가 목소리를 내기 시작했다. 아니다, 이건 아니다, 위험을 경고하는 그 목소리에 수찬은 더 이상 총각을 따라가지 않기로 결심했다.

"그럼 각자 가기로 하는 게 낫겠군."

총각과 갈라서기로 하고 몸을 돌리던 수찬은 깜짝 놀라 발을 멈췄다. 산길에 어린 계집아이가 오도카니 서 있는 걸 발견한 것이다. 수찬은 눈을 껌벅였다. 아까 꿈인지 생신지에 본 난아 닮은 아이 같은데, 차림새가 달랐다. 옷은 거친 베옷이었고, 그보다도 머리 모양이 달랐다. 이 아이는 종종머리가 아니라…….

왼쪽으로 가르마를 얌전히 타서 머리를 풀어 내리고 있었다. 길지 않은 머리가 금방 감은 듯이 젖어 있었다. 종종머리를 땋은 난아는 역시 환상이었을까? 어쩌면 그새 옷을 갈아입고 머리를 감고 오기라도 한 걸까?

"너, 넌 뭐냐? 어린애가 여기서 대체 뭐, 뭘하는 게냐?"

총각도 어지간히 놀랐는지 어버버거렸다. 아이는 샐쭉하게 대답한다.

"우리 집이 이 근처인데 내가 여기 있는 게 어때서요? 아저씨들이야말로 산속에서 뭐하는 건데요?"

총각은 어눌한 저보다도 야무지게 말하는 아이를 보고 혀를 내둘렀다.

"어허, 어린 계집애가 따박따박 말대꾸 하는 것 좀 보아."

수찬은 머리를 흔들었다. 눈앞의 아이와 방금 전 비몽사몽 보았던 난아를 닮은 아이, 이십 년 전 아득한 기억 속의 실제 난아가 제각기 머릿속에서 수찬을 부르며 숨바꼭질 했다. 아까 다친 뒷골이 다시 쑤시고 어지러웠다. 수찬은 어서 쉴 곳을 찾아야겠다는 생각에 황급히 물었다.

"네 집이 어디냐? 우리가 가서 하루 묵어도 되겠느냐?"

아이는 방긋 웃는데 총각이 수찬의 소맷자락을 잡아당겼다.

"정신 나갔소? 저 애가 뉘집 딸인지 어찌 알고 따라가게. 산속에 혼자 노는 어린애가 산적 딸 아님 뉘집 딸이겠소?"

수찬이 총각의 무례를 책망할 틈도 없이 아이가 눈을 흘겼다.

"내가 산적 딸이면 아저씨는 창귀겠네. 울 아버지가 산적인지 아저씨가 어찌 알아요?"

"뭐가 어쩌고 어째?"

총각이 불끈해서 아이의 머리를 쥐어박으려는 것을 수찬이 급히 막았다.

"근처에 심마니 마을이 있다고 그러지 않았나. 아가 아버지가 심마닌게지. 아가, 네 집이 어딘지 하룻밤 신세 좀 질 수 있을까."

총각이 코웃음 쳤다.

"아재는 내가 앞장설 때는 못 미더워서 난리더니, 요 꼬맹이는 뭘 믿고 덥석 따라간대요? 뭐가 씌어도 단단히 쓰인 모양이오. 요 꼬마가 산적 딸 아니면 아무래도 창귀인갑소."

"어마나, 이 아저씨는 아무나보고 산적 딸이니 창귀니……."

총각이 다시 종주먹을 들이대는 걸 겨우 말리고, 눈을

흘기며 따라오지 말라는 아이를 겨우 달래서 세 사람은 산길을 다시 걷기 시작했다. 총각이 툴툴거렸다.

"조 꼬마 얼굴 보얀 걸 봐요. 저게 심마니 딸 얼굴인가. 내 거기 살아 봐서 아는데, 기집애들 몰골이 하나같이 꾀죄죄하니 비루먹은 강아지 꼴이었소."

"이 사람아. 산적 딸 얼굴은 뭐 그리 뽀얄 일 있겠나."

"아, 심마니 딸보다야 낫겠지. 양갓집 이쁜 규수를 납치해서 혼인하면 이쁜 딸도 낳겠지. 산 넘는 양반님네 금붙이 뺏어 치장도 해 주고."

히튼소리 말라며 구박하자 총각은 혀를 찼다.

"쯧쯧, 아재는 아까는 호식총 시루를 깨뜨리더니, 이젠 또 산적 소굴로 기어들어 가는구료. 내가 어쩌자고 아재를 데리고 나섰나 몰라. 그냥 나 혼자 떠날걸."

어린애가 웬 걸음이 그리 빠른지. 아이는 험한 길을 헛딛는 일 한 번 없이 서슴없이 걸어갔다. 수찬은 뒤를 돌아보았다. 한 걸음 뒤에서 따라오는 총각은 무슨 생각을 하는지 씨익 웃었다. 수찬은 아이의 걸음을 늦출 겸 아이의 손을 잡았다. 조그만 손은 차가웠다. 해가 내려오며 깊은 산의 기온이 급강하했다. 수찬은 아이 손을 당겨 걸음을 멈추고 등짐을 풀어 여벌옷을 꺼냈다.

"아가, 춥지 않니?"

아이는 새침하게 고개를 흔들다가 사실은 추워요 하듯

이 배시시 웃었다.

그 모습이 다시 잠자던 기억을 깨웠다. 그 옛날 난아가 그렇게 웃었다. 수찬이 선물을 주면, 난아는 새침하게 고개를 저었다. 영리한 난아는 그것이 대감에게 말하지 말라는 뇌물이라는 걸 알고 있었다. 그러나 수찬이 다른 물건을 내밀고 재차 유혹하면, 빤히 수찬을 쳐다보다가 배시시 웃으며 선물을 받아들곤 했다. 아버지를 속이는 나쁜 짓이라는 거부감과 선물에 대한 욕심이 팽팽하게 저울질을 하다가, 수찬에 대한 알 수 없는 호감이 더해지면 저울이 맥없이 기울었다.

수찬은 아이를 물끄러미 바라보았다. 아이의 볼을 가만히 어루만지다 머리를 쓰다듬었다. 난아에게 자주 하지 않았던 것을 후회라도 하는 것처럼. 그런데, 아이의 머리를 쓰다듬는 손이 축축했다. 아이의 머리는 푹 젖어 있었다.

"머리가 젖어 있으면 감기 든다."

수찬은 아이에게 입히려던 옷으로 아이의 머리를 닦아 주었다. 헌데…… 아이 머리에서 끈적한 것이 실처럼 딸려 왔다. 아이 머리를 적신 것은 그냥 물이 아니라 뭔가 끈적끈적한 액체였다. 의아한 느낌에 아이 머리를 살펴보았다. 왼쪽으로 단정하게 가리마가 타 있는데, 머리카락 속속들이 끈끈하고 미끈거리는 액체로 푹 젖어 있었다. 아이는 눈을 들어 왜 그러냐는 듯 수찬을 똑바로 마주 보았다. 난

아처럼 당돌한 아이였다.

수찬은 머리를 헤쳐 보던 손길을 멈추어야 했다. 괜히 눈물이 고였다. 머리를 닦아 주던 옷으로 제 얼굴을 닦는 척 눈물을 훔쳤다. 순간 코끝에 비릿하면서도 무언가 썩는 듯한 역겨운 냄새가 끼쳤다. 놀란 눈으로 아이를 보다가 또 다시 아이와 눈이 마주쳤다. 아이는 노골적으로 불쾌한 기색이었다.

난아를 제 어미 방에서 내보내려면 저런 표정을 보이곤 했다. 어린 난아도 수찬이 저를 내보내고 무슨 짓을 하려는지 아는 것만 같았다. 그럴 때는 외국에서 가져온 귀한 물건들로 난아를 유혹했고, 결국 난아는 수찬을 이기지 못했다. 그렇다. 그날도 그랬다. 그날도 방에서 나가길 거부하는 난아에게 중국 비단으로 만든 댕기를 매어 주고, 귀한 중국 인형까지 주어 기어코 아이를 내보냈다. 갑자기 가슴 한가운데가 날카롭게 아팠다. 수찬은 소스라쳐 옛 기억을 밀어 넣었다.

아이가 민망해하지 않게 악취 나는 액체로 젖은 옷을 슬며시 버렸다. 등짐에서 새 옷을 꺼내 아이에게 꼼꼼하게 걸쳐 주었다. 아이의 차가운 손을 꼬옥 잡고 걸음을 맞추었다. 아직 멀었니? 거의 다 왔어요. 어른들은 지금 집에 계시니? 나도 몰라요. 아버지는 무얼 하시니?

아이와 주거니 받거니 말을 나누었지만 건성이었다. 솟

아나는 기억을 억누르려고 아이에게 계속 말을 걸었지만, 자신이 무슨 말을 하고 있는지 아이가 무슨 대답을 하고 있는지 알지도 못했다. 수찬은 아이 손에 이끌려 정신없이 산길을 걸었다.

해는 산봉우리 한 치 위까지 떨어져 있었다. 정월 대보름 보름달만큼이나 커져 온 하늘을 붉게 태우기 시작했다. 검은 띠구름 몇 줄기가 마치 기어오는 뱀처럼 노을을 먹어들어왔다. 장엄하고도 음산한 노을이었다. 그러나 산봉우리가 한 입 한 입, 해를 삼키자 어둠이 범람하는 홍수처럼 밀려들었다. 돌부리며 나무뿌리들은 어둠의 물결에 잠겼다.

무엇을 잘못 디뎠는지 발목이 꺾였다. 비틀하는 통에 손을 잡고 있던 아이가 탈싹 넘어졌다. 넘어지는 아이를 잡으려는데 몸이 숙여지지 않았다. 지고 있던 등짐에 몸이 딸려갔다. 총각이 짐을 잡아채고 있었다. 이놈이 역시나! 수찬은 어깨에 걸린 질빵이 빠지지 않게 몸을 버텼다. 양쪽 어깨가 빠져나가는 것 같았다. 허리를 더듬어 장도칼을 뽑았다. 오른손에 칼을 단단히 잡은 후 총각이 잡아당기는 방향대로 홱 돌아섰다. 힘껏 용을 쓰던 총각이 제풀에 비틀거렸다. 장도칼을 똑바로 겨누자 에이 니미럴, 욕설을 뱉으며 총각이 숲속으로 달아났다. 산도적놈과 길동무를 하고 산을 넘다니, 수찬은 어이가 없을 뿐 화가 나거나 무서

77

운 생각도 들지 않았다. 이 어둠 속에 어서 길을 따라가야 했다.

아이를 재촉해 다시 걸으려는데 억, 비명이 나왔다. 꺾였던 발목이 제대로 삔 모양이었다. 아픔을 참고 어둠을 살피며 걸음을 옮겼다. 기억을 억누를 여력은 없었다.

바로 그날 난아를 내보낸 후, 수찬은 여유롭게 혜랑의 옷고름을 풀었다. 저고리를 벗기고 치마와 속치마를 차례로 벗기고 속곳을 끌어내리는데 발목의 버선에 걸렸다. 걸린 속곳을 내버려둔 채 외씨버선을 벗기고 하얀 맨발을 한참 희롱하다가 막 자신의 옷을 풀어헤치던 참에, 방 문밖에서 들려오던 소리. 에헴, 점잖은 기침 소리에 이어, 어울리지 않게 간지러운 혜랑이 있느냐 하는 굵은 목소리. 혜랑의 지아비, 이명윤 대감이었다.

대감이 문을 벌컥 열어젖힌 것과 수찬이 바지춤을 움켜잡고 뒷문으로 튕겨 나간 것은 거의 같은 순간이었다. 양 발목에 속곳이 걸려 버둥대는 혜랑을 방 안에 남겨둔 채였다. 대감의 고함소리와 혜랑의 비명소리에 귀를 먹먹하고 머리도 먹먹했다. 대감의 하인들이 뒤란으로 달려오고 있었다. 그야말로 혼비백산 멍청해진 경황에 어느새 허리끈을 매고 옷을 추슬렀는지, 그대로 담장을 넘어 달아났으면 좋았을 것을. 그랬더라면 인생을 이리 보내고도 모자라 아직까지 헤매는 일은 없었을 것을. 수찬은 그때까지 저질러 온 모든 모자라고 못된 짓들을 합한 것보다도 더 큰 일을 바로 그 한순간에 저질렀다. 아무리 혼백이 날아가 흩어진 와중이라 해도, 지금, 인생을 살 만큼 살아 세상 어지간한 일을 다 이해하는 건 물론이고, 하늘의 뜻까지 대충은 알 만한 나이, 지천명을 넘긴 지 다섯 해가 더 지난 지금도 그 순간 자신의 행동을 이해할 수는 없었다. 그 순간 수찬은 저도 모르게 뒤란에서 놀고 있던 난아를 덥석 안아 들고 담장을 넘었던 것이다.

* * *

대감댁 하인들을 따돌린 수찬은 제 집을 향해 냅다 달렸다. 놀란 아내를 뿌리치고 돈이 될 만한 것들을 닥치는 대로 싸들고 나왔다. 그 길로 도망자 신세가 됐다. 대감댁 마당 안에서만 놀던 난아는 잘 걷지 못했다. 수찬은 난아를 안고 걸어야 했다. 대감은 사람을 풀어 어린 여자애를 데리고 다니는 남자를 찾았다. 사람을 피해서 길도 제대로 없는 산기슭을 따라 걷다가 빈집이나, 서낭당이라도 보이면 난아를 달래 앉혀 놓고 혼자 마을로 내려갔다.

주막집에 들러 국밥을 시키고 봉놋방에 들어가 자리를 잡았다. 몸을 누이면 당장이라도 잠들 듯 싶었으나 그럴 수는 없는 노릇. 수찬은 한담을 나누는 사내들의 말소리에 바짝 귀를 기울였다. 아낙네들이 우물가나 빨래터에서 수다를 나누듯, 오가는 길 봉놋방에 몰려 앉은 사내들이 소문을 나눈다. 너도 나도 대감댁 간통 사건에 신이 나 있었다. 간부가 후다닥 튀어 버리고 홀딱 벗은 채 남겨진 혜랑은 모진 매를 맞으면서도 간부가 누군지 끝내 불지 않았다고 한다. 그러나 역관 홍치원의 아들 홍수찬이 그 간부라는 소문이 파다했다. 장안을 휘젓고 다니던 한량이 바로 그날 이후 종적을 감췄으니 당연한 일이다.

"그자가 오래 전부터 혜랑이랑 정분이 깊었다더라고."

"그런데 그걸 이명윤 대감이 빼앗아 갔다는 건가?"

"아이가 들어섰으니 혜랑이도 어쩔 수 없었겠지 뭐."

"엥? 자네들 그 소문 몰라?"

한 사내가 눈을 둥그렇게 뜨고 주위의 관심을 집중시켰다. 사내는 목소리를 낮추었다. 남들이 듣지 못하게 하려는 게 아니라 오히려 주의를 끌려는 수작이었다. 낮은 소리로 소근소근, 사내는 주워들은 이야기를 자랑하기 시작했다.

"그 애가 말이야, 사실은 그 홍아무개 씨앗이라는 거야. 그러니까 홍가놈이 애를 안아 들고 도망을 갔지. 그러니까 그게 말일세, 혜랑이가 홍가 애를 밴 채 대감댁으로 들어간 거라고. 혜랑이가 대감댁 들어간 지 팔 개월 만에 그 애를 낳았는데, 도저히 팔삭둥이 같지가 않더라는 거야. 딸아가 얼마나 예쁘고 영리하고 말도 잘하고……. 대감이 그리 귀여워했다는데, 그게 무슨 우세라나, 점잖으신 대감께서 오쟁이를 진 채 몇 년을 속았으니 하하하……. 글쎄 그 홍가가 역관집 자식이라 천연덕스럽게 승문원 심부름하며 대감댁을 드나들었다네, 하하……."

대감이 어쩌나 창피한지 쉬쉬하면서 사매질로 끝냈다며 신나게들 웃어댔다. 차마 더 이상 듣고 있을 수가 없었다. 산에서 난아가 기다렸다. 순대와 만두를 사고, 솜을 두둑이 넣은 누비옷을 구했다. 당장 며칠이야 그렇게 버티지만 앞으로 어떻게 해야 할지 암담했다. 대체 무슨 짓이 일어난 건지 아직도 얼떨떨한 한편, 그리 살아 왔으니 이리 된 것은 자업자득이라는 후회도 가득했다.

아이는 어둠 속에서도 타박타박 거침없이 걷고 있었다. 접질린 발목은 퉁퉁 붓다 못해 뻣뻣해졌다. 한 걸음 딛기도 힘들었지만, 범이 나오는 산중에서 걸음을 늦출 수는 없었다. 수찬은 이를 악물고 발을 끌며 아이를 따라갔다. 한참을 오르던 길이 잠시 완만한 내리막에 접어들었다. 내리막길 끝으로는 우묵한 분지처럼 땅이 꺼진 데다가 울창한 숲이 있어 칠흑같이 어두웠다. 아이는 어둠 속을 헤치고 계속 걸었다.

기억의 마지막 끝은 아직도 한밤 숲속처럼 깊은 어둠 속에 잠겨 있었다. 그 며칠 후 들른 주막에서 혜랑이 끝내 죽었다는 소문을 들었다. 매질을 당하고 몸져누워 식음을 전

폐하고 있었다니 맞아 죽은 것인지 자살인지 알 수 없다고 했다.

"그래 갖고 어찌 살겠나. 죽을 수밖에 없겠지."

"에이, 기생이 서방질 좀 한 게 무슨 죽을죄라고……."

"어허, 기생이라도 시집을 가서 애가 있는데. 무슨 낯으로 자식을 보아."

"자식은 뭐 샛서방이 안고 튀었다며. 앞으로 자식 볼 날도 없을 텐데."

"살아만 있으면 왜 만날 일이 없겠나. 하지만 앞으로도 대감이 그 딸년을 자기 씨로 인정할지 그건 모를 일이지. 홍가 놈도 그걸 걱정해서 제 새끼를 들고 튄 게 아닐까."

가슴이 미어지는 듯했다. 울음과 술을 섞어 삼켜 넘겼다. 혜랑이 죽었는데, 혜랑의 딸이 산속에서 배를 곯으며 기다리고 있었다. 어서 돌아가야 하건만 자꾸 술이 들어갔다. 이내 취기가 올라 혜랑의 죽음을 안줏거리 삼는 사람들에게 한판 주정을 할 참이었다. 그런데 그때 새로운 목소리가 들렸다. 이보게들, 그런데 말이야, 나지막하게 키득거리며 뜸을 들이는 게 꽤나 자신 있는 화제가 남은 모양이었다. 호기심 가득한 시선이 모여든 가운데 사내가 마침내 입을 열었다.

"그 딸아가 말이야, 누구 앤지 모른다던데?

"왜? 홍가 놈 딸내미라던데?"

"아냐, 그 홍가 놈, 애 못 낳는대, 헤헤."

수찬은 입가로 가져가던 술잔을 저도 모르게 멈추었다.

"가운데 무 뿌리만 실속 없이 휘두르고 다녔지, 양쪽 호두 두 알은 쭉정이래. 장가든지 이십 년이 넘었는데 아직 애가 없잖아. 그리고 그렇게 오입질을 하고 다녔어도 홍가 애 가졌다는 여자가 하나도 없다는 거야. 하하하"

얼굴이 화악 달아올랐다. 술잔으로 얼굴을 가렸다. 듣지 않으려 해도 귓바퀴가 토끼처럼 쫑긋 서 버렸다.

"아니, 그럼 홍가는 제 새끼가 아닌데도 데리고 튀었단 말이야?"

"홍가는 제 새낀 줄 아는가 보지. 그렇다면 얼마나 천금 같겠나. 나이 서른 훨씬 넘어 겨우 제 자식이 하나 생겼는데."

"그럼 왜 혜랑이 애를 배었을 때 제 계집 삼질 않고?"

"그거야 모를 일이지. 자기도 확신이 없었는지, 아니면 정작 그때는 번거롭다가 나이 먹어 가면서 핏줄이 아쉬운지. 아니면 혜랑이가 아이 아비 찾아서 대감댁 소실로 들어간 건지, 그거야 어찌 알겠나."

"그럼 대감 아이라는 건가? 그렇다면 아이가 참으로 안되었네. 기생 딸이긴 해도 대감댁 서녀로 자라다 졸지에 에미는 맞아죽고 엉뚱한 불한당에게 납치당했으니. 홍가가 애를 그냥 두고 갔으면 이런 소문도 안 나고, 대감은 그래도 제 딸이라고 키웠을 텐데……."

사람들의 무심한 말은 끝없는 수렁 같았다. 명확한 형체
도 없는 수렁이 빠진 이의 손발을 묶고 숨통을 막으며 무
자비하게 끌어들였다. 발버둥 쳐도 바닥에 닿지를 않았다.

　"이 사람들, 순진하긴. 그 애가 대감 딸인지 홍가 놈 딸
인지 어느 잡놈 딸인지 어떻게 알아? 혜랑이 본색이 기생
인데. 대감댁 소실로 들어가서도 제 버릇 개 못 주고 정부
를 집안까지 끌어들인 계집인데."

　수찬은, 태어나서 처음으로 참았다. 네가 뭘 아느냐고 주
먹을 날리고 싶은 건지, 혹은 그게 사실이냐고, 어디서 그
런 소문을 들었냐고 캐묻고 싶은 건지, 자신도 알 수 없었
다. 그건 상관없었다. 그저 당장 그 사내들의 멱살을 잡고
싶은 불같은 욕구를, 수찬은 난생처음 참았다. 부들부들
떨리는 손으로 술값과 음식값을 치르고, 먹을 것을 사서
난아에게로 돌아갔다.

　그리고 그날 밤, 적당한 집을 찾아 난아를 맡겼다. 채씨
성을 가진 가난한 부부인데 자식이 없었다. 가지고 있던
돈과 패물을 모두 주고 빚쟁이에게 잡히면 팔려 갈 참이니
아이를 데리고 피신하라는 조건을 붙였다.

　"걱정 마세요. 우리도 살기가 어려워 고을을 뜨려던 참
이었는데. 마침 잘됐네요."

　젊은 아낙이 장담했다. 아낙은 망설이는 서방에게 속삭
였다.

"이 돈이면 강원도 산골 고향으로 가 땅뙈기라도 사서 살 수 있잖아요."

그래도 머뭇대는 서방을 밀치고 아이를 받아 안았다.

* * *

회상에 잠겨 있던 수찬을 깨우듯 아이가 소매를 잡아당 겼다.

수찬은 눈을 들었다. 앞은 완벽하게 캄캄한 어둠이었다. 사방은 나뭇잎 속삭이는 소리조차 없이 고요했다. 수찬은 뒤를 보기 위해 고개를 돌렸다. 제 옷깃 버석거리는 소리 가 귓가에서 폭포처럼 울릴 뿐, 뒤 역시 아무것도 없는 어 둠이었다. 갑자기 피로가 산사태처럼 온몸을 덮쳤다. 피곤 할 수밖에 없었다. 발목까지 삔 채 오래 밤길을 걸었다. 저 녁 무렵에는 머리도 얻어맞지 않았나. 수찬은 머리에 두른 헝겊을 더듬어 보았다. 피가 딱딱하게 말라 있었다. 너무 오래 힘든 길을 걸어왔다. 이제쯤이면, 이 자리에서 숨을 놓아도 좋으련만 후우우, 수찬은 숨을 깊게 내쉬었다.

수찬은 몸을 굽혀 아이와 눈을 맞추었다. 아이가 그를 빤히 쳐다봤다. 알 수 없는 긴장감을 불러일으키는 눈이었 다. 세상천지 험한 곳을 다 다니며 험한 일을 다 겪어온 수 십 년의 세월이 아직 살아남아 있었나. 그 세월이 마지막

힘을 짜내 정신 차려라, 또 그를 다그쳤다. 수찬은 숨을 고르고, 두려움을 누르고, 어디인지, 무엇인지 모를 기척에 온 신경을 집중했다. 허리춤에서 장도칼을 뽑아들고 아이를 바싹 끌어당겼다. 다음 순간, 어둠 속에서 싸늘한 기운이 벼락처럼 덮쳐 왔다. 수찬은 아이를 왼팔로 안으며 오른손의 칼을 치켜들었다. 푸슬푸슬한 편발(編髮)이 수찬의 얼굴을 후려쳤다.

"이놈이!"

수찬은 고함과 함께 치켜든 칼을 크게 휘둘렀다. 그러나 휘두른 칼은 허공을 베었을 뿐 헛되이 그의 손아귀에서 미끄러졌다. 하늘로 솟았던 칼이 떨어지며 오히려 그의 팔뚝을 그었다. 수찬은 휘청, 앞으로 넘어졌다.

구름 속에서 달이 빠져나오며 주위의 어둠이 절반 걷혔다. 함께 넘어졌던 아이가 그의 품에서 빠져나갔다. 수찬은 몸을 일으키려다 주저앉았다. 접질린 발목도 베인 팔도 힘을 쓸 수가 없었다.

"다 왔어요."

아이가 말하더니 손가락으로 앞을 가리켰다. 수찬은 꿈속의 꿈처럼 어리둥절해졌다. 여기 어디에 마을이 있단 말인가.

의아한 수찬의 눈앞에 둥근 불빛이 두 개 나타났다. 크지는 않으나 환하게 투명한 불빛이었다. 부부가 호롱을 켜

들고 딸을 마중 나온 건가. 아니었다. 불빛이 좌우로 조금씩 움직일 뿐 일렁이는 불꽃이 없었다. 수찬의 등 뒤에서 차가운 바람이 불어오고 있는데도 그 불빛 두 개는 마치 호박 구슬처럼 단정하게 빛을 발하고 있었다.

수찬은 문득 아이가 가리키는 것이 앞의 불빛이 아닌 발아래 바닥인 것을 깨달았다. 바닥에 무언가가 있었다. 낯익은 물건이었다. 그것은 수찬의 전대였다. 수찬은 급히 허리춤을 더듬어 보았다. 분명히 허리에 단단히 두르고 있던 전대가 사라져 버렸다.

등 뒤에서 아이의 목소리가 들렸다.

"난 산적의 딸이 아니야. 산적은 그 편발 아저씨였다고. 그 아저씨가 뒤통수를 갈기고 전대를 훔쳐 달아난 거였어."

수찬은 전대를 집어 들었다. 전대는 갈가리 찢어져서 엽전 꾸러미는 그대로 땅바닥으로 빠져나가고 헝겊만 들려 올라왔다. 헝겊이 아니라 진흙덩어리 같았다. 피에 절은 헝겊이 꾸덕꾸덕 말라 있었다. 수찬은 몇 걸음 앞의 바닥을 보았다. 길쭉하고 삐죽한 것들이 흩어져 있었다. 그 사이로 둥근 것이 보였다. 사람 머리통만 한 크기였다. 달빛이 좀 더 밝아지자 그 둥근 것 한쪽으로부터 기다랗고 푸슬푸슬한 검은 끈이 늘어져 있는 게 보였다. 총각의 머리는 눈을 부릅뜬 채 입을 벌리고 있었다.

"전대를 훔쳐 달아나다가 산군 할아버지를 만난 거야.

그리고 창귀가 되어 아저씨에게 다시 돌아간 거지. 아저씨를 데려다 산군에게 바치려 말이야."

수찬은 뒷골이 다시 뻐근해졌다. 총각이 옷으로 붕대를 만들어 감아 준 머리였다. 그 붕대는 언제 있었나 싶게 사라지고 없었다. 머리는 피가 떡이 되어 굳어져 있었다.

"그럼, 창귀의 농간이었다고?"

"그 편발 아저씨 거짓말쟁이야. 산도둑에다 창귀는 그 아저씨였다고."

그래. 그랬구나. 심마니의 아들. 어려서 호랑이에게 아비를 잃고, 세상살이가 호랑이보다 더 무서워 산도둑이 되었던 총각은 도둑질을 하려고 산을 넘다가 호랑이 밥이 되었구나. 창귀가 된 아비의 얼굴은 보았으려나.

수찬은 천천히 고개를 들었다. 바람의 방향의 바뀌며 앞에서 바람이 불어 왔다. 역한 노린내가 확 풍겨 왔다. 불빛 두 개가 천천히 기우뚱거리며 다가오고 있었다. 수찬은 그동안 차마 입 밖에 꺼내지 못했던 질문을 아이에게 던지며 고개를 돌렸다.

"그럼…… 너는?"

아이는 이미 그 자리에 없었다. 바닥에서 왼 가르마를 탄 조그만 머리통이 불빛 쪽으로 굴러가다 홀연 사라지고 아이 웃음소리가 맑게 울렸다. 늙을 대로 늙어 산신령이 다 된 호랑이가 다리를 심하게 절며 기듯이 다가왔다.

거동을 못 하고 겨우 몇 발자국 옮겨 다니는 게 고작인 절름발이 범이었다. 그의 주변에 수십 창귀가 아우성을 치고 있었다. 희끄무레한 유령들이 그들의 주인을 호위하고 적군을 만난 오랑캐 병사들처럼 환호성을 질러 댔다. 허리께를 더듬어 장도칼을 찾았으나 잡히지 않았다. 칼은 방금 전 총각의 허깨비를 베고 그의 팔뚝을 그은 것을 끝으로 사라져 버렸다. 그러나, 상관없었다. 그 희미한 형체들 속에 말할 수 없이 그리운 것이 너울대고 있었다. 그것이 무엇인지 모르지만, 수찬은 넋을 잃은 채 그 광경을 보고 있었다.

범이 한 걸음 앞까지 다가오도록 수찬은 꼼짝도 하지 않았다. 그 자리에 주저앉은 채 그가 왜 위험한 산을 넘었나 그 이유를 생각했다. 애써 생각지 않으려던 그 이유를, 아마도 그가 이미 알고 있었던 그 이유를 생각한다. 그것은 아주 오래전에 시작된 산행이었다. 난아를 맡기고 난 후 오래도록 수찬은 강원도 근처를 떠돌았다. 주막 봉놋방마다 입담 좋은 이들이 패담을 풀어놓는 사이로, 운 좋으면 근처 마을 소문을 들을 수 있었기 때문이다. 소문들, 그래 소문들이었다. 그게 무슨 소문이었더라. 중곡리 편뜰에 집 떠났던 채씨 내외가 돌아왔다는 소문. 돈을 많이 벌어왔더라는 소문. 여자아이가 예쁘더라는 소문. 그런 소문들.

바로 눈앞에서 범의 앞발이 번득하더니 수찬의 고개가 홱 꺾였다. 뚜둑, 목뼈가 부러지는 소리가 들리고, 가장 깊이 묻혀 있던 그 마지막 것이 마침내 풀려나왔다.

어느 저녁, 그가 지친 몸을 누인 이웃 자리에서 들려오던 이야기들, 잠결에 들은 꿈이겠거니, 애써 기억하지 않으려던 그 이야기. 젊은 날의 그를 이 땅에서 몰아내 이역을 떠돌게 하고, 지금 늙고 지친 그를 이 자리로 찾아와 울게 만든 이야기 한 자락.

편뜰에 채씨네, 이태 전에 돌아온 부부 말이야, 예쁘장한 딸아이 데려왔었잖아, 그 아이가 호환을 당했다데. 이제 보니 그 애가 친자식이 아니라 돈 받고 떠맡은 애더라고. 젊은 부부가 어떻게든 살아 보겠다고 대처로 나갔지만, 암것도 없는 촌뜨기 부부가 뭘 해서 먹고 살겠나. 차라리 고향 산골에 숨어 화전이라도 일궈먹으려고 돌아오려는데, 마침 돈을 준다니 얼씨구나 하고 맡은 거겠지. 애가 약골에다가 울보라서 구박도 많이 받고 그런 모양이야. 그날도 엄마 엄마 울면서 나가길래 저것이 또 저런다 했는데, 애가 돌아오질 않더래. 세마골 산등에서 흔적을 찾았는데, 싹 다 잡아먹고 머리만 남았더래. 범도 아이가 불쌍하고 미안했던지 아이 머리를 혀로 핥아서 왼 가르마를 곱게 타 줬더라네. 화장해서 돌 아래 묻고 시루를 엎었다던데, 무덤이 있다 한들 찾아가 울어 줄 사람이나 있을는지……

본 작품은 태백문화원 김강원 향토사학자님께서
직접 채집한 실화에 착안하여 쓴 이야기임을 밝혀둡니다.

로부전 勞婦轉

이재만

IT 노동자, 읽고 쓰는 사람. 2012년 「연애소설 읽는 로봇」《크로스로드》)로 데
뷔했다.

충청도 청주목에 청천이라는 마을이 있었다. 산세는 포근하고 학이 많으니 선비들은 공부하기를 즐기며, 흙은 온순하고 바람은 부드러웠다. 흙과 물의 성정이 순하고 맑으니 인심도 그 뿌리를 딛고 서는지라 개 짖는 소리보다 큰 노성이 들리지 않는 마을이었다. 그 마을 가운데에 담 너머로 웃음소리는 흘러나와도 고함소리 한 번 흘러나온 적 없는 집이 있으니, 바로 최학인의 집이었다.

조정의 관직에서 물러나 향리로 있던 조부의 밑에서 집안을 이어받은 최학인은 노비가 열에 소작지의 소출이 매해 만 석을 넘었으나 반찬은 세 가지 이상을 상 위에 올리지 않았다. 노비를 매질하거나 함부로 대하지 않으니 마당에서 키우는 개조차도 더운밥을 먹으며 고함 질러 부르지 않는 곳이 최학인의 집이었다. 아침이 밝기 전에는 최학인의 글 읽는 소리가 부뚜막의 연기보다 먼저 집안에 피어올랐다.

최학인에게는 아들 하나, 딸 하나가 있었다. 열여덟에 진사시에 급제한 아들은 서울로 떠나 관직에 임명되었다.

최학인은 때때로 젊은 임금의 편지를 받았다. 편지들은 대개 다음과 같은 내용의 글이었다. 보내는 때와 어조의 높낮이만 약간씩 다를 뿐 내용은 한결같았다.

그대에게 같은 글을 보내고 있는 것이 몇 해인가. 답장에 실망하고 나의 부덕을 한탄한 것은 몇 번인가. 그대의 선대가 내게 보여 준 깊은 학식과 도는 만인의 귀감이다. 내가 겪어 이미 알고 있다. 내가 보위에 오르기 전부터 그대의 조부는 경서를 가져와 나에게 읽혔고, 나를 훈육하였다. 그 가르침은 귀하고 귀하다. 나는 밤낮으로 그 가르침을 따라 선현의 말씀을 가까이하며 백성을 입히고 먹이는 일을 걱정한다. 백성의 일로 걱정하는 것도 그럴진대, 보위를 이어갈 세자를 걱정함은 어떠하겠는가? 제 모자람을 자식에게 물려주고 싶지 아니한 마음은 여염집의 아비도 그러한대 어찌 왕가에는 없다 하리오. 나는 심히 걱정하고 걱정한다. 세자는 날로 성장하고 있다. 그 뿌리가 곧게 내리도록 가르칠 사람이 필요하다. 나는 그대의 조부가 내게 전한 지혜를 온전히 세자에게 물려 주지 못할까 걱정되어 잠을 이루지 못한다.

나는 그대의 학식과 덕망을 들어 알고 있다. 그대를 칭송하는 소리가 높을수록 고고한 뜻을 품고 기품 있게 고개를 숙이고 있다. 그대의 덕망은 귓가에서 날로 높아 가는데 어찌하여 그대는 내 앞에 모습을 보이는 것을 주저하는 것인가.

그대의 아들인 수찬을 여러 해 지켜본 바 아비의 모습이 이와 다르지 않겠구나, 오히려 이보다 높겠구나 하며 기대를 품고 있다. 그대는 초야의 고고한 학과 같이 살며, 선현의 말씀을 흠앙하고, 그대가 깨우친 도를 그 아들로 보여 주었다. 그대는 이와 같은 도를 넓힐 생각이 없는가? 그대가 깨우친 도가 아들에게 이어져 뜻을 펼치고 있으니 이를 모자라다 할 사람은 없을 것이다. 그러나 그 도를 세자에게도 열어 보일 마음이 없는 것인가? 그대는 나를 훈육하여 나라에 큰 뜻을 이루려 하던 조부의 의리를 모른다 하려 하는 것인가?

나의 기다림은 쌓이고 쌓여 갈기를 견디지 못하고 모래를 입에 넣을 지경에 이르렀다.

이와 같은 나의 부름을 더 이상 외면하지 말라.

최학인은 임금의 유시를 받들 때마다 고민에 빠졌지만 더 큰 고민은 집 안에 있었다. 딸인 여진이 스무 살이 넘어 혼기를 놓치도록 마땅한 혼처를 못 찾고 있었던 것이다. 여진의 혼담은 임금의 유시만큼이나 여러 번 깨졌다. 여진은 침묵으로, 때로는 완강한 거절로 혼담을 깨부수었다.

답답한 마음에 최학인은 여진에게 물었다.

무엇이 그리도 마음에 안차느냐. 용모더냐, 집안이더냐, 학식이더냐.

세월은 비바람 같이 단단한 바위라도 능히 깎고 쪼개니 용모가 이와 마찬가지입니다. 풍파에 스치면 깎여 사라질 것에 마음을 두라고 소녀가 아버님께 그리 배웠겠습니까. 집안도 마찬가지입니다. 일어설 때가 있으면 주저앉을 때도 있는 것이오, 아예 바람에 나는 겨와 같이 흩어지기도 하는 모를 일이 사람의 생이옵니다. 그 또한 마음에 두지 않습니다. 학식은 고매하고 깊을수록 좋은 것이니 그 끝이 있겠습니까. 모자란 것은 채울 때가 한참이니 그 때를 기다리는 즐거움이 어찌 없겠습니까. 그러니 학식의 모자람도 아니옵니다. 미련한 아녀자이오나, 어버이와 오라버니의 덕에 누를 끼칠까 두려움이 있습니다. 정인을 만나고픈 마음이 없다 하겠습니까. 다만 배우고 듣고 깨우친 바가 있어 어버이와 오라버니의 깊은 속을 닮은 정인을 스스로 가려 보고 싶사옵니다. 아녀자의 좁은 뜻이오나 배우고 깨우친 대로 뜻이 있사옵니다.

딸의 말에 최학인은 더 이상 혼사 이야기를 채근하지 않았다.

***

　하루는 여진이 얼마 전 해산한 동무를 만나러 출타하였다가 계집종과 함께 집으로 돌아오던 날이었다. 여진의 앞으로 먼발치에 선비 하나가 길을 걸어가고 있었다. 행색을 보아서는 과거를 치르고 귀향길에 오른 이 같아 보였다. 여진과 걷는 길이 같았는지 선비는 여진보다 오십 보 거리를 같은 간격으로 앞질러 가고 있었다. 여진은 계집종과 소곤소곤 이야기를 나누느라 선비의 모습을 신경 쓰지 않았으나 마을 어귀를 지나 집으로 가는 길에 접어들었을 무렵에 계집종이 조용히 선비를 손가락질하였다.

　이상하지 않습니까. 아가씨. 뭘 저리 두리번거리며 걷는다는 말입니까. 간자나 암행 나온 어사는 아닐까요.

　초행길이라 그렇겠지. 행색을 보아하니 이 고장 선비가 아니라 먼 길을 가는 길인 것 같은데.

　여진도 다시 눈여겨보니 계집종의 말대로 그러하였다. 선비는 때때로 담 낮은 집 안을 휘 둘러보고 망설이고 돌아서다가 중얼거리기를 반복하였다.

　여진과 계집종은 선비를 뒤따라 마을 안쪽으로 들어갔다. 선비는 집들을 두리번거리다가 여진의 집 대문 앞에 멈춰서 담장을 죽 둘러보고 있었다. 선비가 멈춰서는 바람에 여진과의 거리는 가까워져 그가 중얼거리는 목소리를 들을 정도까지 가까워졌다.

이 집이라면 괜찮겠구나.

여진과 계집종은 선비를 앞질러 대문으로 들어갈까 하다가 마음에 걸리는 것이 있었다. 잠시 머뭇거리는 사이에 계집종이 선비에게 말을 걸었다.

선비님, 이 댁에 무슨 볼일이라도 있으시오.

화들짝 놀란 선비는 뒤를 돌아보고는 장옷으로 얼굴을 가리는 여진과 눈이 마주치자 이내 얼굴을 붉혔다. 계집종이 재차 채근하자 선비는 어렵게 말을 꺼냈다.

서울에서 과거를 마치고 담양으로 내려가던 길입니다. 곧 날이 저물 것 같아 하룻밤 신세질 곳을 찾던 터라…….

말꼬리를 흐리는 선비를 보며 여진이 조용하게 물었다.

그러면 사람을 불러내어 유숙할 수 있는지 물어보시면 될 일이지 어찌 마을 어귀부터 집집마다 염탐하듯이 둘러보셨단 말입니까.

여진의 말에 선비가 답했다.

하룻밤이라 해도 집안의 살림새는 봐 가며 청해야겠다 생각했습니다. 오는 길에 식솔 먹일 쌀 한 톨 없어서 손님을 내치면서도 걱정하고 민망해하는 집들을 많이 봐 왔습니다. 길 가는 나그네를 하룻밤 받아 주는 것이 도리란 걸 알면서도 당장 주린 배를 채울 길 없어서 도리를 따르지 못하는 것을 부끄러워하는 집들이 많았습니다. 그 마음을 안다면 몸을 맡겨도 발 뻗고 쉴 만한 곳을 찾아야 하지 않겠습니까.

여진은 장옷을 슬며시 내려 선비의 얼굴을 쳐다보았다. 얼굴을 붉힌 선비는 개밥바라기별이 꾸물거리며 올라오는 하늘만 쳐다보고 있었다.

저희 집에 머물다 가시지요. 행랑채에 쉴 곳이 있사옵니다. 고을 인심은 다른 곳보다 결코 못하지 않고, 저희 집은 집안의 노비 먹이는 일도 걱정하지 않는 집이니 선비님인들 하룻밤 못 모시겠습니까. 안으로 드시지요.

선비는 몇 번을 거절하다가 얼마 후 못 이기는 척 여진을 따라 집 안에 들어섰다.

별채에서 나온 여진은 행랑채로 밥상을 들고 들어가는 계집종을 불러 세우고 상차림을 들여다보았다.

아버님께서야 나물 세 가지만 놓고 드신다 하여도 집 안에 들인 손님에게까지 밥상을 이리 내놓는다면 손님 뵙기 부끄럽고, 집안 인심을 두고 타박할까 두렵다. 넉넉하게 올려 드리거라. 먼 길 오가시는 분이니 시장하실 터이다.

여진의 말에 계집종은 자반을 올리고 올갱이국을 다시 끓여 저녁상을 차려내 왔다.

* * *

밥상을 물리고 나니 안채에 있는 최학인이 선비를 불렀
다. 서울의 저자와 도성에 떠도는 이야기나 듣자고 청한 것
이었다. 최학인은 선비의 용모를 찬찬히 살펴본 다음 본관
과 이름을 물어 보았다. 함께 수학하던 동문과 같은 본관
이라는 이야기에 근황을 물어보고 집안의 사는 것과 글공
부 하는 것을 물어보았다. 선비는 겸손하게 말을 낮추었지
만 최학인은 그의 말 속에 품은 학식과 기품을 읽었디. 자
신이 맞게 선비를 읽은 것인가 궁금해진 최학인은 여진을
불러 지필묵을 가져오게 하였다. 집안의 서책과 문방구를
관리하는 것은 늘 여진의 일이었다.

최학인과 선비가 마주보고 앉고 여진이 문간에 앉아 선
비와 자신의 아비가 글을 나누는 것을 들었다. 밤이 깊어
지자 최학인은 선비를 행랑채로 보내고 문간에 서성이던
여진을 방 안으로 불러들였다.

이름이 약현이고 본관은 담양 이(李)가라고 하더구나.
나이는 스물하나에 노모를 모시고 산다. 영특하고 비범하
다. 눈가도 아주 맑구나.

여진은 고개를 끄덕이며 대답했다.

저도 그렇게 느꼈사옵니다.

문간에서 계속 서성이더구나.

그랬사옵니다.

내일 약현이 떠나는 길에 사람을 딸려 담양에 보낼까 한다. 사는 것을 좀 보고 오라고 해야겠다. 괜찮겠느냐.

여진은 얼굴을 붉히고는 고개를 숙였다.

아버님 뜻대로 하옵소서.

최학인은 간만에 환한 웃음을 지으며 대꾸했다.

그게 어찌 내 뜻이더냐. 이 녀석아.

청천의 아전이었다가 지금은 최학인의 집안을 돌보는 집사가 약현을 따라 담양을 갔다 온 뒤로 혼담은 일사천리로 이루어졌다. 혼인은 다음 해 봄에 이루어졌고 약현은 노모를 청천으로 모시고 와서 최학인의 집에서 가까운 곳에 신접살림을 차렸다. 작지만 최학인이 직접 사람을 불러 구들을 새로 앉히고 지붕을 얹은 집이었다. 딸의 출가를 반기는 임금의 유시가 내려왔다. 유시에는 축하 인사만 있는 것이 아니었다.

최학인은 사위인 약현의 공부 뒷바라지를 하는 딸의 핑계를 대려 했지만 약현이 식년 문과에 급제하자 그럴 명분마저 사라졌다. 이듬해 가을걷이가 끝난 뒤 최학인 일가는 한양의 북촌으로 집을 옮겼다.

최학인은 세자의 서연관으로 입직되었고 약현은 집현전의 학사가 되었다. 선왕의 업적을 정리하여 편찬하는 학사들 사이에서 말단이었지만 그가 따로 정리한 초서를 우연히 읽어 본 임금이 흡족해하며 상을 내리자 약현의 재주를 질시하는 이들도 생겨났다. 약현과 여진은 금슬이 좋았다. 약현의 노모 역시 여진을 딸처럼 아끼었다. 한양에 오고 난 다음해에 여진은 셋째 아들을 잉태하였다. 세자의 서연을 위해 입궐하는 최학인은 늘 입가에 웃음을 띠게 되었다.

* * *

조회에 나온 임금의 표정은 어지러웠다.

끌로 서툴게 조각한 듯 거칠게 생긴 턱을 굳게 다물고 찌를 듯한 안광으로 신료들을 노려보던 임금은 노여움을 삭이며 말했다.

나는 일전에 대사성을 통해 정학을 이끌어야 할 성균관의 유생들이 패관을 통해 들여온 난문으로 글을 어지럽히고 수양할 도리를 다하지 못한다 책망하였다. 그대들은 아둔한 백성들이 남자와 교접하지도 않고 아들을 수태했다는 여인의 그림에 절을 하는 해괴한 미신에 대해서 말한다. 이러한 사학과 미신을 물리치지 않으면, 백성의 근본이 흐려지고 유자의 도가 땅에 떨어져 종묘사직을 뿌리째 뒤흔들 것이라고 염려하며 그들을 잡아다 근본을 망각한 죄를 엄하게 물으라 하였다. 그대들은 바닥에 머리를 찧고 눈물을 뿌리며 나에게 고하였다. 나는 다시 말한다. 사학이 뿌리를 내리는 것은 정학의 근본이 바로 서지 못해서이다. 뿌리를 곧게 내리고 하늘을 향해 가지와 잎을 만개하는 나무의 주변은 늘 향기로운 것만 감돈다. 가지를 활짝 펴 하늘의 상서로운 기운을 받아 뿌리를 내린 나무의 그늘 아래 어찌 상서롭지 못한 것이 자랄 수 있겠는가. 이치는 이와 같다. 유자(儒者)는 뜻을 갈고 닦아 도와 의리에 정진하기에도 열두 달과 낮밤이 너무도 짧다. 젊어서 이러한 의리를 가까이 하고 몸과 마음을 수양을 하여야 할 자들이 어찌 누워서 선현의 말씀을 읽겠다고 당판본을 들이는 짓을 단절하지 못하는가. 정녕 그자들은 스승 앞에서도 그러한 불경을 저지른단 말인가.

보아라, 들어라, 이것이 나라의 근본을 바르게 할 책무를 진 자들이 오늘날 벌이고 있는 작태다. 난문으로 정학을 어지럽히고 그것을 스스로 부끄러워하지 않는 자들의 작태란 말이다. 난문을 버리고 경건한 마음으로 학문을 바로 세우라 책망을 받은 자조차도 반성은 안 하고 이런 난문을 내 앞에 들이 댄다. 그대들은 대체 무엇을 하는 자들이냐. 무엇을 위해 글을 읽고 수양을 하는 것이냐. 정학의 근본이 이토록 흔들리고 있는데 그대들이 어찌 사학을 단죄하겠다는 것이냐. 돌아가서 그대들의 뿌리부터 돌아보라.

임금은 유생 이옥이 올린 글을 집어던지며 말을 맺었다.

최학인이 사학의 무리들과 가까이한다는 상소를 올린 대신들은 임금이 오히려 이옥의 글을 들어 맞서자 머쓱해져 퇴궐하게 되었다. 기방에 모인 몇몇은 사람을 물린 다음 저희들끼리 속닥였다.

사학의 일로 서연관을 치고 들어가려 한다면 도리어 주상의 화만 불러 문제가 쉽게 풀리지 않을 것입니다. 이럴 때는 방법을 달리 하여야 합니다. 길이 하나만 있는 것은 아니잖습니까? 마침 재미있는 것이 눈에 띄게 되었습니다.

***

규장각의 대교 하나가 규장각 제학에게 서책 한 권을 슬며시 건네었다. 제학은 침침한 눈을 가늘게 뜨고는 표지가 닳고 손때가 묻은 서책을 내려다보았다.

일전에 주상의 명에 따라 궐내에서 도는 서책을 점검하여 부정한 문체를 사용하는 잡서와 사서들을 모두 거둬들여 불태우라는 명이 있었습니다. 그 와중에 궐내 나인들끼리 돌려보던 잡서 하나가 들어왔습니다. 궐 밖 아녀자들이 즐겨 읽는다는 잡서인데 서책을 들여온 출처를 추궁하다 보니 재미있는 이름이 튀어나왔습니다.

제학은 언문으로 필사된 서책의 첫 장을 곰곰이 읽어

보며 눈을 끔뻑였다. 대교가 말을 이으려 하자 손을 들어 조용히 시킨 다음 한동안 묵묵히 책을 읽어 내려갔다. 한 권을 다 읽고 난 다음에야 제학은 고개를 끄덕이고는 물었다.

재미있네, 재밌어. 너무 재미있어서 이래도 되나 싶을 정도야. 이 글을 쓴 자도 이 글만큼이나 재미있는 사람이던가.

대교는 빙긋이 웃으며 답하였다.

서연관 최학인의 사위 이약현이 그 글을 쓴 자이옵니다. 집현전 학사로 있는 자입니다.

제학은 글쓴이의 이름을 듣고는 웃음을 거두었다. 그러나 그와 그 장인의 이름이 재미있다는 생각은 거두지 않았다.

* * *

임금은 고하를 막론하고 신하들과 자주 독대하였다. 사관이 없는 자리에서 독대하는 일이 잦자 삼사가 불평을 하였다. 임금은 마냥 흘려들었으나 삼사의 의견을 매번 모른 척할 수는 없었기에 독대를 되도록 삼가려 하였다. 그러나 제학이 몰래 사람을 보내 전한 서찰과 서책들을 본 임금은 이번은 어쩔 수 없다고 여겼다.

서찰의 내용은 명료하였다. 서연관 최학인을 탄핵하려는

자들은 어떤 식으로든 목적을 이루려 할 것이다. 제학은 당론에 따라 최를 탄핵하려 하지만 임금의 뜻이 그러하지 않으니 당론을 달래고 잠재울 방도로 약현을 거래 조건으로 밀었다. 서연관 대신 그가 아끼는 사위를 처벌하여 서연관에게는 경고를, 자신의 당원들에게는 할 일을 다했다는 만족감을 주자는 제안이었다. 지난 십여 년 동안 제학과 비밀리에 서신을 주고받으며 당파를 조종하던 임금은 서찰에 알았다고만 써서 답장을 보냈다.

며칠 뒤 임금은 제학이 답신으로 보낸 서찰을 불태우고, 그가 보낸 서책들을 읽어 보고 있었다. 책은 총 세 권으로 이어지는 내용이었다. 세 번째 권을 읽는 도중에 상선이 조용한 목소리로 약현이 왔음을 알렸다. 임금은 약현을 보지 않고 서책에만 눈길을 주었다.

부복하고 있던 약현의 귀에는 임금이 책장을 넘기는 소리만 들렸다. 약현은 가까이에서 임금의 얼굴을 처음 보는 것이었다. 집현전 학사 중에서도 가장 말단이었고, 그가 선대왕의 업적을 정리하고 편찬하는 중에 나름대로 정리한 초서를 우연히 임금이 읽은 적이 있었다는 사실만 알고 있었다. 그가 초서를 보고 순수하고 정한 문장이라고 칭찬한 적이 있다는 사실도 알고 있었다. 그러나 알 수 없는 일로, 하지 않은 일로도 무슨 죄를 뒤집어쓸지 모르는 게 구중궁궐의 일이다. 약현은 손마디가 부들부들 떨리고 있었다. 임금의 침묵 속에서 한 장 한 장 책장이 넘어가는 소리가 들릴 때마다 두려움도 그만큼 쌓여가고 있었다.

마침내 세 번째 권을 모두 읽은 임금은 책장을 덮었다. 임금은 세 권의 서책을 서안 위에 올려놓고 내려 보다가 한숨을 쉬듯이 말했다.

참으로 해괴한 글을 썼구나.

감히 고개를 들지 못하던 약현은 구들을 파고 고개를 집어넣을 듯이 머리를 바닥에 박았다.

학사 이약현, 고개를 들라.

임금은 눈가에 두려움이 어린 청년의 얼굴을 보았다.

너를 따로 부른 것은 죄를 추궁하기 위함이 아니다. 너의 죄는 이미 너무나 명백하여 따로 추궁할 필요가 없다. 단지 궁금한 것들이 있어 너를 부른 것이다. 그러니 답하라.

네, 전하.

너의 이야기는 참으로 해괴하다. 이것은 중국의 요설이나 저자의 떠도는 야담에서 본 이야기가 아니다. 대개 이러한 요설들은 전해 내려오는 옛이야기가 있어 그것을 고쳐 읽기 좋게 만든다. 하지만 너의 이야기는 어디에서도 들은 적도, 읽은 적도 없는 이야기이다. 신선을 돕고 얻은 청실과 홍실을 나무토막 인형에 묶어 사람처럼 말하고 움직이게 한다는 이야기 말이다. 참으로 해괴하다. 이렇게 해괴한 이야기를 너는 오늘의 조선에서 하고 있다.

너의 이야기에서 백성들은 고을의 수령이 바뀔 때마다 송덕비를 세우느라 노역에 동원되고, 그 송덕비를 세우자마자 수령이 다시 바뀌어 또 다른 송덕비를 세우다가 농사의 때를 놓친다. 백골징포에 시달려 집안이 야밤에 산으로 도주하고 풀뿌리를 끓여 먹으며 모질게 살아간다. 나도 이것을 들어 알고 있다. 내 백성들이 그렇게 죽지 못해 살며 모진 목숨을 이어가고 있다는 것을 들어 알고 있다. 이야기의 첫머리에 너는 백성의 모진 삶을 이야기한다. 그리고 그 삶 위에 이렇게 허황된 이야기를 놓고 말한다. 이것은 무엇을 말하려 함이냐. 옛 현인의 도를 따라 오늘의 삶을 나아지게 하는 이야기도 아니며 오늘의 곤궁함을 일깨워 사람들에게 알리고자 하는 글도 아니다. 이것은 무엇이냐.

약현은 임금이 자신이 난문을 썼다는 것 자체를 힐책하는 것이 차라리 나을 뻔했다고 여겼다. 약현은 머리를 조아린 채로 말이 없었다.

약현의 글은 대략 이러하였다.

진천 지방에 가뭄이 극심한 해였다. 연이은 기근으로 백성들은 말라가고 밭 가는 소마저 잡아먹는 이들까지 생겨날 정도였다. 가뭄과 치수를 다스리지 못한 질책을 받아 고을 수령은 하루가 멀다 하고 바뀌기 일쑤였다. 수령이 바뀔 때마다 도리를 따른다며 송덕비를 세우고, 떠나는 수령에게 전별금을 걷어 바치는 일이 반복되었다. 떠나는 수령의 전별금을 걷어 바치고 나면 오는 수령을 맞이해야 했다. 일 년에 이 같은 일이한 번이 있어도 민가의 솥단지조차 남아나지 않을 정도였는데 많게는 세 번을 치르니 견디지 못하고 야음을 틈타 산으로도주하는 일가들도 늘어났다. 죽은 자마저 병적에 올리고 노역에 동원하니 산 자들은 죽은 자의 이름에 묶여 노역에 시달렸다.

이야기의 주인공인 산해도 그런 자였다. 기근에 시달리다 죽은아비의 군포를 짊어지자 홀어미의 봉양을 다하지 못할까 두려워 산으로 도망친 자였다. 산해는 손재주가 좋아 목불상을 조각하거나 수레바퀴를 고치는 일을 즐겨 하였다. 때때로 불상을 조각하며 살던 산해는 어느 날 나무를 하러 숲속을 거닐다가 올무에 잡힌 사슴을 발견하고, 가엾은 마음이 들어 올무를벗겨 사슴을 구해 주었다. 사슴은 산의 신령이 잠시 기거하던몸이었으니 신령은 그 일로 산해를 어여삐 여기었다.

어느 날 나무를 하러 갔던 산해는 신령을 다시 만나 청실패와홍실패, 대추나무 토막 하나를 받게 되었다. 산해는 청실과 홍실이 가진 신묘한 음양의 힘을 깨닫고 목각을 조각하여 그 마디에 청실과 홍실을 엮어 스스로 움직이는 인형을 만들었다.불상을 조각하던 솜씨로 대추나무 토막에 인자한 여인의 얼굴을 만들어 준 산해는 인형을 로부(勞婦)라 칭하였다. 로부는 스스로 걷고 일하며 밥을 지어 산해의 노모를 봉양하였다. 눈이 어두운 산해의 노모는 로부를 사람처럼 여겨 가까이 하고 로부를 며느리로 여겼다. 로부는 힘이 좋아 깊게 박힌 돌뿌리를 걷어내어 밭을 혼자 일구었다. 몇 해가 지나자 산해의 집 주변으로 소문을 듣고 몇 집이 모여 마을을 이루기 시작하였다. 수확한 것을 서로 나누어 먹고 힘든 일에 서로 나서 돕고 살았다. 산적 떼가 기습해 와도 로부가 스스로 활을 들어 그들을 쫓아내고 두령의 다리를 부러뜨리자 마을은 로부를 심산선녀(深山仙女)라 칭하며 절하였다.

로부는 해가 갈수록 얼굴이 사람처럼 변하고 머리털이 자랐다. 얼굴은 하얗고 뺨에는 복숭아 빛이 돌며 몸에서는 향기가 감돌았다. 쪽진 머리에는 윤기가 흐르고 눈빛은 총기로 넘쳤다.

산해의 마을은 집이 스무 채로 늘어나고 있었다. 살림이 나아지고 마을이 커지자 로부는 산해에게 청을 하였다.

본디 소녀는 인간이 아닌 당신의 손끝에서 태어난 존재이옵니다. 산에 떠돌던 영기가 모인 나무가 그대의 손끝에서 갈리고 깎인 끝에 태어나 인간의 몸을 가지게 되었습니다. 비록 낭군이라 부를 수는 없으나 그대를 낭군으로 여기며 살았습니다. 마을 사람들은 나를 심산선녀라 부르며 내게 절을 하고 나를 반겨 줍니다. 어머니도 나를 아가라 부르며 아끼고 귀하게 여겨 줍니다. 그대만이 나를 부를 때는 어이, 거기라고 부르며 호칭에 깃든 정(情)이 없사옵니다. 나에게 이름을 주십시오. 당신과 함께 밭을 일구고 나무를 뽑아 살 곳을 이룬 나에게 이름을 주십시오. 공허한 말로 나를 부르지 말고 당신의 마음이 담긴 이름을 주십시오. 당신이 나를 부르는 말, 그 어디에도 나를 대하는 인정이 없습니다. 내가 당신을 위해 했던 일들을 떠올려 보십시오. 생명을 준 당신에게 내가 했던 일들을 떠올려 보십시오. 그 모든 것에 정이 없다 하지 마십시오. 내게 생명을 주었다면, 그리고 그 보답으로 내가 당신에게 준 정을 기억한다면, 당신도 정이 깃들어 있는 말로 나를 부르소서.

그러나 산해는 로부의 뜻을 듣지 않았다. 며칠이 지나도 산해가 이름을 주지 않자 로부는 실망하여 마을을 떠났다. 로부는 밤중에 마당에 홀로 서서 산해의 노모가 잠든 방을 향해 절을 올리고 마을을 떠났다. 그리고 다음 날 아침에 관군이 마을을 덮쳤다. 밭을 경작하고 나무를 베어 땔감을 삼으면서도 고을 수령에게 보고하지 않고 세금을 내지 않은 죄를 물어 산해의 마을을 포위한 것이다.

약현의 이야기는 여기서 세 번째 권이 끝나고 있었다.

임금은 약현에게 로부가 움직이는 원리를 물었다. 약현은 대답하였다.

청실은 양의 기운이오, 홍실은 음의 기운입니다. 양의 기운은 위로 솟으며 음의 기운은 아래로 향하니 그것이 서로 맞대면 이렇게……. 두 손을 맞대어 비벼 붓대를 돌리는 것처럼 회전하는 움직임이 얻어지게 됩니다. 만물의 움직임은 이렇게 위, 아래로 향하고 둥글게 도는 것 안에 모두 속하니 로부가 움직일 수 있게 되는 것입니다.

약현의 말에 임금은 손을 비벼 붓대를 돌리는 시늉을 하고는 고개를 끄덕였다.

음, 그래. 여유당(與猶堂)*이 그러한 이치를 거중기로 내게 보인 적이 있다.

임금은 중얼거렸다.

처음 임금과 마주했을 때와는 달리 약현의 목소리는 떨림을 멈추었고 때때로 임금의 용안을 살펴보며 자신의 이야기를 하였다. 본디 인상이 거칠고 안광이 매서운 임금이었으나 약현이 이야기할 때는 눈빛에 호기심과 경탄이 함께 머물렀다. 임금은 약현의 말이 끝난 다음 잠시 생각하다 질문을 던졌다.

너는 나라의 근간을 무엇이라 생각하느냐. 군왕은 백성을 자식으로 여기고 보살피며 백성은 군왕을 어버이로 섬기고 그 삶을 충과 효로 이루어 간다. 이러한 선현의 도가 있기 전에도 나라는 존재하여 왔다. 도가 존재하기 이전부터 있었던 나라의 모습은 무엇이라 생각하느냐?

* 정약용의 호.

114

약현이 대답하였다.

충과 효의 도는 나라를 평안케 하기 위한 도구입니다. 충과 효를 위하여 나라가 존재하는 것은 아니옵니다. 그것은 단지 밭을 가는 쟁기와 같은 것입니다. 밭이 쟁기를 위하여 존재하지 않는 것처럼, 흙이 갈리기 위하여, 밭이 되기 위하여 있는 것이 아니라 여깁니다. 좋은 밭을 일구기 위하여 사용하는 것이 도입니다. 나라는 백성들이 이루어 만듭니다. 그들은 흙과 땅같이 태초부터 있던 것들입니다. 무언가를 위해서 태어나게 된 것들이 아닙니다.

말을 마친 약현은 임금의 안색이 찰나에 흐려지는 것을 보았다. 어둡게 찌푸린 것이 금방이라도 우레를 쏟아부을 먹구름 같았다. 약현은 식은땀을 흘렸다. 자신이 마지막에 한 말의 무게를 깨달았기 때문이었다. 자신조차도 내뱉고 난 다음에야 깨닫게 된 무게를.

그것은 애시당초 그렇게 있어 왔던 것들이다.

임금은 이 한마디에서 반역을 이끌어 낼지도 모른다. 임금은 찌를 듯한 안광으로 약현을 노려보았다.

괴이하다. 날개가 달린 것이 날기 위해 태어난 것이 아니고 지느러미와 아가미가 달린 것이 헤엄치기 위해서 태어난 것이 아니란 말인가?

임금은 근자에 사학의 무리들이 읽는 천주실의를 놓고 곰곰이 읽고 한 구절 한 구절 짚어 보고 있었다. 그는 천

주실의를 읽으며 때때로 경탄하고 때때로 경악하였다. 친모의 장례에서 신주를 불태우는 패륜을 저지른 양반을 처형하고 난 다음부터 임금의 고민은 깊어졌다. 천주를 믿는 자들이 죽은 다음 가게 된다는 '하나님의 나라'는 여자와 아이에게도 모두 똑같이 문이 열려 있고, 부자가 그 문을 통과하기에는 낙타가 바늘구멍을 뚫고 가는 것과 같다고도 하였다. 임금은 '하나님의 나라'는 생의 고난을 도피하고 환상과도 같은 내세를 내세워 오늘을 도피하려 하는 자들의 혹세무민이라고 결론 내렸다. 오지 않을 '하나님의 나라'보다 오늘의 조선에서 백성을 입히고 먹여야 한다고 믿었다. 여자와 아이, 부자와 가난한 자, 모두의 조선에서. 그는 왜(倭)에서 벌인 박해처럼 그들의 입에서 배교를 이끌어 내기만 하면 신앙은 이미 녹은 얼음처럼 사라질 것이라 생각했다. 그러나 녹은 얼음이라 하더라도 그 물은 땅으로 스며든다. 임금의 걱정은 그 땅으로 스며든 녹은 얼음의 물이 나라의 뿌리에 스며들어 '어떤 나뭇가지를 뻗게 할 것인가'였다. 아니, 새로운 나뭇가지를 뻗게 할 것인가, 아니면 뿌리를 썩게 할 것인가.

약현은 대답을 말았어야 했다. 그러나 그 안의 총기와 의기가 그를 벼랑으로 몰아붙였다.

날개가 있기에 날고, 아가미가 있기에 물속에서 숨을 쉬고 헤엄치는 것이옵니다. 그것을 위해 날개를 달고 태어난 것이 아니옵니다.

　네 이야기 속의 로부도 그러한 것이냐. 밭을 갈고 산해의 일을 돕기 위해 태어난 것이 아니냐. 산해가 그를 만들었을 때는 그러한 목적이 없었던 것이냐. 그 뜻에 따라 로부가 산해를 돕고 살았던 것이 아니냐.

　약현은 고개를 들었다.

　그것은 산해가 뜻한 바이지 로부가 뜻한 바는 아니옵니다. 무릇 음양의 이치에 따라 태어난 것들은 스스로의 뜻으로 먹이를 구하고 잠자리를 찾습니다. 로부가 산해에게 이름을 구한 것이 그 뜻이 옵니다. 산해는…….

　임금은 서안을 손으로 내려치며 약현의 말을 잘랐다.

　그대는 밭 가는 쟁기가 스스로 뜻을 구할 수 있다고 말하는 것인가. 필묵이 스스로 뜻을 구하여 제 몸을 움직여 글을 쓸 수 있다고 말하는 것인가. 무슨 허황된 소리를 하는 것인가. 그대가 말하고자 하는 것이 그런 공허하고 허황된 이야기였단 말인가. 그런 허황된 요설로 무지한 백성들을 현혹시키려 했단 말인가. 현자의 도를 따라 학문을 흠앙하고 문장을 바로 세울 것이 너의 할 일이다. 문장이 바로서야 도를 전할 길이 닦이는 것이고 그 길을 따라 군왕의 뜻이 백성들에게 전달되는 것이다. 그대는 그 길을 닦기 위하여 이곳에 있는 것 아니던가. 백성이 도를 따라 군왕의 가르침을 받고 보살핌을 받기 위해 태어나지 않았다면 그대가 닦는 길은 무엇이란 말인가. 그대의 수양과 갈고 닦은 도는 대체 무얼 하는데 쓰느냐 말이다.

묻노라! 그대는 이와 같은 요설로 백성에게 어떤 길을 열어 주려 한 것이냐. 그것이 나에게로 오는 길이더냐. 네가 이 글을 읽을 백성들에게 열어 주려 했던 길은 어디로 이어지느냐. 답하라.

약현은 놀라 머리를 조아렸다.

전하, 소신은 길을 열기 위해 글을 쓴 것이 아니옵니다. 소신의 글은 백성을 잠시 곤궁한 삶에서 마음이나마 벗어나 위로를 구하고자 할 때 읽으라 쓴 잡문이옵니다.

임금은 약현의 책을 들어 흔들었다. 그의 격한 성정처럼 책장이 거칠게 펄럭였다.

말하라. 로부는 어찌하여 그 쓰임을 망각하고 산해의 곁을 떠나는가. 이름을 달라 하였다가 거절당한 것만이 그 참뜻은 아닐 것이다. 너는 숨기고 있다. 글을 읽는 자들은 저마다 로부의 처지를 동정할 것이다. 밭 가는 쟁기와 로부가 다를 것이 무언가. 너는 쟁기의 쓰임이 쟁기의 뜻과 다르다 하고 있다. 너는 애초부터 잘못된 이야기를 하고 있다. 쟁기가 어찌 뜻을 가질 수 있단 말인가.

백성은 쟁기가 아니옵니다!

약현은 이곳이 어전이라는 사실도 망각한 채 목소리를 높였다.

임금은 침묵했다. 약현은 등줄기에서 짜르르 흐르는 떨림을 느꼈다. 무엇을 말하고자 함인가. 말하여 무엇을 얻고자 함인가. 약현은 물러나고 싶었다. 살아서 이 방을 나가고 싶었다. 그의 의지와는 다르게 몸이 떨리기 시작했다. 떨림은 임금에게도 전달되었다.

백성은 흙이다. 애초부터 그렇게 존재하여 왔고 쟁기에 갈려 밭이 되기 위해 존재하고자 태어난 것이 아니다. 네가 말하고자 하는 것이 그것이냐. 네 글을 읽는 백성은 나에게 오는 길로 이어지지 않는 것이냐. 다시 묻노라. 네 글을 읽는 나의 백성들이 가는 길은 어디냐. 네 글은 백성들에게 어떤 길을 열어 줄 것이냐. 답하라.

약현은 마른 침을 삼켰다. 임금이 재촉하는 답은 약현을 반역의 길로 인도할 것이다. 약현의 눈에는 갑자기 여진의 모습이 떠올랐다. 아이를 안아 조용히 어르고 있을 아내의 모습이었다. 어질고 강인한 여인이다. 어디선가 바람이 불어와 땀이 흥건한 약현의 이마를 식혀 주는 느낌이 들었다. 임금이 나를 죽이고자 하였다면 어찌 그것을 물어 볼까. 약현은 몸을 바로 세우고 눈을 감았다. 임금을 시험하고 싶지 않았다. 무의미한 말 돌리기로 자리를 모면할 수는 있으나 그것은 아무 의미 없는 일이었다. 약현은 말했다.

그것은 백성 스스로에게 돌아가는 길이옵니다.

약현은 침묵했다.

임금도 침묵했다.

멀리서 풀벌레 울음소리가 들렸다. 저런 미물조차도 구중궁궐을 겹겹이 감싸는 벽채와 장지문을 넘어서 제 울음소리를 전하는구나. 눈앞의 임금에게조차 마음에 본디 담은 소리를 전하지 못하는 내 신세가 저 미물들보다 낫다고 누가 말할 것인가. 약현은 생각했다.

바늘 하나가 떨어져도 놋쇠그릇 깨지는 소리처럼 들릴 듯한 침묵이 이어졌다. 약현은 허리를 세우고 앉아 고개를 떨어뜨린 채 말없이 앉아 있었다.

날이 지나고 나서 너의 처분을 결정할 것이다. 돌아가라.

임금은 조용히 말했다.

* * *

사흘 뒤 임금은 전교를 내렸다.

학사 이약현은 학문과 도를 따르고 선현의 말씀을 흠앙하고 정진하여야 할 자이다. 젊은이가 흔히 빠지기 쉬운 호기심에 잠시 정도에서 눈을 돌려 난문에 재주를 허비하였다. 젊은 날의 조급함과 경박함은 탓하기 쉬우나 그것을 엄히 다스리려고만 한다면 자칫 그 기개를 잃을까 두렵다. 학사 이약현은 이러

한 나의 뜻을 깊이 헤아려 반성하고, 그 반성한 뜻을 보여라.

* * *

전교를 내리고 보름이 지나 임금은 약현이 올린 서책 한 권을 받았다.

임금은 약현이 올린 책을 찬찬히 읽어 보았다. 언문이 아닌 정문(正文)으로 쓰인 반듯한 글이었다. 문장은 흠잡을 곳 없고 순정하였다.

* * *

이런 씨부랄 새끼를 봤나!
임금은 책을 집어던졌다.

* * *

난문의 일로 파직된 이옥과 비교하여 약현의 처벌이 너무 가볍다는 상소를 임금은 물리치지 않았다. 은밀히 서신을 보낸 제학조차도 서연관을 파직시키려는 당원들의 뜻을 꺾을 수 없기에 대신 그 총명한 사위라도 내어줄 것을 청하고 있었다. 임금은 거래에 응하기로 했다.

임금은 약현의 유배를 명하였다.

약현의 유배가 결정되자 최학인에 대한 상소는 흐지부지되었다.

약현과 임금의 일을 알고 있던 상선은 임금이 정한 약현의 유배지에 의문을 품었다. 약현의 일이 비록 대역죄에 해당하는 일은 아니었다. 그러나 그의 유배지가 강화도로 결정되고 임금이 따로 사람을 불러 그의 유배지에 사람의 출입을 엄히 금하고 지필묵을 충분히 갖다 줄 것을 명했다. 상선은 임금의 심기가 맑아 보이는 때를 골라 조심스럽게 물었다.

죄인에게 지필묵을 따로 챙겨서 보내심은 어째서입니까?

임금은 약현이 마지막에 정문으로 써서 보내온 로부전(勞婦傳)의 네 번째 책을 들어 보이며 불평했다.

이게 당최 재미가 있어야 말이지. 문장은 바르고 고우나 전처럼 유려하고 힘이 있지 못하다. 씹는 맛이 없는 고기 같고 싱겁다. 게다가 앞으로 나아갈 이야기를 미리 알아버렸으니 안 읽느니만 못하다. 그리고 사 권이면 끝날 줄 알았더니 아직 안 끝났다. 그래서 다시 쓰라고 하였다. 원하는 대로 쓰고 글이 완성되면 다시 보내라 하였다.

임금은 자세를 고쳐 앉은 다음 중얼거렸다.

다음이 궁금해서 잠을 이룰 수가 있나…….

다시 쓰는 장한가 長恨歌

김이삭

평범한 시민이자 번역가, 그리고 소설가. 황금가지 제1회 어반 판타지 공모전에서 우수상을 수상하며 본격적으로 글을 쓰기 시작했다. 지워진 목소리를 복원하는 서사를 고민하며, 역사와 여성 그리고 괴력난신에 관심이 많다. 여성 서사 앤솔로지 『감겨진 눈 아래에』에 단편 「애귀(哀鬼)」를 수록했으며 첫 장편 『한성부, 달 밝은 밤에』가 서울산업진흥원에서 주최한 '한류문화콘텐츠 씨앗 심기' 사업에 선정되었다. 홍콩 영화와 중국 드라마, 대만 가수를 덕질하다 덕업일치를 위해 대학에 진학했으며 서강대에서 중국문화와 신문방송을, 동 대학원에서는 중국희곡을 전공했다.

적황색 용포가 나부꼈다. 검붉은 하늘에 노란 구름이
피어올랐다가 사그라지고 다시 피어올랐다.

"태상황께서 붕어하셨다."

　날카롭게 쉰 목소리가 침묵을 가르자 껵껵거리는 통곡
소리는 물에 떨어진 핏방울처럼 곧 황궁 전체로 퍼져갔다.

* * *

"태상황께 인사를 올립니다."

　이마에 붉은 점을 찍은 궁녀 두 명이 미색 옷자락을 펄
럭이며 바닥에 꿇어앉았다. 그 앞에는 사자개 한 마리가
있었다. 적황색 갈기가 땅에 닿았다가 다시 허공으로 솟아
오르는구나. 사자개의 끄덕임에 궁녀 두 명은 고개를 숙인

채로 자리에서 일어났다. 사자개는 다시 가던 길을 마저 갔다. 정처 없는 길이었다. 여관(女官) 한(韓) 씨와 환관 서 씨 그리고 궁녀 대여섯 명이 그 뒤를 뒤따랐다.

사자개와 이를 따르는 무리가 다섯 보쯤 멀어지자, 궁녀 한 명이 안도의 한숨을 내쉬었다. 옆에 서 있던 궁녀가 눈을 흘기며 핀잔을 주었다.

"조심해, 폐하 앞에서 무서운 기색을 보였다가는 목덜미를 물릴 수도 있다고."

그 말에 한숨을 내쉬었던 궁녀의 낯빛이 하얗게 질렸다. 등롱을 들고 있던 궁녀의 손길은 하염없이 떨렸고 등롱 안을 주황빛으로 물들이던 촛불도 흔들림에 점멸을 반복했다.

귀가 밝은 한 씨가 궁녀의 말을 듣고 속으로 혀를 쯧쯧 찼다. 궁녀가 조심한다고 되는 게 아니었다. 맹수 앞에 놓인 먹이가 몸을 사린다고 하여 어찌 살아남을 수 있겠는가. 먹이는 선택권이 없는 법이거늘.

사자개는 용모(龍毛)를 휘날리며 뛰어갔다. 뒤따르던 이들은 모두 발걸음을 재촉할 수밖에 없었다. 앞장서 뛰어가는 저 개는, 황제의 색을 뿜어내는 저 개는 함량전(含凉殿)의 주인이자 대명궁(大明宮)의 궁주였다. 붕어한 예종(睿宗)의 뒤를 이어 태상황의 자리에 오른 개였다.

태상황이었던 예종은 황제의 어미가 아닌 황제가 되고

자 한 어미의 자식으로 태어나 평생을 살얼음판 위에서 살아 온 이였다.* 황제가 된 것도 어미의 뜻에 의해서였으며 황제의 자리에서 내쫓긴 것도 어미의 뜻에 의해서였다. 결국에는 누이인 태평공주(太平公主)와 아들인 임치왕(臨淄王)의 손을 빌려 다시 황좌에 올랐다. 자신의 손으로 일궈낸 성과가 아니기에 예종은 황권이 없었다. 신료들과 정치를 논하는 함원전(含元殿)은 황제의 것이 아니었다. 태평공주와 임치왕의 무대였다.

권력 싸움은 끝이 없었다. 누이와 아들은 황제의 손에서 벗어난 황권을 얻기 위해 끊임없이 싸웠다. 결국 황제는 자신에게 보위를 안겨 준 아들에게 양위해 태상황이 되었다. 겉으로는 아무것도 하지 않는 '무위(無爲)'라 하였으나 실제로는 아들의 손을 들어 준 것이었다. 허나 그것이 과연 자의였는지는 알 수가 없는 노릇이었다.

태상황의 뒤를 이어 태상황이 된 개라. 말이 안 되는 일이었다. 하나 황제는 교지를 내렸고, 교지는 곧 천명이었다. 천명을 어길 자가 누가 있을까. 천명은 모두가 따라야 하는 지엄한 법도이자 의구심을 품어서는 안 되는 자연의 법칙이었다. 교지를 내린 황제 또한 자신의 말을 번복할 수 없어 그 명을 따를 수밖에 없었다. 적황색 털을 지니고 태

---

* 예종의 어미는 무측천이다.

어난 사자개는 황제가 내린 천명에 따라 황제의 아비인 태상황이 되었다.

가을바람이 불어와 코를 간지럽혔다. 사자개는 바람에 밴 향기를 맡은 뒤 오른쪽 길로 방향을 틀었다. 그곳은 대명궁과 흥경궁(興慶宮)을 잇는 협성(夾城)으로 이어지는 곳. 당금의 황제가 머무는 거처인 흥경궁으로 통하는 유일한 내부 통로였다.

황제가 허한 태상황의 처소는 대명궁이었지 흥경궁이 아니었다. 황제는 사자개의 출입을 허하지 않았다. 사자개를 뒤따르던 한 씨는 차오르는 숨을 고르며 큰 목소리로 고했다.

"이제 함량전으로 돌아가시지요. 약차를 드시고 주무셔야 할 시간이옵니다."

한 씨의 말에 사자개가 멈춰섰다. 한 씨가 단호한 표정으로 고갯짓을 하자 사자개는 낑 하는 소리를 내며 몸을 돌렸다. 한 씨가 앞장서고 개는 뒤를 따랐다. 사자개는 한 씨를 따라가면서도 뒤를 기웃거렸다.

협성이 저곳에 있었다. 일직선으로 뻗어 있는 저곳은 초원을 닮은 곳이었다. 질주하고픈 자신의 본능을 일깨우는 곳이었다. 사방이 벽으로 막혀있는 네모반듯한 황궁에서 태어나고 자란 사자개가 자신의 어미에서 어미로, 그 어미에서 어미로부터 이어받은, 자신의 몸속에 새겨진 초원의 기억을 떠올리는 유일한 곳이었다.

꼬리가 축 늘어진 태상황이 간 곳은 자신의 처소인 함량전(含涼殿)이었다. 사시사철 시원한 바람이 부는 곳. 사자개는 눈이 쌓인 산 아래에 넓게 펼쳐진 초원에서 사는 견종이었다. 그곳은 시원하다 못해 서늘할 지경으로 바람이 쉴 새 없이 불어왔다. 적황색 갈기를 지닌 사자개가 태어나자 황제는 개의 용체를 염려해 자신의 피서 장소를 내어주었다. 어찌 되었든 자신의 아비였기에, 자식의 도리를 다할 수밖에 없었다.

사자개는 탑(榻) 위에 누워 코를 킁킁거렸다. 그 앞에 무릎을 꿇고 앉은 여관 한 씨는 탕완에 담긴 약차를 숟가락으로 한술 떠 후후 불었다.

"폐하. 드시지요. 약차를 드시고 주무셔야 용체가 강녕하시옵니다."

한 씨가 숟가락을 주둥이 근처로 들이대자 사자개는 혀를 내밀어 약차를 핥았다. 맛이 마음에 들지 않았는지 고개를 획 돌리고선 킁킁거렸다.

"감초를 이미 많이 넣었습니다. 더 넣어서 달이면 약이 아니라 독이 되오니 그냥 드시지요."

한 씨의 거듭된 청에도 태상황은 묵묵부답이었다. 애초에 말을 할 수 없는 몸이 아니던가. 한 씨는 들고 있던 숟가락을 탕완에 도로 넣은 뒤 자리에서 일어났다.

"그럼 주무십시오. 노비는 물러가겠습니다."

한 씨는 뒷걸음질하며 함량전 정전(正殿) 안을 밝히는 석등을 차례차례 불어 껐다. 어둠이 바람처럼 몰려와 정전을 뒤덮었다. 궁녀들은 한 씨가 나올 수 있도록 문을 열어 주었고, 한 씨는 정전을 나오고 나서야 허리를 펼 수 있었다.

함량전 환관이 한 씨에게 다가와 귓속말을 하였다.

"장생전의 고공공(高公公)이 드셨습니다."

고력사를 칭하는 말이었다. 고력사가 왔다는 이야기에 한 씨는 깜짝 놀랐으나 아무 내색 없이 고개를 끄덕였다. 하지만 서두르는 발걸음마저 속일 수는 없었다. 한 씨는 한달음에 함량전 밖으로 나갔다. 지체하였다가는 목숨을 잃을 수도 있으니.

함량전의 화려한 두공 밑에 머리카락이 희끗한 고력사가 서 있었다.

"고공공께 인사드립니다."

한 씨가 고개 숙여 인사하자 고력사는 한 씨를 위아래로 훑어보았다. 자신을 기다리게 해 불만을 품은 건 아닐까. 한 씨는 고개를 숙인 채 마른침을 삼켰다.

고력사가 누구인가, 황제의 최측근이자 나는 새도 떨어트린다는 양씨 집안의 협력자가 아닌가. 천재라 칭송받던 세간의 기인(奇人) 이백마저도 취기에 고력사에게 자신의 신발을 벗기게 하였다가 관직 길이 막히지 않았던가. 옛말에 '성주신보다 조왕신'이라 하였으니. 황제보다 더 무서운 이가 황제를 보필하는 환관인 고력사였다.

한 씨는 한참 동안 고개를 들지 못했다. 그래도 좋다는 윤허가 없었기에. 한 씨는 눈을 지그시 감은 채 고력사의 목소리를 기다렸고, 고력사는 그런 한 씨를 훑어보며 콧방귀를 내뀄었다. 모시는 주인이 함량전의 그분이라 그러할까. 그 모습이 주인의 명 없이는 함부로 움직이지 못하는 개와 같구나. 자신에게 순종하는 한 씨의 모습을 본 고력사는 그제야 미소를 지으며 입을 열었다.

"고개를 들게나."

한 씨는 안도의 한숨을 속으로 내쉬며 시선을 아래로 향한 채 고개를 들었다.

"어찌 이 멀리까지 찾아오셨나이까."

"황상께서 찾으시네. 속히 흥경궁으로 가지."

한 씨는 고공공 뒤를 따라 함량전을, 대명궁을 나섰다.

* * *

한 씨의 아비는 언관(言官)이었다. 그는 황제가 자신의 며느리인 양 씨를 궁으로 데려와 도사로 삼자 제일 먼저 목소리를 내세웠다. 당나라에서 여도사가 어떠한 신분인

가. 혼인을 피해 자유롭게 방중술을 연마하는 자들이 아니던가. 다른 사람도 아니고 황제의 며느리였다. 무혜비(武惠妃)를 잃고 슬픔에 젖은 황제가 그 슬픔을 잊고자 무혜비 소생인 수왕(壽王)의 비를 뺏는 것은 절대 있을 수 없는 일이었다.

한 씨의 아비는 주문이휼간*을 할 줄 몰랐다. 죽어도 아니 된다는 아비의 목소리가 흥경궁에 울려 퍼졌다. 성군이었던 황제는 아비의 직간을 중히 여겼지만, 혼군이 된 황제는 아비의 직간에 노여워했다. 아비는 참수되었다. 아비의 피는 황제의 마음이 아닌 황제의 땅을 붉게 물들였다.

가문의 남자들은 관노(官奴)가 되었고 여자들은 궁비(宮婢)가 되었다. 한 씨는 침선방으로 배정받았다. 계절이 바뀌면 녹색 혼례복을 입고 혼례를 치를 예정이었던 한 씨는 자신의 혼례복에 원앙을 수놓던 손으로 비단옷에 모란꽃을 수놓았다. 아비의 목숨을 앗아가고 가족을 노비로 만든 태진 도사가 입을 옷이었다. 한 땀 한 땀 수놓은 붉은 모란꽃은 한 씨의 울분과 아비의 피를 먹고 만개한 흡혈화였다.

봄, 여름, 가을 그리고 겨울, 사계절이 네 번 윤회했을 때, 황제가 한 씨를 찾았다. 일개 궁비인 자신을 찾은 것이다.

---

* 主文而譎諫, 주문과 휼간이라는 뜻으로 수식을 통해 완곡하게 간하는 것.

장생전(長生殿)에 들라는 황제의 명에 한 씨는 온몸을 바들바들 떨며 입전하였다.

황제는 용좌에 앉아 있었고 그 옆에는 양 씨가 서 있었다. 양 씨는 이제 태진 도사가 아니었다. 그녀는 정일품 부인(夫人) 중 으뜸인 귀비에 봉해졌다. 양 씨가 입은 비단옷 자락에 한 씨가 수놓은 모란꽃이 펄럭였다. 한 씨는 무릎을 꿇고 황제에게 입전을 고하였다.

"노비 한 씨 황상의 명을 받고 인사를 올립니다."

황제는 낮고 중후한 목소리로 명했다.

"일어나라."

자리에서 일어난 한 씨는 시선을 바닥에 못 박았다. 다시 황제의 목소리가 들렸다.

"글을 안다지?"

한 씨는 놀라 황망하게 대답했다.

"예."

"어렸을 때 사자개를 키운 적이 있다던데 사실인가?"

사자개는 중원에서 흔한 개가 아니었다. 황제의 물음에 한 씨는 허리를 납작 숙이며 고했다.

"예. 서역을 오가며 장사를 하던 외숙부가 우연히 얻은 새끼 한 마리를 노비에게 준 적이 있사옵니다."

한 씨가 키웠던 사자개는 복슬복슬한 하얀 털이 귀여운 개였다. 바람이 불면 갈기를 하얀 눈처럼 휘날려 이름을 풍설이라고 지어 주었다. 풍설은 관병이 들이닥친 날 죽임을 당하였다. 다 자란 사자개는 송아지만큼 컸다. 커다란 덩치를 보고 위협을 느낀 관병 몇 명이 풍설을 둘러싸자 맹견인 풍설은 곧장 공격을 가했다. 늑대나 곰과 싸워 이길 수 있는 개는 오직 사자개뿐이었다. 관병 서넛이 명을 달리했다. 놀란 관병들은 우르르 몰려들어 창으로 풍설을 찔렀고, 풍설의 목숨은 바람에 흩날리는 눈발처럼 사라졌다.

황제가 무언가를 대청 바닥에 던지며 말하였다.

"가져가서 읽도록 해라."

귀비의 발 옆에 떨어진 물건은 사관(史官)이 글을 기록한 기록서였다. 한 씨는 황급히 앞으로 걸음을 옮기며 황제가 던진 서책을 집어 들었다. 몸을 일으키자 자신을 바라보는 귀비의 시선이 느껴졌다. 한씨는 용기를 내어 귀비의 모습을 곁눈질하였다. 아비의 목숨을 앗아가고 가문을 풍비박산 낸 경국지색의 용모가 궁금하였다. 이는 호기심이 아니라 증오심이었다.

꽃도 부끄럽게 만든다는 용모를 지녔다는 귀비는 처량한 눈빛을 지닌 여인이었다. 한 씨가 상상했던 요부의 모습이 아니었다. 다리 사이로 천하를 쥐고 흔드는 요부의 낯빛이 어찌 저러할까. 아비를 잃고 가족과 생이별한 자신에게서도 볼 수 없는 슬픔이 요부의 얼굴에 가득 들어차 있

었다. 한 씨는 당혹감을 감추며 허리를 숙인 뒤 뒷걸음질
을 하였다.

황제는 천명을 내렸다.

"대명궁으로 가거라. 함량전에 네 주인이 있을 것이다."

황명을 받잡은 한 씨는 그 길로 대명궁으로 향했다. 황
제는 한 씨를 오품 여관으로 삼았다. 천하디천한 침선방
궁비가 하루아침에 오품 여관이 된 것이다. 장생전을 나서
자 평소에는 얼굴도 마주 볼 수 없던 환관이 한 씨에게 고
개를 숙이며 인사하였다.

"저를 따라오시지요."

한 씨는 아무 말도 하지 못하고 환관을 따랐다.

환관이 한 씨를 안내한 곳은 함량전의 편전이었다.
텅 빈 편전에 당도하자 환관은 문을 굳게 닫으며 말을 뱉
었다.

"황상께서 주신 것을 먼저 읽어 보시지요."

한 씨는 고개를 숙이며 서책을 펼쳐 들었다. 서책에 쓰
인 것은 모두 황제의 말이었다. 한 씨가 태어나기도 전에
쓰인 말이었다. 한 씨는 고개를 끄덕이는 모양새로 기록을
읽어 갔다.

부황은 어찌 되셨는가.

통재라, 부황이 귀천을 하셨구나. 짐은 부황의 명을 따
를 것이다. 그 개의 짝으로 같은 색을 지닌 검은 개를 구해

오라. 아득하고 또 아득하여 미묘한 것의 문*일지니, 아득함은 곧 검은 것이라. 부황은 신묘한 검은 개의 몸을 빌려 태어날 것이다. 황제의 색을 지닌 개가 태어나면 이는 곧 부황이요 태상황이라.

태상황은 죽기 전에 말을 남겼다. 황실에 헌납된 사자개의 몸을 빌려 다시 태어나겠다고. 몇 해 전에 헌납된 검은 개를 지칭하는 거였다. 태상황의 유언에 황제는 황제의 색을 지닌 개가 태어나면 이를 부황의 화신으로 보겠다고 천명했다. 황제의 색은 적황색이었다. 그러면서도 황제는 검은 털을 지닌 개를 사자개의 짝으로 삼으라고 명하였다.

한 씨는 황제의 말에 숨어 있는 무언가를, 행간을 가늠해 보았다.

하늘 아래 두 개의 태양이 있을 수는 없는 노릇. 아비인 태상황이 건재했기에 황제는 진정한 황제가 될 수 없었으니, 다시 태어나겠다는 태상황의 말이 어찌 달가울까. 하여 검은 개를 짝으로 삼으라는 명을 내리니. 현색(玄色)에서 적황색(赤黃色)이 무슨 수로 나올 수 있겠는가. 노자의 말은 허수요 부황의 부활을 막겠다는 것이 진수로다.

황제는 그러한 자였다. 모두가 성군이라며 칭송했지만, 황권에 있어서는 혈육의 정도 없는 자였다.

---

* 玄而又玄, 衆妙之門, 『도덕경』 제1장 도가도비상도(道可道非常道)에 나오는 말.

황후를 몰아낸 뒤 황제의 총애를 독차지해 온 무혜비가 왜 갑자기 병사하였고, 수왕은 자신의 비(妃)를 어찌하여 황제에게 바쳤는가. 태자 자리를 노려 태자와 다른 황자들의 목숨을 잃게 한 죄를 물었음이 틀림없었다. 자신의 보위를 지키는 데 급급한 나머지 사태 파악도 하지 않은 채 태자와 다른 황자들의 목숨을 앗아간 자가 누구던가. 바로 황제 자신이 아니던가.

결국 모든 것은 황제 자신의 권력을 위해서였다. 천하의 모든 것은 황제의 것이었고, 황제가 주지 않는 이상 그 누구도 천하를 탐할 수는 없었다. 황제가 주지 않은 것을 탐한 이들에게는 몰락의 길뿐이었다.

허나 천자인 황제도 모든 것을 쥐고 흔들 수는 없는 법. 현문(玄門)에서 적황색 개가 나왔다. 이미 내린 천명은 황제도 거둘 수가 없으니, 태상황은 부활할 수밖에. 다시 하늘에 두 개의 태양이 떠올랐다.

한 씨는 서책을 덮고 환관을 바라보았다. 환관은 손을 내밀며 서책을 돌려 달라고 하였다. 한 씨는 환관의 손을 보며 마른침을 삼켰다.

사관이 회의를 거쳐 집필한 실록이 아닌 황제의 말이 그대로 실린 글이었다. 불태워 없애야 하는 글. 보아서는 안 되는 글을 읽었고, 태어나서는 안 되는 개의 노비가 되었다. 황제가 다시 한 씨의 목숨 줄을 움켜쥐고 있었다.

서책을 돌려받은 환관은 한 씨를 함량전의 정전으로 데려갔다. 정전 한가운데, 이제 막 젖을 뗀 강아지 한 마리가 뛰어놀고 있었다. 정전을 밝히는 석등 불빛처럼 붉은, 적황색 털을 지닌 개였다. 황제의 색을 지닌 사자개였다.

한 씨는 자신에게 주어진 일이 무엇인지 잘 알고 있었다. 한 씨는 몇 보 떨어진 곳에서 무릎을 꿇고는 사자개에게 문안 인사를 하였다.

"노비 한연(韓燕), 태상황께 인사를 올립니다."

그 모습을 본 환관이 정전을 나섰다. 경계 어린 눈빛으로 한 씨를 바라보던 사사개는 멀찌감치 떨어진 채 다가오지 않았다. 일어나라는 태상황의 명이 없었기에 한 씨는 무릎을 꿇고 밤을 지새웠다.

하나뿐인 태양이 하늘 위로 솟아올라 함량전을 밝혔다. 두 눈을 자극하는 강한 아침 햇살에 사자개는 잠에서 깨어났다. 한 씨는 아직도 무릎을 꿇고 있었다. 사자개는 한 씨에게 다가가 한 씨의 손가락을 살짝 깨물었다. 한 씨가 목 놓아 울었다. 이 눈물이 어디서 나오는 것이고 왜 나오는 것인지는 자신도 알 수 없었다.

그날 이후로 한 씨는 사자개의 그림자가 되어 한시도 떨어지지 않았다. 한 씨는 태상황의 노비였고 사자개의 어미이자 주인이었다.

***

   쭉 뻗은 협성 사이로 저 멀리 황금빛 기와 아래에 대롱 대롱 매달려 있는 홍등이 보였다. 불어오는 바람에 등 안 불빛이 흔들리는 것이 금세라도 꺼질 것 같았다. 스산한 마음으로 이를 보던 한 씨는 고력사에게 물었다.

   "고공공. 황상께서 어찌하여 이 미천한 것을 찾으시는지 아시옵니까."

   고력사는 갈라진 목소리로 대답했다.

   "노비가 어찌 주인의 마음을 알겠는가. 묻지 말고 가게."

   어찌 노비라 하여 다 같은 노비일 수 있겠는가. 친왕과 공주도 함부로 할 수 없는 이가 고력사이거늘. 한 씨는 쓴 웃음을 지으며 고력사의 뒤를 따랐다.

   한 씨와 고력사는 장생전에 당도하였다. 장생전을 빽빽하 게 둘러싼 오동나무가 스산한 가을바람에 몸을 비비자 가 지에 매달린 잎이 하나둘 땅으로 떨어졌다. 회남자(淮南子) 에서 이르기를, 낙엽 하나에 한 해가 지는 것을 안다고 하 였다. 개를 섬기며 목숨을 부지한 한 해가 이렇게 또 흘러 갔구나. 벌써 십 해째니. 태상황이 붕어하시면 나는 어이할 꼬. 땅에 떨어진 오동나무 한 잎에 한 씨의 마음이 더 스 산해졌다.

   정전에서 처량한 비파 소리가 흘러나왔다. 궁녀가 문을

열자 여인의 웃음소리도 들려왔다. 용좌에 앉은 황제 옆에 어여쁜 여인이 서 있었다. 교태로운 몸짓이 춤을 추듯 이어지는 이였다. 여인의 모습을 훑어보던 한 씨는 황제의 서슬 퍼런 시선에 흠칫하여 고개를 숙였다. 한 씨는 돌로 된 바닥만 보며 정전 한가운데로 걸어가 인사를 올렸다.

"노비 한연, 황상의 부름을 받잡고 인사를 올립니다."

"일어나라."

"황상께 감사드립니다."

용좌가 놓인 계단 아래에는 다른 여인이 앉아 비파를 켜고 있었다. 고개를 숙였기에 얼굴은 볼 수 없었지만 낯익은 치맛자락이 시야에 들어왔다. 붉은 모란꽃이 핀 치마였다. 저 여인이 왜 계단 아래에 있는가. 폐하*가 되고자 작정을 하였는가.

"태상황께서 요즘 용체가 강녕하지 않다던데 그것이 사실이냐."

황제의 물음에 한 씨는 고했다.

"노비의 불찰이옵니다. 태상황의 연세가 벌써 종심이라. 용체가 예전만 못하시옵니다."

"그러한가. 네가 보기에는 어떠한가. 곧 귀천하실 것 같으냐."

---

* 폐하(陛下)라는 말은 계단 위 용좌에 앉은 황제를 직접 부를 수 없어 그 아래에 있는 자(侍者)를 대신 칭하던 데에서 유래했다.

한씨는 다시 무릎을 꿇으며 고하였다.

"어찌 천한 노비가 하늘의 뜻을 알겠사옵니까. 하문을 거두어 주시옵소서."

"방금 네 입으로 종심이라고 하지 않았느냐. 말해 보아라."

한 씨 아연실색하여 말문이 막혔다. 개의 나이로 열 살이면 사람의 나이로는 칠순이라. 태상황의 나이가 종심이라 한 것은 틀린 말이 아니었다. 허나 황제 또한 칠순이 아니던가. 입을 잘못 놀렸다가는 목이 떨어지기 십상이니. 한 씨는 쉬이 입을 열지 못하고 그저 바닥을 쳐다볼 뿐이었다.

여인의 간드러진 목소리가 들렸다.

"황상. 오늘처럼 좋은 날에 저런 자를 불러서 뭐 하십니까. 간만에 한 입궁이온데, 신(臣)이 춤이라도 한 사위 보여드릴까요."

황제는 손을 들어 여인의 말을 막았다. 황제의 손짓에 말이 막힌 이는 양귀비의 언니인 괵국부인(虢國夫人)이었다. 황제를 치마폭에 감싸 안아 천하를 호령한다는 또 다른 여인이었다. 길에서 괵국부인과 마주친 공주가 길을 비켜주지 않았다는 죄로 황제에게 하사받은 비녀를 빼앗기고 부마마저 관직을 박탈당하였으니 삼척동자도 괵국부인의 무서움을 알지로다.

"말해보아라. 짐이 묻는데 답하지 않는다면 목숨으로 답해야 할 것이다."

황제의 물음에 한 씨는 허리를 바짝 숙였다. 허나 사면
초가라. 뭐라고 답을 해야 할지 알 수가 없었다. 비파 소리
가 멈추었다. 의자에 앉아 있던 여인이 자리에서 일어나 황
제에게 고하였다.

"태상황이 화신(化身)하였다고는 하나 개의 몸을 지녔으
니, 어찌 그 기질이 황상과 같으리요. 황상께서는 천자의
몸을 지녔으니 이리 강녕하시지 않사옵니까. 태상황이 경
치를 탐하여 협성을 자주 기웃거린다고 하오니. 종심소욕
불유구*라 볼 수도 없을 것입니다."

여인의 말에 황제는 웃었다.

"그래. 귀비의 말이 맞다. 개의 몸을 빌려 화신하셨으니
어쩔 수 없는 노릇이지. 고개를 들라."

한 씨가 고개를 들어 바라보니 비슷한 용모의 여인이 둘
이라. 경국지색이 둘이나 되었으니 나라에 망조가 들었구
나. 양귀비는 다시 고개를 돌려 황제에게 아뢰었다.

"황상. 태상황께서도 혈육의 정에 끌리는 것이 아니겠습
니까. 왕들은 십왕택(十王宅)에 모여 살고 황손들은 백손원
(百孫院)에 모여 사니 대명궁이 비어 있어 적적할 만도 할
것입니다. 신첩 또한 며느리의 도리를 다하고 싶으니 태상

---

* 七十而從心所欲不踰矩. 일흔 살에는 하고 싶은 대로 하여도 법도에 어긋나지 않는다.
『논어』 위정편에 나오는 말.

황이 흥경궁에 오시는 것을 허하시는 것이 어떻겠습니까."

귀비의 말에 황제는 환히 웃으며 이를 허하였다. 귀비는 무릎을 굽히며 황은에 감사하였다.

"괵국부인이 오늘 귀한 걸음을 하였으니 신첩은 이만 물러가 보겠습니다. 자네도 물러가게."

한 씨는 뒷걸음질하며 귀비와 함께 밖으로 향했다. 아직 귀비가 나가지도 않았건만, 괵국부인은 농염한 자태를 뽐내며 황제의 품에 안겼다. 자신의 언니와 자신의 지아비가 하나가 되어 이지러지는데, 귀비는 신경도 쓰지 아니하는구나. 한 씨는 그 모습을 보며 괴이하다 여겼다.

정전 문이 닫히자 귀비는 말하였다.

"나와 함께 좀 걷게나."

원수라 할지라도 자네는 주인이고 나는 노비이니, 내 무슨 수로 거절을 하겠는가. 한 씨는 고개를 숙이며 귀비 뒤를 따랐다.

귀비의 걸음에 낡은 치맛자락이 나풀거렸다. 머리에 꽂은 것도 황금 봉황잠이 아닌 옥비녀였다. 강산을 거머쥔 경국지색이 어찌 이리 소박할까. 황제가 너를 위해 부활시킨 직면방(織棉紡)은 뭘 하더냐. 황금 떨잠, 황금 뒤꽂이 모두 어디 가고 옥비녀만 달랑 꽂혔는가. 너의 그 앵두 같은 입술에 이슬 맺힌 여지 열매를 넣어 주기 위해 하루에 죽어 나가는 말이 몇 마리던가. 말발굽이 일으키는 먼지가 강산에 자욱하니, 나라에 망조가 들었다고 모두가 입을 모아 말하더라. 너는 달기이고 포사이고 서시인데, 그래야만 하는데, 어찌 이럴 수 있단 말인가. 한 씨는 귀비의 모습을 보고 아지랑이가 피어난 듯 머릿속이 하얘졌다.

귀비는 말이 없었다. 한 씨 또한 아무 말 없이 그 뒤를 따라 걸었다. 따르는 궁녀가 수십 명이거늘. 내 한 몸 더한다고 너의 영광이 더하던가. 아무리 생각해도 귀비의 의중은 오리무중이니. 한 씨 그저 뒤를 따르며 걸을 수밖에. 고개를 숙이고 걷던 한 씨는 귀비의 발걸음이 멈추자 고개를 들어 주위를 곁눈질하였다. 협성 입구였다. 귀비가 손짓하며 노비들을 물러나게 하였다.

"내일 미시(未時)에 날 보러 흥경궁에 오게나."

자네는 나를 왜 부르는가. 내 아비 때문인가. 한 씨의 표정을 읽은 것인지, 귀비는 미소 지으며 말하였다.

"태상황과 함께 오게."

그 미소에 한 씨의 가슴이 철렁하였다. 저자가 날 죽이려 하는구나. 낡은 비단옷을 입고 옥비녀만 꽂았더라도, 저자는 황후가 없는 육궁의 최고 수장인 귀비가 아닌가. 시아비를 지아비로 만든 요녀이고, 자신의 아비뻘인 자를 양자로 삼아 손수 목욕을 시킨 천하의 색녀로다. 내 아비가 목숨을 바쳐 그녀를 막고자 하였으니, 그 자식인 나를 죽이고자 함이로다.

"네. 분부 받잡겠사옵니다."

한 씨는 허리를 숙이며 대답을 하였다. 마음속에 불기둥이 치솟아 오르고 머릿속에는 번개가 내려친다 할 지라도, 자신은 노비요 저자는 주인이었다. 한 씨에게 다른 선택권은 없었다.

"내 처소는 교태전에 있네. 장생전 말고 교태전으로 오게."

귀비가 한 씨를 교태전으로 오라 명하였다. 하늘과 땅이 교합하여 평안함이 가득하다는 교태전으로. 시아비가 며느리와 교합하고, 어미가 양자와 교합을 하는 곳이었다. 그곳은 결코 만나서는 안 되는 하늘과 땅이 합일을 하는 곳이었다.

한 씨는 협성 길을 홀로 걸으며 눈물을 흘렸다. 아비를 잃은 울분이, 가족과 생이별한 울분이, 노비가 된 울분이, 한 씨가 마음속 깊이 묵혀놓았던 울분들이 회오리바람이 되어 솟아올랐다. 허나 한 씨의 울분이 아무리 높다 한들, 스무 척 넘는 협성에 비할 반가. 협성을 무너뜨릴 수 있는 잡초는 없었다. 하늘에 닿을 듯 높이 솟은 성벽에, 한 씨는 그저 고개를 숙이며 눈물을 훔칠 뿐이었다. 협성에서 나온 한 씨는 대명궁에 들어섰다. 그녀의 얼굴에서 더는 눈물 흔적을 찾아볼 수 없었다.

***

  사자개가 한혈마처럼 빠르게 질주했다. 직선으로 쭉 뻗은 협성 길은 초원이 되었다. 간밤에 내린 비는 길 위에 고인 개울이 되고 사자개는 자신의 속도를 소리로 드러냈다. 첨벙 하는 소리와 함께 사자개가 점이 되어 사라졌다. 한 씨는 가쁜 숨을 몰아쉬며 사자개를 따라 달려갔다.

  "상황 폐하! 상황 폐하! 멈추시옵소서! 폐하!"

  멀리서 개 짖는 소리가 들리고 여인의 비명이 따르듯 이어졌다. 한 씨의 얼굴은 사색이 되었다. 아, 이를 어찌할꼬. 필경 경을 치겠구나. 한 씨는 땅에 끌리던 기다란 옷자락을 들쳐 쥐며 다급하게 달려갔다. 미색 의복이 흙투성이가 되고 당혜가 벗겨졌다. 비녀는 떨어지고 양쪽으로 틀어 올린 쌍라계도 풀어 헤쳐져 검은 머리카락이 한 씨의 하얀 얼굴을 가리었다. 으르렁거리는 사자개에게 칼을 겨누는 시위들의 모습이 시야 끝에서 어른거렸다. 그 모습을 본 한 씨 아찔하여 소리를 질렀다.

  "멈춰라! 감히 누구에게 칼을 겨누는가!"

  지저분한 버선발, 찢어진 옷자락, 산발이 된 머리카락. 한 씨의 모습을 보고 궁녀들이 소리를 질렀다.

  "귀신이다!"

  "개가 귀신을 몰고 왔다!"

"나리, 살려 주시어요!"

한 씨는 사자개 앞을 막아서며 이들을 노려보았다.

"네 이놈들! 감히 상황 폐하께 칼을 겨누다니. 네놈들이 역심을 품었구나! 어서 칼을 거두고 예를 다하지 못하겠느냐!"

한 씨의 호통에 시위들이 멈칫하였다. 지저분하긴 하여도 분명 여관의 의복이었다. 이들의 눈빛이 잠시 흔들리더니 곧장 한 곳으로 향하였다. 이놈들의 주인이 이곳에 있구나. 한 씨는 그들의 시선을 따라 고개를 돌렸다. 꽃처럼 아리따운 궁녀들 사이에서 의복도 다 갖춰 입지 못한 남자가 모습을 드러냈다. 남자의 품에 안긴 궁녀도 헐벗긴 마찬가지였다. 감히 천자의 여인인 궁녀를 희롱하다니. 저놈은 진정 역심을 품은 놈이다. 한 씨는 남자를 노려보았다. 남자는 희번덕거리는 눈으로 한 씨를 마주 보다가 한쪽 입꼬리를 올렸다.

"소신 양국충(楊國忠) 태상황께 인사를 드립니다. 소신이 무지하여 상황 폐하를 알아보지 못했사옵니다. 용서하여 주시옵소서."

웃통을 훤히 내놓은 남자는 무릎을 꿇으며 인사를 올렸다. 자리에 있던 궁녀와 시위도 일제히 무릎을 꿇으며 예를 다했다.

"노비가 상황 폐하께 인사를 올립니다."

사자개는 으르렁거리며 이들을 노려보았다. 황제의 색을 지닌 갈기가 움직이지 않았으니 이들은 무릎을 꿇고 앉아 있어야 했다. 양국충의 얼굴에 노기가 일었지만, 상대는 태상황이고 자신은 신하였다. 뭘 어쩌겠는가. 그저 기다릴 수밖에.

허나 한 씨의 마음은 아니었다. 궁녀를 희롱하고 태상황을 비웃는 저자는 양국충이었다. 양귀비의 육촌 오라비이자 이임보(李林甫)의 뒤를 이어 나라를 쥐락펴락하는 간신 중의 간신이었다. 육촌 누이의 치마폭만 믿고 백성들의 고혈을 짜는 국충(國蟲)이로다. 황제가 혜안을 잃고 국사를 팽개치니, 저자는 대명궁에 솟아오른 또 하나의 태양이었다.

태양과 태양이 서로 빛을 겨누면 천하가 가물어 생기를 잃는 법이었다. 태상황과 양국충이 적이 되면 좋을 게 없었다. 허나 나는 후예(后羿)가 아니고 화살도 없거늘.* 이를 어이할꼬. 한 씨는 무릎을 꿇고 태상황께 간청하였다.

"상황 폐하. 어서 길을 가셔야지요. 귀비 낭랑이 기다리고 있사옵니다."

---

* 중국 상고 신인 천제와 희화는 아들 열을 낳았는데 이들은 모두 태양이었다. 열 명은 본래 한 명씩 번갈아 가며 세상을 비추었는데, 한 번은 다 함께 하늘에 올라 천지를 비추었다. 이로 인해 대지에는 큰 가뭄이 들었고, 초목이 모두 메말랐다. 후예는 인류를 위해 활로 화살을 쏘았고, 태양 아홉 개를 화살로 맞춰 하늘에서 떨어뜨렸다. 결국 하늘에는 하나의 태양만이 남게 되었다.

귀비가 기다린다는 말에 양국충의 표정이 급변하였다. 누이의 치마폭으로 이뤄낸 부귀영화이니 누이의 치맛바람이 제일 무섭겠지. 지금은 태상황과 자신에게 어찌하지 못할 것이다. 한 씨는 속으로 안도의 한숨을 내쉬었다.

자신을 쓰다듬는 손길에 사자개는 고개를 기울이며 한 씨를 반겼다. 한 씨가 자리에서 일어나자 사자개는 무릎을 꿇은 이들에게 낮게 으르렁거리고는 곧장 뒤를 따랐다. 어느새 당도한 함량전 환관과 궁녀들도 고개를 숙이며 둘을 따랐다. 키가 큰 궁녀 한 명이 한 씨의 벗겨진 당혜를 다시 신겨 주었다. 한 씨는 옷에 묻은 흙을 털고, 헝클어진 머리카락을 둥글게 말아 올렸다. 머리카락에 단정하게 다시 꽂은 비녀가 햇빛을 받아 반짝거렸다. 화용월태로구나. 양국충이 한 씨의 뒷모습을 두 눈에 담았다.

더는 사자개가 보이지 않자 양국충은 헐벗은 궁녀를 품에 안으며 뒹굴었다. 양국충의 눈에서 형언할 수 없는 살기가 뿜어져 나왔다. 양국충은 거친 숨을 뱉으며 속에 담긴 말을 토해냈다.

"저년이 태상황을 치마폭으로 감싸 안았구나. 개는 계집을 품지 못하니 앵무새 피도 필요가 없겠지."

욕망에 휩싸인 양국충의 몸짓에 궁녀가 신음을 흘려냈다. 환락이 아닌 고통의 신음이었다. 어떤 궁녀는 자신의 옷고름을 붙잡으며 울음을 삼켰고 어떤 궁녀는 질투에 사로잡혀 입술을 깨물었다. 아래에 깔린 이가 내가 아니라 다행이었고 내가 아니라 불행이었다. 이것은 인간도인가 축생도인가 아수라도인가. 사람이 사람이 아니고 금수가 금수가 아니며 모두가 대적하며 싸울지니, 이제 곧 천하가 지옥으로 변하리라.

이글거리는 태양이 교태전 치미 위에 걸리었다. 교태전에 당도한 한 씨는 궁녀에게 입전을 전해 달라 하였다. 사자개는 교태전을 굳게 받친 붉은 기둥 옆에 드러누워 연신 마른 코를 핥았다. 입술이 메마르고 목이 타들어 가는 건 한 씨 또한 마찬가지였다. 한 씨는 궁녀에게 물을 달라 청하였다. 궁녀가 국화꽃을 띄운 물 한 사발을 가져왔다. 한 씨는 사자개 옆에 꿇어앉아 물을 먹였다. 기세등등한 양귀비로부터 자신을 살릴 수 있는 이는 황제의 색을 지닌 사자개 뿐이었다. 부디 나를 구해다오. 정화수를 떠 놓고 기도하는 아낙네보다 더 간절한 마음이었다. 송아지처럼 커다란 사자개가 자신에게 물을 먹이는 한 씨의 손을 핥았다. 안심하라고, 나를 믿으라고 속삭이는 듯했다.

"나머지는 이곳에 남고, 상황 폐하와 여관님만 노비를 따라오시지요."

나이가 지긋하게 든 여관이 다가와 한 씨와 사자개를 맞이하였다. 한 씨가 비단으로 입가에 묻은 물기를 닦아 주자 사자개는 적황색 갈기를 흔들며 자리에서 일어났다. 한 씨는 함량전의 궁녀와 환관에게 눈짓한 뒤 사자개와 함께 여관을 따랐다. 한 걸음 한 걸음이 가시밭길이었다. 여관이 안내한 곳은 정전이 아닌 편전이었다. 편전 문 앞에 당도하자 여관은 큰 목소리로 고하였다.

"태상황이 납셨사옵니다."

곧이어 귀비의 목소리가 들렸다.

"어서 안으로 모시게."

편전 문밖에 서 있던 궁녀들이 문을 열었다. 여관이 안으로 들어가라고 고갯짓하자 한 씨는 사자개와 함께 교태전 편전에 들어섰다. 그곳에는 시위도 궁녀도 환관도 없었다. 도처에 드리워진 하얀 천과 은은한 매화향 뿐이었다. 사자개는 코를 킁킁거리며 주위를 둘러보았다.

"상황 폐하를 안쪽으로 모시고 오게."

귀비의 부름에 한 씨는 사자개를 이끌며 걸음을 옮겼다. 태상황이 며느리인 귀비를 죽이면 어떻게 될까. 이 자리에 있는 자신도 멸문지화를 당할 것이다. 살아남은 가족들도 모두 죽게 되겠지. 허나 천하가 바로 설 것이다. 사자개가 그녀의 목을 물어 주기만 한다면. 한 씨는 잠시 발걸음을 멈춰 사자개를 내려 보았다. 코를 킁킁거리던 사자개가 다가와 한 씨의 다리에 얼굴을 비볐다.

한 씨의 두 눈에 눈물이 핑 돌았다. 복수와 천하가 아무리 중하여도 내 어찌 네게 그런 짓을 시키겠느냐. 모두 맹수를 두려워하였듯 맹수도 그들을 두려워했다. 예전에는 어미를 그리워하며 밤새 울던 강아지였음을, 보이지 않는 사슬에 묶인 채 황궁에 갇혀 있는 불쌍한 짐승이라는 것을 그들은 몰랐다.

황제가 태상황에게 자식의 도를 다하더라도 총비(寵妃)를 죽인다면 태상황의 사지를 찢어 죽이리라. 폐황후 왕씨가 어찌 죽었더냐. 자신을 해치려 했다는 총비 무 씨의 말만 듣고 황제는 그녀를 폐하며 목숨을 앗아가지 않았던가. 천하의 어미인 황후가, 황제와 같은 자리에 앉아 있던 황후가 그렇게 목숨을 잃었다. 황제는 그러한 자였다. 지어미도 죽이는 자인데, 아비라고 못 죽일까.

짐승의 몸으로 어찌 그런 고통을 이겨낼까. 한 씨는 사자개의 갈기를 쓰다듬은 뒤 편전 깊숙한 곳으로 걸어갔다. 사람을 죽여야 한다면, 한 씨가 직접 해야 했다. 하얀 천이 가을바람에 펄럭였다. 곧 창문 닫히는 소리가 들렸다. 바람이 멎자 하얀 천은 사뿐히 바닥으로 내려앉았고, 그제야 편전의 모습이 바로 보였다.

편전 가운데에는 하얀 김이 모락모락 피어나는 나무통이 놓여 있었다. 귀비가 그 안에 들어앉아 몸을 적시고 있었다. 물에 젖은 비단옷은 뽀얀 살갗을 드러냈지만, 얼굴은 물이 빚어낸 연무(煙霧)에 가려 보이지 아니하였다. 저 색녀가 시아비를 맞이하는 자리에서 목욕을 하고 있구나. 귀비로는 부족하여 태비(太妃)가 되고자 함인가. 한 씨의 마음이 요동쳤다. 내 손으로 너를 죽이리라. 너의 목을 조르고 너의 숨을 앗아가리라. 내 너를 이끌고 저세상으로 가 죽어서도 눈감지 못했을 내 아비 앞에 네 무릎을 꿇게 하리라. 한 씨는 두 주먹을 불끈 쥐며 귀비에게 다가갔다.

인기척 소리가 들렸다. 놀란 한 씨는 주위를 살폈다. 창문을 닫은 자가 따로 있었구나. 부디 저자가 건장한 시위가 아니기를. 한 씨는 손을 뻗어 자신의 비녀를 움켜쥐었다. 하얀 천에 어른거리는 그림자가 모습을 드러냈다. 키가 왜소한 여인네였다. 한 씨는 깜짝 놀라 움켜쥔 비녀를 떨어트렸다. 어머니. 꽃처럼 아름답던 용모는 어디 가고 이리 늙으시었소. 이마에 주름살이 가득하구려. 자신과 함께 궁으로 끌려온, 십여 년 만에 만나는 자신의 어미였다. 한 씨는 자리에 털썩 주저앉아 어미를 불렀다.

"어머니."

한 씨 어미가 달려와 한 씨를 와락 안았다. 놀란 사자개는 낮은 소리로 으르렁댔다.

"연아."

"어찌 여기에 계시오."

"너를 보러 왔다. 귀비 낭랑께서 오늘 네가 온다고 하시었다."

한 씨는 정신이 혼미하고 까마득하여 어찌 된 일인지 알 수가 없었다.

"귀비 낭랑께서 어머니를 데려왔다고 하셨소?"

"연아. 어서 낭랑께 감사 인사를 올리거라. 한 가(韓家)는 낭랑의 덕을 입었다. 하해와 같은 은혜이니 어서 감사 인사를 드려야지"

어머니, 그게 무슨 말이오. 저자는 한씨 가문을 풍비박산 낸 원수이거늘. 세상천지에 원수에게 감사 인사를 하는 천치가 어디 있단 말이오. 한 씨는 어미의 귀에 낮게 속삭였다.

"아버지의 원수를 잊었소이까?"

한 씨가 바닥에 떨어진 비녀를 조용히 움켜쥐자, 그 의중을 깨달은 한 씨 어미는 한 씨의 손을 붙잡으며 낮은 목소리로 말하였다.

"아니다. 네가 잘못 알고 있다. 네 아비는 언관이야. 옳지 않은 일을 옳지 않다고 하는 것은 그의 직무이다. 어찌 그것이 귀비 낭랑의 잘못이더냐. 네 아비는 자신의 직무를 다한 것이다. 이는 아비의 충이다. 자식 된 도리로 아비의 충을 섬기는 것이 효이거늘. 어찌 네가 아비의 죽음을 모욕하느냐."

귀비는 지척에 있으니 둘이 나누는 이야기를 들을 수 있었다. 놀란 귀비가 소리를 질러 궁인이라도 불러들인다면, 모든 게 수포가 된다. 한 씨는 귀비를 노려보며 어미의 귀에 속삭였다.

"무슨 말을 하는 거요. 황제가 민의(民意)를 거스르고 천의(天意)를 거스르는데, 충이 무슨 의미가 있소이까? 바르지 않은 것을 바로 잡는 것이 천하를 위한 진정한 충의(忠義)요. 어찌 의 없이 충이 있을 수 있단 말이오? 의를 얻지 못하면 충도 의미가 없으니 저 요부를 죽이지 않은 이상 아버지의 죽음은 개죽음이 되는 거요. 내 저년을 죽여 정의를 되찾으리라. 어서 비키시오."

한 씨가 자리에서 일어서자 한 씨 어미는 그녀를 부둥켜안으며 놓아 주지 않았다.

"아니 된다. 낭랑께서 네 아우를 빼내기 위해 무슨 수모를 겪었는지 아느냐! 절대 아니 된다! 어서 비녀를 거두어라!"

어미는 자식을 놓아 주지 않았고 자식은 어미의 품에서 벗어나기 위해 어미의 몸을 밀쳐냈다. 허나 한 씨는 안간힘을 쓸 수 없었다. 귀비가 알아채면 모든 게 끝장이다. 한 씨는 숨을 죽이며 끙끙거렸다. 사람의 눈은 속여도, 개의 눈을 속일 수는 없는 법이었다. 자신의 주인이 위험에 처했다고 생각한 사자개는 사나운 이빨을 드러냈다. 컹, 하는 소리와 함께 한 씨 어미의 팔이 피로 물들었다.

"아아악!"

어미의 비명에 놀란 한 씨는 양손으로 사자개의 주둥이를 벌렸다. 이빨을 드러낸 사자개는 적의를 거두려 하지 않왔다. 한 씨는 사자개를 품에 안고 소리를 질렀다.

"어머니. 도망치시오! 목을 물리면 끝장입니다!"

첨벙 소리가 들리더니 귀비가 물에서 뛰쳐나왔다.

"눈을 가리게. 눈을 가려!"

귀비의 외침에 한 씨는 황급히 사자개의 눈을 가렸다. 사자개는 이빨을 드러내며 으르렁거렸으나 더는 공격하지 않았다.

"여봐라! 지혈제를 가져오라!"

귀비의 황급한 부름에 편전 밖 궁인들이 부산스레 움직였다. 곧 여관 한 명이 편전에 들어와 지혈제를 두고 나갔다. 귀비는 한 씨 어미의 옷소매를 찢어 지혈제를 뿌리고는 찢은 천으로 상처를 동여맸다. 어미의 입에서 신음이 새어나왔다.

"다행히 깊게 물리지는 않았네. 태의를 불러 상처를 보이면 좋으련만, 자네 신분이 노비이니……."

"낭랑께서 천한 노비의 상처를 친히 치료해 주신 것만으로도 황송합니다. 어서 옷을 입으십시오. 찬 기운이 들어서면 큰일입니다. 황상께서 죄를 물으실 것입니다."

그 말에 귀비는 환복을 하러 병풍 뒤로 갔다. 귀비가 지나간 자리에 크고 작은 물방울이 궤적을 남겼다. 멍한 눈빛으로 그 모습을 지켜보던 한 씨는 그제야 정신을 차리며 어미에게 물었다.

"괜찮소? 상처는, 상처는 어떠하오?"

한 씨 어미는 바닥에 떨어진 한 씨의 비녀를 주우며 말했다.

"괜찮다. 아가. 이제 다 괜찮다."

* * *

환복을 마친 귀비는 주안상을 마련했다며 사자개를 정전으로 데려갔다. 사자개는 한 씨와 떨어지려 하지 않았지만 한 씨의 거듭된 간청에 꼬리를 내린 채 물러설 수밖에 없었다. 한 씨와 한 씨 어미는 편전에 남아 이야기를 나누었다. 편전 밖을 지키던 궁녀들이 귀를 기울이며 이야기를 듣고자 하였으나 그들의 목소리는 밖으로 새어 나오지 않았다.

"한수(韓秀)가 관비 신분에서 벗어났다 하시었소? 그게 어찌 가능하오?"

"낭랑께서 절도사(節度使) 안록산(安祿山)에게 청을 넣으셨다. 적(籍)에 이름을 올린 이를 빼내는 게 쉬웠겠느냐. 내 명부 수장도 쉬이 할 수 없는 일이다. 절도사 정도는 되어야지."

"귀비가 우리를 왜 돕소이까?"

"낭랑께서 말씀하시기를, 아무도 낭랑을 위해 나서 주지 않았을 때, 네 아비만이 목소리를 높여 주었다 하셨다. 네 아비만이 진정한 은인이라고. 장생전에서 널 처음 보았을 때, 그제야 한씨 가문이 풍비박산 났다는 걸 아셨다고 하시더라."

한 씨는 굳은 표정으로 자신의 어미를 보았다. 어머니, 그게 지금 무슨 말인지 아시오? 먹이를 걱정하는 맹수 보셨소이까? 세상에 그런 맹수는 없소이다.

"어머니는 그 말을 믿는단 말이오?"

"사람들은 자기가 보고 싶은 것만 보고, 듣고 싶은 것만 듣는 법이지. 역지사지란 말도 모르느냐. 그 사람의 상황을 가늠하면 바로 알 수 있는 일이란다. 낭랑께서 뭐 하러 정실인 왕비 자리를 버리고 황궁의 비빈이 되려고 하겠느냐. 왕야는 물론이오, 심지어 황손과도 비슷한 연배이거늘."

"수왕이 자신의 안위를 위해 왕비를 바쳤다고 할지라도, 귀비가 자기 발로 화조사(花鳥使)를 따라 입궁한 것은 틀림없는 사실이 아니오. 사람이라면 목숨을 잃을지언정 치욕을 당하지는 않으려 하는 법이오. 시아비의 여인이 되는 것이 패륜이라는 걸 알았다면, 목숨을 끊어 정조를 지켰어야 했소."

한 씨 어미는 깊은 한숨을 내쉬며 한 씨의 얼굴을 어루만졌다.

"너는 하나도 변하지 않았구나. 어쩜 그리 애늙은이처럼 말을 할꼬. 네 아비의 말을 듣는 것이 아니었다. 글을 알면 견문이 넓어진다고 하였는데…… 너는 성인의 말씀만 알고 사람의 마음을 모르는구나. 세상에 선비만 있는 줄 아느냐.'

아이고, 어머니. 어머니야말로 사람의 마음을 모르시오. 모든 걸 다 쥔 귀비가 우리를 왜 구한단 말이오. 어찌 그 요망한 것에게 현혹되시었소.

"네가 낭랑의 마음을 헤아리지 않아도 괜찮다. 허나 낭랑께서 한수의 관비 신분을 면하게 해 주신 것은 부정할 수 없는 사실이다. 너도 마땅히 예를 갖춰 낭랑께 감사를 표해야 할 것이다."

"안록산은 귀비의 양자이자 정인이오. 손수 양자의 몸을 씻긴 뒤, 강보에 싸인 안록산을 가마에 태워 황궁 안을 거닐은 귀비의 이야기를 누가 모른단 말이오. 황상조차 둘의 사이를 의심하지 않았소. 안록산을 시켜 한수를 구한 것은 한쪽 손을 드는 것처럼 쉬운 일이거늘, 어찌 어머니께서는 요부의 말을 믿으시오."

한 씨 어미는 주위를 둘러본 뒤, 한 씨의 두 손을 움켜쥐며 낮게 속삭였다.

"안록산을 양자로 삼으라고 한 것도, 풍습에 따라 손수 목욕을 시키라고 한 것도 모두 황상의 명이었다. 그렇지 않고서야 어찌 내명부의 수장이 그런 일을 행하겠느냐. 목이 잘려도 이상할 게 없는 일이지."

"황상이 그런 명을 왜 내리오? 자신의 여인을 다른 남자에게 밀어 넣는 자가 어디 있소?"

"안록산을 얻어야 북방을 얻는단다. 남인의 마음을 얻는데 여인의 몸을 바치는 것보다 쉬운 방법이 어디에 있더냐. 낭랑께서 안록산을 씻기는 모습을 장생전 환관이 몰래 확인하고 돌아갔다. 그날 저녁에 황상께서 야명주까지 하사하셨지. 세상에 어떤 여인이 다 큰 남자의 몸을 씻기고 싶어 하겠느냐. 낭랑도 마찬가지란다. 허나 무슨 방도가 있겠느냐. 여인의 신세가 다 그러하다. 다른 이가 목숨 줄을 붙잡고 흔드니, 명을 받잡을 수밖에."

놀란 한 씨는 마른침을 삼키며 말을 이었다.

"그럼, 한수를 빼오기 위해 겪었다는 귀비의 수모가 무엇이오."

잠시 말문이 막힌 어미가 눈물을 흘렸다. 붉게 얼룩진 옷자락에 눈물이 떨어졌다.

"낭랑께서 장생전에서 널 보신 뒤, 몰래 수소문해 나를 찾고 한수를 찾아내셨다. 너는 오품 여관의 신분이고, 황상의 명으로 태상황을 모셔야 했기에 데려올 방도가 없었다. 나는 천한 궁비라 쉽게 교태전으로 데려올 수 있었지. 허나 관노인 한수는…… 황궁에 묶인 여인이 무슨 수로 관노를 빼내겠느냐. 그래서 그 오랑캐 놈에게 부탁을 하신

거란다."

"육촌 오라비인 양국충이 있지 않소."

"양국충은 누이를 팔아 관직에 오른 자다. 낭랑께서 황궁에서 쫓겨났을 때, 다시 낭랑을 궁으로 들여보낸 이가 그자였다. 혹시라도 낭랑이 다시 황궁을 떠날까 봐 전전긍긍하는 자인데, 한씨 가문 사람들을 구해 주려 했겠느냐. 도리어 우리를 죽이려고 하겠지."

"나는 잘 모르겠소. 오랑캐에게 부탁한 것이 낭랑이 당한 수모라는 거요?"

한 씨 어미는 서글프게 울었다.

"여인이…… 모든 걸 다 가진 남인의 환심을 얻기 위해…… 할 수 있는 게 무엇이 있더냐."

놀란 한 씨는 눈을 동그랗게 뜬 채 입을 닫았다. 어찌 이리 말도 안 되는 소리를 할 수 있단 말인가. 고작 노비를 구하기 위해 몸을 내어 주는 황제의 여인이라니. 자신의 욕망을 위해서가 아니라 얼토당토않은 보은을 위해 천한 오랑캐에게 몸을 내어 주는 여인이라니. 어머니, 지금 나를 속이려 하는 것이오? 한 씨는 듣고도 믿기지 않아 그저 자신의 어미를 쳐다볼 뿐이었다.

"낭랑께서 왜 매일 목욕을 하시는지 아느냐. 더러움을 씻고자 하심이다. 오늘 아침에도 황상이 드셨다 가셨다. 허나…… 물이 무슨 수로 마음의 상처까지 씻어 주겠느냐.

통 안에 가득 담긴 저 물은 목욕물이 아니라 낭랑의 눈물이다."

"그게 다 우리를 위해서란 말이오?"

한 씨 어미는 손으로 마른세수를 했다. 양손에 묻힌 피와 만면에 흘린 눈물이 서로 엉키며 얼굴을 붉게 물들였다.

"낭랑의 삶이 기구한 것이 어찌 다 우리 때문이겠느냐. 낭랑은 새장 속에 갇힌 새란다. 노래를 지저귀지 않으면 주인의 손아귀에서 목숨을 잃을 새지."

"누가 감히 귀비를 죽인단 말이오."

"누구긴 누구겠느냐. 황상이지. 천하의 모든 것은 황상의 것이거늘. 황상이 얻지 못한 유일한 것은 낭랑의 마음이라. 황상도 이를 잘 알고 계신단다. 황상이 총애하신 비가 한둘이더냐. 낭랑 전에는 무혜비가, 그전에는 조려비가 있었지. 그래도 황상은 성군이셨다. 황상이 혼군이 된 것은 사랑 때문이 아니라 집착 때문이다. 가지지 못하니 집착할 수밖에……."

한 씨는 어미의 얼굴을 물끄러미 보았다. 피로 얼룩진 얼굴이었다. 어미는 한 씨의 마음에도 피를 뿌렸다. 모든 걸 붉게 물들였다. 마음 깊은 곳에서 십수 년 넘게 타올랐던 분노가 붉은 피로 뒤덮였다.

불씨는 사그라들었을 뿐 꺼진 것이 아니었다. 귀비가 화조사를 따라 입궁한 까닭은 무엇인가. 후궁에 미인이 삼천

명이 넘거늘, 귀비의 노력이 없었다면 삼천을 향한 황제의 총애가 어찌 한 여인에게만 머물 수 있겠는가. 십 년이 넘는 세월이었다. 십 년이면 강산도 변한다는데 황제의 마음은 변하지 않았다. 황제가 내린 성은은 오로지 귀비의 것이었다. 가지지 못하면 파괴하는 것이 혼군의 본능이오. 귀비의 마음을 얻지 못한 황제가 귀비를 망치기 위해 일부러 총애라도 했단 말이오? 한 씨는 어미를 믿었지만, 어미의 말도 믿을 수는 없었다. 한 씨의 의혹은 아직 풀리지 않았다.

* * *

사자개는 쉬이 잠들지 못했다. 한 씨와 잠시 떨어져 있었기 때문인지, 피 맛을 봐서 그런 건지 좀처럼 진정을 하지 못했다. 사자개가 잠든 것을 확인한 한 씨는 정전 밖으로 나가려 했지만, 어느새 잠에서 깬 사자개가 다가와 한 씨의 다리에 머리를 비비며 낑낑대었다. 한 씨는 낮은 한숨을 내쉰 뒤 침상 아래에 자리를 잡고 앉았다. 그 모습을 본 사자개가 꼬리를 흔들었다. 사자개는 다시 침상 위로 올라가 드러누웠고, 이를 본 한 씨는 침상에 등을 기대며 눈을 감았다.

쉬이 잠들 수 없는 밤이었다.

나뭇잎 스치는 소리가 소란했다. 마음에 한기가 들어차는 밤이었다. 곧이어 낙엽 밟는 소리가 들렸다. 한 씨는 귀를 기울였다. 스스삭, 스삭, 스스삭. 바스락거리는 소리가 아니었다. 저렇게 가볍게 낙엽을 밟는 이가 누가 있지. 한 씨는 깜짝 놀라 자리에서 황급히 일어났다. 자객이다. 자객이 들었다. 저것은 걷는 소리가 아니라 뛰는 소리다. 누구를 노리는 자객인가. 나인가 태상황인가. 한 씨는 바로 옆에 있는 석등을 입으로 불어 껐다. 사방에 어둠이 내려앉았다.

비명도 지르지 못하고 절명한 이들이 털썩 쓰러지는 소리가 들렸다. 자객은 금세 함량전 정전 앞까지 다가왔다. 잠에서 깬 사자개가 낮게 으르렁거렸다. 너도 피 냄새를 맡았구나. 궁녀까지 모두 죽인 걸 보면 내가 아니라 너를 노리는 자객이다. 황제가 나를 부른 것은 이 때문이었구나. 황제의 몸으로 효를 행하기가 지겨워 이제 네 목숨을 거두는구나. 한 씨는 부들부들 떠는 몸으로 사자개를 안고 정전 입구를 노려보았다.

정전문이 활짝 열렸다. 정전 밖 석등 불빛이 어둠을 비집고 들어왔다. 복면도 쓰지 않은 시위들이 불빛과 함께 검을 겨누며 다가왔다. 얼굴이 익숙했다. 함량전 밖을 지키던 시위들이었다.

한 씨는 두 눈을 질끈 감았다. 어차피 네가 죽으면 나도 죽을 목숨. 개를 주인으로 섬길 때부터 정해진 운명이었다. 죽기 전 어미를 보았고 동생의 소식을 들었으니, 더는 한이 없다. 너도 나와 함께 가자. 그곳에 있는 내 아비와 풍설이 우리를 기다린다. 초연한 표정의 한 씨와 달리 사자개는 언제든 뛰쳐나갈 기세로 으르렁댔다. 잔뜩 긴장한 전신의 근육이 으르렁 소리와 함께 파르르 떨렸다.

"이 야심한 시각에 태상황과 같이 있을 줄이야. 네년은 여관이 아니라 빈어(嬪御)인 것이냐?"

한 씨는 눈썹을 치켜올리며 소리가 난 곳을 노려보았다. 짐승만도 못한 간신 놈이 감히 함량전에 쳐들어왔구나. 간신을 보내 아비를 죽이려 하다니. 자객이 아닌 시위를 보내 아비를 죽이려 하다니. 천하의 불효자식이로다.

"네 이놈. 태상황이 계신 곳이다! 어찌 우재상(右宰相) 따위가 함량전에 들어온단 말인가. 어서 예를 갖추어라!"

양국충은 비열한 미소를 지으며 낮게 웃었다. 두 눈에 가득 들어찬 저 가증스러운 눈빛을 보라! 네놈이 황제의 눈을 속여 괵국부인과 놀아난다는 것을 모르는 자가 없거늘! 네가 재상이 된 것도 괵국부인의 베갯머리 송사 덕분이 아니던가. 궁녀를 범하고 육촌 누이와 오입질을 즐기는 천하의 말종이로다. 한 씨는 양국충을 향해 침을 퇘하고 뱉었다.

"네가 모시는 주인은 태상황이 아니라 개다. 개를 믿고 오만방자하게 굴면 곤란하지. 어떠냐. 나를 모시는 것은. 구중궁궐에서 개나 지키며 살 수는 없지 않겠느냐. 나를 따르면 황상의 비빈보다 더한 부를 거머쥘 수 있다."

한 씨는 모멸감에 몸을 떨었다. 이놈이 지금 무슨 소리를 하는 건가. 정전에 개 짖는 소리가 가득하니. 이는 태상황이 아닌 네놈의 소리로다.

"함량전의 담을 넘은 것이 고작 여색을 취하기 위함이던가. 네놈이 그러고도 살아남기를 바라느냐!"

한 씨의 말에 양국충은 껄껄거리며 웃었다.

"이곳에 더는 산 자가 없다. 고작 개 한 마리 남았을 뿐인데, 누가 나를 단죄할 수 있겠느냐. 대명궁의 천자는 저 개가 아니라 나다."

"네 이놈. 그런 대역무도한 말을!"

"네년이 할 줄 아는 것이라고는 소리 지르는 것뿐이로구나. 건괵재상(巾幗宰相) 상관완아(上官婉兒)도 저리 가라 할 정도로 학식에 밝다고 하더니. 책상머리는 별수 없는 법이지. 네게 선택권은 없다. 나를 따르면 목숨을 부지할 것이오. 나를 거부하면 이 자리에서 범해질 것이다. 물론 시위들에게도 상을 내려야겠지. 지금 함량전에 살아 있는 여자는 너 하나뿐이다."

양국충의 저 가증스러운 눈빛은 탐욕스러운 아귀의 눈빛이었다. 먹기 위해 사냥하는 맹수의 눈빛이 아닌 탐하여 죽이는 아귀의 눈빛. 한 씨는 두려운 마음에 사자개의 갈기를 움켜쥐었다. 침선방에서 손에 굳은살이 생길 정도로 자수를 놓을 때도, 개를 주인으로 섬기며 지낼 때도 이런 위협을 당해 본 적은 없었다. 한 씨는 손을 뻗어 머리카락에 꽂은 비녀를 움켜쥐었다. 차라리 죽자. 내 이런 치욕을 어찌 겪으리오. 갈기를 붙잡았던 손이 떨어지자 사자개는 한 씨 품을 뛰쳐나가 으르렁거렸다.

비녀를 움켜쥔 한 씨를 본 양국충은 얼굴을 일그러뜨렸다.

"저년이 자결하지 못하게 막아라! 독한 년 같으니라고!"

시위들은 검을 겨누며 한 씨에게 다가가려 하였지만, 사납게 으르렁거리는 커다란 개는 호랑이처럼 위협적이었다.

"당장 멈추어라."

가녀린 여인의 목소리가 함량전에 울려 퍼졌다. 옥구슬이 굴러가는 것처럼 청명하면서도 단호한 목소리였다. 활짝 열린 정전 문 사이로 귀비가 나타났다.

"귀…… 귀비 낭랑…… 여긴 어찌……."

놀란 양국충은 말을 잇지 못하였다.

"오시(午時)면 퇴궐하는 오라버니께서 해시(亥時)가 되었는데도 대명궁에 남아 계시다 하니 찾아왔지요. 어찌 여기 계십니까."

"그…… 그것이……."

귀비는 미소를 지으며 양국충을 바라보았다. 온화한 웃

음이었으나 눈빛은 서늘하기 그지없었다. 한 씨는 귀비 뒤에 그림자처럼 서 있는 궁녀를 발견했다. 함량전의 궁녀였다. 함량전의 궁녀는 모두 죽었다 하였거늘. 너는 어찌 살아 있는 것이냐. 한 씨의 의혹도 잠시일 뿐, 귀비의 다음 말이 그녀의 관심을 앗아갔다.

"흉한 병이 돈 것인지 궁녀들이 모두 피를 토하고 죽었더이다. 오라버니께서도 이를 아시고 태상황이 염려되어 오셨겠지요? 본궁이 태의를 부를 터이니 이만 퇴궐을 하시지요."

검에 찔려 죽은 시신에 전염병이 웬 말인가. 오라비의 활로(活路)를 터주는 귀비의 명에 양국충은 허리를 굽히며 사자개에게 절을 하였다.

"소신 양국충, 이만 물러가겠사옵니다."

양국충의 얼굴에 낭패감이 가득하였다. 지금은 물러나지만, 결코 포기하지 않으리라. 가진 게 많은 자들은 갖고자 하는 것을 절대 포기하지 않았다. 한 씨는 손에 쥔 비녀를 꼭 움켜쥐었다.

양국충은 귀비에게 예를 행한 뒤 정전 밖으로 나섰다. 귀비는 고개를 돌려 나지막하게 말하였다.

"오라버니. 조실부모한 뒤 가문의 은덕을 입은 것은 사실이나 이씨 집안의 사람이 된 이상 본궁은 죽어서도 이씨 집안의 귀신이 될 것입니다. 이가(李家)와 양가(楊家)가 대립하면 본궁이 누구 편에 설지는 자명한 일이겠지요. 부디 본궁이 효를 다할 수 있도록 해 주십시오. 양씨 집안이 멸문지화를 당하면 본궁은 돌아가신 부모님의 얼굴을 뵐 면목이 없습니다."

잠시 발걸음을 멈춰 귀비의 말을 들은 양국충은 굳은 낯빛으로 황급히 자리를 떠났다. 양국충과 시위들의 모습이 더는 보이지 않자 귀비는 낮게 한숨을 내쉰 뒤 정전 안으로 들어왔다.

"오라버니가 아무리 눈에 뵈는 게 없는 자라 할지라도 자기 목숨 중한 줄도 모르는 바보는 아닐세. 그렇다고 하여 자네가 안전하다는 뜻은 아니니 조심해야 할 것이야. 앞으로는 함량전 밖으로 한 발짝도 나가지 말게."

사자개는 길게 늘어선 창문을 맴돌며 컹컹 짖었다. 긴장이 풀리자 온몸에 힘이 들어가지 않았다. 한 씨는 손에 쥐고 있던 비녀를 떨어뜨리며 바닥에 주저앉았다. 귀비는 아무런 말도 하지 않고 그 모습을 지켜보았다. 한 씨는 심호흡을 하며 귀비를 마주 보았다.

낭랑이 나를 살리셨구려.

* * *

양국충은 다시 한 씨를 찾아오지 않았다. 그럴 새가 없었다. 양귀비의 양자이자 양국충의 정적이었던 안록산이 드디어 난을 일으켰다. 안록산은 역심을 품은 자라고 끊임없이 주청했던 양국충은 자신의 주장을 뒷받침해 주는 안록산의 행보에 기쁨을 감추지 못했다.

그는 황제와 함께 이원(梨園)에 머물며 매일 풍악을 울렸다. 전쟁의 화마가 장안으로 들이닥치는 줄도 모르고 말이다. 거센 말발굽 소리와 백성들의 울부짖음도 이들에게는 전혀 들리지 않았다. 오직 궁기(宮妓)의 춤사위와 악공의 가락만이 있을 뿐이었다. 황제는 태산(泰山)이오 천자이거늘, 어찌 하늘이 흔들리고 땅이 흔들릴까. 황제를 찬양하는 예상우의곡(霓裳羽衣曲)의 노랫소리가 만개한 국화의 향보다 짙었다. 황제는 안록산의 배신에 분노할 뿐 자신의 천하가 흔들리고 있다는 것을 자각하지 못했다.

나라에 난이 일어났다는 것을 핑계로 귀비가 함량전의 시위를 세 배로 늘려 주었다. 새로 배치된 시위들은 양국충이 지닌 병권으로는 명을 내릴 수 없는 이들이었다. 죽임을 당한 궁녀들과 환관들은 역병에 걸렸다 하여 모두 불태워졌다. 함량전 밖에 나가지 못하는 한 씨를 대신해, 궁녀가 이들의 재를 대명궁 태액지(太液池)에 뿌렸다. 양국충의 무리가 죽이지 못한 그 궁녀였다. 추향이라는 이름을 지닌 궁녀는 귀비가 한 씨를 위해 함량전으로 보낸 자였다. 한 씨를 죽이기 위해 보낸 자객이 아니라 한 씨를 지키기 위해 보낸 호위무사였다. 함량전을 둘러싼 살기를 느낀 추향은 황급히 교태전으로 새를 보냈고, 덕분에 귀비가 때를 맞춰 당도할 수가 있었다. 이 사실을 안 한 씨는 종일 상념에 잠겼다.

범양을 거점으로 시작된 반란의 불길이 파죽지세로 남하하였다. 당나라의 또 다른 수도인 낙양을 정복한 안록산이 스스로 황제임을 천명하였다. 병신년이 끝나고 정유년이 시작되었다. 장안성마저 풍전등화의 신세가 되자 황제는 자신에게 닥친 위기를 실감했다. 황제가 촉*의 땅으로 유람을 가겠다는 천명을 내렸다. 유람이 아닌 피난이었다. 황제가 교지를 내린 날, 쥐 죽은 듯 고요한 깊은 밤에 귀비는 한 씨를 찾아왔다.

"자네가 살 수 있는 유일한 기회일세. 어머니를 모시고 이곳을 뜨게나. 상황 폐하가 승하하시면 자네는 죽은 목숨이야. 이미 내린 천명을 거둘 수가 없어 개를 아비로 모셨지만, 황상이 절대 가만두지 않을 걸세. 황권을 능멸한 죄로 개를 모신 노비들을 멸할 것이야. 궁이 혼란한 사이에, 황상의 관심이 다른 곳에 가 있는 사이에 서둘러 떠나야 하네."

"노비는 상황 폐하를 두고 갈 수가 없습니다."

---

* 蜀, 현 사천성 일대.

한 씨의 말에 귀비는 탄식했다.

"자네를 두고 자네 어머니가 하시는 말씀이 하나도 틀린 게 없네. 충이 무슨 의미가 있는가. 사람 목숨이 중한 법일세."

"낭랑께서도 아비의 충절을 높이 사 한씨 가문을 도운 것이 아니십니까?"

"내 자네 아버지에게 감사하는 것은 나를 위해 목소리를 내주었기 때문이지 나라를 위해 충을 다해서가 아닐세. 이 나라는 더는 가망이 없네. 백성과 충신의 피를 빨아 간신의 살을 채우는 나라가 무슨 의미가 있겠는가."

"허나…… 어찌 상황 폐하를 두고 간단 말입니까. 그리는 못 하겠습니다."

한 씨는 자신의 옆에 드러누운 사자개의 갈기를 매만지며 대답했다. 그 모습을 본 귀비의 얼굴에 슬픔이 차올랐다.

"그것은 충이 아니라 정(情)일세. 내 어찌 자네 마음을 모르겠는가. 짐승의 몸이라 할지라도, 자네가 손수 키웠으니 자식과 다름이 없겠지. 알겠네. 내 방법을 강구해 보겠네."

말을 마친 뒤 뒤돌아선 귀비의 모습이 처량하고 또 처량하였다. 한 씨는 눈물 맺힌 눈으로 귀비의 뒷모습을 바라보았다.

다음 날, 귀비는 오배자와 숯 그리고 명반 가루를 보냈다. 귀비의 뜻을 알아차린 한 씨는 오배자와 숯을 절구에 빻아 가루를 냈다. 명반 가루를 탄 물에 빻은 가루를 넣어 곱게 개고는 그 반죽을 사자개의 몸에 발랐다. 황제의 색을 지닌 사자개가 검은 개가 되었다. 그날 밤, 귀비는 황제의 색을 지닌 개를 몰래 함량전에 보냈다. 사자개는 적황색으로 염색한 자신의 형제를 알아보고 꼬리를 흔들며 반겼다.

다시 태양이 떠올랐다. 귀비는 태상황에게 아침 문안을 하겠다며 함량전을 찾았다. 한 씨의 어미도 대동하였다.

"오늘 밤 이곳을 뜨게. 내 이미 궁문을 지키는 시위를 매수하였네. 현무문(玄武門)을 통해 나가게나. 자시(子時)일세. 한시도 지체해서는 아니 되네."

"낭랑은 어찌하십니까."

한 씨 어미의 말에 귀비는 처연하게 웃었다.

"나라를 망친 요부가 어찌 목숨을 부지하길 바라겠나. 내 사는 게 사는 것이 아니었네."

한 씨 어미는 그 말을 듣고 눈물을 흘렸다. 정전 문밖을 홀로 지키던 추향도 귀비의 말을 듣고 숨죽여 울었다.

"잠시 밖에 나가 있게. 연이에게 긴히 할 말이 있네. 추향이 너는 잠시 함량전 밖에 나가 있거라."

한 씨 어미가 옷소매로 눈물을 닦으며 정전 밖으로 나섰다. 귀가 밝은 추향도 명을 받잡고 함량전 밖으로 나갔다. 함량전 정전 안에는 귀비와 한 씨 그리고 검은 개가 된 사자개뿐이었다.

"내 세상천지에 진정으로 믿을 이가 자네와 자네 어머니뿐이네. 자네 어머니는 자식 걱정이 많은 분이라 한수 생각에 눈물 마를 날이 없으시지. 황궁 밖을 나서면 자네 어머니와 추향은 한수를 찾으러 가도록 하게. 한수는 낙양에 있다네. 낙양에 가장 큰 기루를 찾아가면 한수를 만날 수 있을 거야. 그리고 자네는…… 따로 갈 곳이 있네."

말을 마친 귀비는 옥구슬 같은 눈물을 떨어뜨리며 한씨에게 무릎을 꿇었다.

"자네에게 이런 부탁을 하는 것이 염치가 없는 줄은 알지만, 나를 좀 살려주게. 내, 믿고 맡길 사람이 자네밖에 없으이."

한 씨 놀라 무릎을 꿇고 귀비의 팔을 붙들었다.

"낭랑. 일어나십시오. 어찌 노비에게 무릎을 꿇으십니까."

귀비는 자리에 꿇어앉아 서럽게 울었다.

"나에게 딸이 하나 있네. 내 딸을 살려 주오."

모두 귀비를 두고 열매를 맺지 못하는 꽃이라 하였거늘. 딸이 있다는 귀비의 말에 한 씨가 놀라 되물었다.

"낭랑께서는 자식이 없지 않으십니까?"

"수왕이 내 딸을 데리고 있어. 내 딸은 수왕의 피를 지녔지만 수왕의 자식이 아닐세. 그 아이는 볼모였어. 젖먹이를 두고 날 겁박했네. 그 아이 걱정에 하루도 편했던 적이 없으이. 나를 좀 도와주게."

든든한 외척 세력을 지닌 다른 황자들과 다르게 수왕이 가진 것은 오직 자신의 어미인 무혜비 뿐이었다. 무혜비는 여자의 몸으로 천하를 호령한 측천무후의 종손녀였다. 당나라를 없애고 주나라를 세운 여자 황제가 죽자 무씨 집안은 쑥대밭이 되었다. 뿔뿔이 흩어진 무씨 가문 사람 중 동산재기(東山再起)한 사람은 무혜비뿐이었다. 황제의 총애가 극에 달해, 모두 육궁(六宮)의 진정한 주인이 무혜비라 하였다. 황후는 허울만 남은 허주(虛主)요, 무혜비가 진주(真主)였다. 허울만 남은 황후도 곧 황제의 손에 폐위되어 목숨을 잃었다. 육궁에 떠오른 유일한 태양은 무혜비였다.

수왕 이모(李帽)는 무혜비의 셋째 아들로 태어났다. 첫째와 둘째는 모두 태어난 다음 해에 요절하였다. 셋째 아들마저 목숨을 잃을까 걱정이 되었던 황제는 아직 어미 젖도 떼지 못한 자식을 자신의 형인 영왕에게 보냈다. 이모는 영왕부에서 사랑을 받고 자랐으나, 모두 왜곡된 사랑이었다. 황제와 총비의 피를 이어받은 아이를 훈육할 자가 누가 있을까.

무혜비의 삐뚤어진 모성애도 이모의 성정(性情)에 악영향을 끼쳤다. 두 아들을 잃은 뒤, 갓 태어난 이모마저 빼앗겼던 무혜비는 이모에게 집착하였다. 이모가 원하는 것이라면 무엇이든 다 주었다. 아무것도 바라지 않으니 그저 오래만 살아달라고 봉호도 수왕(壽王)이라고 내렸다. 부모도 없는 고아 양옥환(楊玉環)이 수왕의 비가 될 수 있었던 것도 모두 수왕이 원했기 때문이었다. 누이인 함의공주의 혼례식에서 양옥환을 처음 본 수왕은 바로 어미인 무혜비를 찾아가 양옥환을 달라고 졸랐다. 얼마 지나지 않아 양씨 가문에 황제의 교지가 전해졌다. 조실부모하고 숙부의 집에서 찬밥신세로 자라난 옥환이 하루아침에 왕비가 되었다. 그것도 태자보다 권세가 등등하다는 수왕의 정실부인이었다.

자신을 사랑하는 지아비를 만나 사랑받고 사는 것을 꿈꾼 어린 소녀였기에, 양옥환은 수왕부에서 행복했다. 자신의 지아비가 어떠한 자인지도 모르고.

수왕은 더 많은 걸 원했다. 어미와 손을 잡고 자신의 형제들을 죽였다. 태자를 반역죄로 몰아 목숨을 앗아가는 데는 성공하였으나, 부황의 눈을 속이지는 못하였다. 자신을 속인 걸 알아차린 부황이 분노하였다. 수왕의 어미인 무혜비는 하루아침에 명을 달리하였고, 모두 그녀가 죽은 황태자와 왕들의 혼령을 보고 미쳐서 죽은 거라고 수군거렸다. 허나 수왕의 생각은 달랐다. 부황이 자신의 황권을 염려하여 죽인 것이다. 모비(母妃)의 미색이 예전만 못하니 더는 모비를 감싸지 않은 것이다.

죽은 어미의 자리를 대신할 여자가, 부황의 마음을 흔들 경국지색이 필요했다. 수왕은 만삭의 몸으로 비파를 켜는 수왕비를 보며 웃었다. 가무(歌舞)로 부황의 마음을 휘어잡은 조려비(趙麗妃)와 타고난 미색으로 부황의 두 눈을 홀린 무혜비(武惠妃)가 자신의 눈앞에 있었다.

수왕은 부황의 환관인 고력사를 불러들였다. 무혜비가 죽은 뒤, 고력사는 날개가 꺾인 수왕이 아닌 다른 왕을 황태자로 추천하였다. 서로 간에 감정의 골이 깊게 파인 것은 자명한 일이었다. 전국에 화조사를 보내 미녀를 모으고 있던 고력사는 왕비를 데려가라는 수왕의 말에 연신 고개를 끄덕였다. 황제와 수왕의 환심을 동시에 살 수 있는 기회였다.

수왕은 아직 고개도 가누지 못하는 어린 딸을 어미로부터 빼앗았다. 왕비는 눈물로 수왕에게 사정하였지만, 수왕은 무릎을 꿇고 울부짖는 어미에게 젖을 말리는 약을 주었다. 수왕이 갓 태어난 아기를 볼모로 삼아 왕비를 부황에게 바쳤다. 왕비가 화조사를 따라 왕부를 떠나던 날, 수왕은 탕약 한 사발을 주었다. 탕약을 마신 왕비가 가마 안에서 아픈 배를 부여잡고 울었다. 왕비가 아닌 여도사가 된 양옥환은 회임을 할 수 없는 몸이 되었다.

귀비는 한 씨의 옷자락을 붙잡았다. 누워 있던 사자개가 일어나 그 모습을 보았다. 낮게 으르렁거리는 사자개의 소리가 귀비의 울음소리에 파묻혔다.

"수왕이 자신을 황태자로 만들라 하였어. 내 갖은 노력을 다했지만…… 황상의 눈을 속이지는 못했네. 황상이 진노하여 나를 내쫓고 수왕을 변방으로 보낸다는 교지를 내렸지."

황궁에서 쫓겨난 뒤, 자기 딸의 모습이라도 볼 수 있을까 하여 양옥환은 매일 수왕부를 기웃거렸다. 돌아온 것은 문전박대뿐이었다. 수왕이 새로 맞이한 왕비는 위씨 성을 지닌 아름다운 여자였다. 그 아비가 유명한 무관(武官)이라 하였다. 옥환은 먼발치에서 수왕과 왕비를 바라보았다. 서로 은애하는 부부가 데리고 있는 아이는 이제 막 걸음마를 시작한 어린아이였다. 자신의 딸은 그곳에 없었다.

수왕이 변방으로 떠나던 날, 평소처럼 수왕부를 배회하던 옥환에게 노비 한 명이 다가와 찢어진 배냇저고리 한 벌을 전해 주었다. 자기 손으로 입혀 주었던 딸아이의 옷을 어찌 못 알아볼까. 왕비도 도사도 귀비도 아니었던 옥환은 아무런 힘이 없었다. 수왕의 경고를 알아들은 옥환은 오라비에게 황궁에 보내 달라는 청을 넣었다.

마치 그녀가 돌아올 거라는 걸 알고 있었던 것처럼, 모든 게 준비되어 있었다. 옥환은 황궁으로 돌아가 귀비가 되었다. 황제의 총애를 되돌리기 위해 웃음도 팔고 가무도 팔고 몸도 팔았다. 귀비는 천자의 기녀였다. 부귀영화를 위해 천기(天妓)가 되었다는 소리가 듣고 싶지 않아 치장을 하지 아니하였다. 마지막 남은 귀비의 자존심이었다. 귀비는 다시 육궁의 태양이 되어 솟아올랐다.

귀비의 권세가 아무리 하늘을 찌른다고 하나, 그 권세는 모두 하늘인 천자에서 나온 것이었다. 황제가 허하지 않는 이상, 수왕은 돌아올 수 없었다. 질투심에 눈이 먼 황제는 귀비의 말을 들으려 하지 않았다. 질투심이 불타오르면 황제는 일부러 괵국부인을 불러 품에 안았다.

귀비는 수를 바꿔 자력으로 딸아이를 구해 보려 하였다. 허나 변방은 너무 요원하였고, 귀비의 권세도 그곳까지 닿지는 못하였다.

귀비는 한 씨의 손을 붙잡고 속삭였다. 꽃도 부끄럽게 만든다는 귀비의 옥안(玉顔)이 흘러내린 눈물에 이슬 머금은 꽃처럼 반짝거렸다.

"내 자네 어미를 속인 것이 하나 있으이. 한수를 구하기 위해 안록산을 양자로 들인 것이 아니야. 딸아이를 구하고 싶었네. 나를 가문의 은인으로 대해주는 자네 어미에게 솔직하게 말할 용기가 나지 않았어. 미안하네. 내 정말 미안하이."

귀비가 목 놓아 울었다. 그것이 어디에서 나온 울음이고 왜 나오는 것인지를 알기에 한 씨도 귀비와 함께 목 놓아 울었다.

"노비가 꼭 공주 전하를 찾겠습니다. 안록산도 변방에서 온 자가 아닙니까. 오랑캐도 오는 길을 저라고 못 가겠습니까. 낭랑, 노비를 믿으십시오."

귀비는 딸아이의 이름을 몰랐다. 수왕의 적장녀로 태어난 아이는 황적(皇籍)에 오르지 못하였다. 첩이 낳은 서자만도 못한 신세였다. 귀비가 딸아이에게 전해 달라고 옥비녀 하나를 건네주었다. 귀비의 머리카락에 꽂은 것과 같은 모양을 지닌 비녀였다.

"수왕은 그 아이를 부모가 없는 노비로 키웠을 걸세. 그 아이를 찾으면 어미가 누구인지 말해 주지 말게나. 사자개가 뛰어논다는 구름 밑의 초원에 가서 내 아이를 키워 주게."

"미천한 노비가 대신 낭랑의 어미가 되어 주겠습니다."

한 씨의 말에 귀비는 눈물을 흘리며 웃었다.

"자네는 충신의 후예이니 자네 같은 어미가 있다면 내 아이도 자랑스러워할 걸세."

귀비가 대례(大禮)로 한 씨에게 절을 한 뒤, 하얀 면사를 뒤집어써서 눈물 흔적을 가렸다. 귀비는 함량전을 떠났다. 한 씨와 한 씨 어미가 옷가지와 금은보화를 챙겨 보따리에 넣었다. 자시가 되었다. 한 씨와 한 씨 어미 그리고 추향이 시위의 의복으로 갈아입은 뒤 사자개를 이끌고 현무문으로 향했다. 늦은 밤이었건만 갑작스러운 피난 준비에 모두가 분주하게 움직였다. 황제의 색을 지니지 않은 사자개는 그저 금수일 뿐이었다. 금수와 노비에게 관심을 주는 자는 없었다.

북문인 현무문에 당도하였다. 지금의 황제가 왕이었을 때, 자신의 아비를 황좌에 올리기 위해 군대를 이끌고 난입하였다는 궐문이었다. 현무문을 지키던 시위가 이들을 보고 눈짓을 했다. 사람 세 명과 사자개 한 마리가 현무문을 지났다. 태상황이었던 사자개는 자신을 황제로 만들어 주었던 현무문을 지나 평범한 사자개가 되었다. 시위가 치아 사이로 바람을 뱉으며 소리를 내고는 턱으로 현무문 밖에 묶인 말 세 필을 가리켰다. 한 씨의 어미가 개원통보(開元通寶) 한 꿰미를 주었고, 시위는 누런 이를 드러내며 웃었다.

한 씨는 자신의 어미와 추향에게 작별을 고했다.

"무술년 중양절이오. 잊지 마시오."

이들은 무술년 중양절에 사자개의 땅에서 만나기로 기약했다. 한 씨 어미와 추향은 낙양으로 향했고, 한 씨는 북쪽을 향해 말을 타고 달렸다. 사자개가 한 씨를 따라 뛰었다. 갈기를 휘날리며 뛰던 사자개가 컹컹거리며 기뻐했다.

* * *

시체 썩는 냄새와 살 타는 냄새가 강산에 진동했다. 살아남은 자는 사람을 죽이는 도적이 되었고, 죽은 자는 사람을 죽이는 역병이 되었다. 전염병이 창궐하고 화적이 들 끓었다.

황제를 지키던 호위대가 난을 일으켰다. 양국충과 괵국 부인이 주살을 당했다. 황제는 자신의 목숨을 지키기 위해 군사들에게 귀비를 내주었고, 성난 군사들이 귀비를 끌고 갔다. 귀비는 고력사가 내어준 하얀 비단을 언덕 위 배나무 가지에 묶어 목을 맸다.

한 씨는 그 소식을 듣고 눈물을 흘리며 웃었다. 귀비가 자신을 옥죄던 굴레에서 벗어났으니, 이제 그녀는 자유가 되었다. 왕비도, 도사도, 귀비도 아닌 양옥환이 되었다. 한 씨는 남쪽을 향해 술을 뿌렸다.

"가시는 길에 한 잔 드시고 가십시오."

한 씨는 말고삐를 당겼다. 따그닥 거리는 말발굽 소리가 대지에 울려 퍼지고 메마른 땅이 흙먼지를 일으켰다. 우렁차게 포효하는 사자개의 소리에, 사람을 죽이고 사람을 범한 죄 많은 자들이 공포에 떨었다. 한 씨의 말을 빼앗기 위해 한 씨를 공격했던 화적들도 모두 죽은 자가 되었다. 사자개는 한 씨를 공격한 자들을 물어뜯고 그 살을 먹었다.

변방 하늘은 팔 월부터 눈이 날렸다. 운산이 첩첩하고 눈보라가 휘몰아치는 땅이었다. 사막에는 빙설이 널려 있었다. 한 씨는 죽은 화적들의 옷을 벗겨 자신의 몸에 걸쳐 입었다. 사자개가 매서운 바람이 불어올 때마다 갈기를 휘날리며 쿵쿵거렸다. 산 자의 냄새를 맡으면 으르렁거렸고 죽은 자의 냄새를 맡으면 컹컹거렸다. 컹컹거리는 날이 으르렁거리는 날보다 많았다.

이따금 사람이 사는 성한 마을이 나타났다. 한 씨는 마을에 머물며 수왕에 관한 정보를 모았다. 발 없는 말은 한 씨가 탄 말보다 빨랐다. 한 씨는 그곳에서 황제의 소식을 들었다. 황제는 적황색 개를 죽이고 태상황이 되었고, 태자는 황위에 올라 강산의 주인이 되었다. 하늘에 두 개의 태양이 떠올랐으니, 네놈도 편히 죽지는 못하리라. 한 씨는 남쪽을 향해 술을 뿌렸다. 자신의 사자개 대신 목숨을 잃은 개의 죽음을 기렸다.

혹독한 한파가 몰려왔다. 날짜를 가늠할 수는 없지만 필시 한겨울일 것이라. 기약한 날에 맞춰 돌아가기 위해서는 서둘러 옥환의 딸을 찾아야 했다. 지저분한 거죽을 뒤집어쓴 한 씨는 사자개를 품에 안고 잠이 들었다. 꿈에 낭랑이 나타났다. 낭랑은 나비가 되어 한 씨를 향해 날아오더니 춤을 추듯 주변을 맴돌다가 하늘로 날아올랐다. 어두운 하늘에 밝은 달이 휘영청 떠올랐다. 달무리에 반짝거리는 별들이 총총 박혀 있었다. 나비는 달 위에 올라앉아 날개를 포개었다. 한 씨가 눈을 떴다. 세찬 바람이 불어왔다. 사자개는 코를 쿵쿵거리며 냄새를 맡다가 낮게 으르렁거렸다.

멀지 않은 곳에 마을이 있었다. 마을에서 나온 노인이 산 밑에서 장작을 줍고 있었다.

"말씀 좀 여쭙겠습니다. 지금이 몇 월 며칠인지 아십니까?"

"섣달 그믐날이오."

"수왕부가 어딘지 아십니까?"

"수왕부는 저기 저 설산 아래에 있수다."

한 씨는 궁궐처럼 거대한 수왕부에서 옥환을 닮은 계집아이를 찾아냈다. 공주를 모시는 몸종이었다. 수왕이 자신의 자식을 진정 노비로 키웠다. 수왕은 왕부에 없었다. 왕부를 지키는 이는 왕비뿐이었다. 왕부 사람들은 새해맞이에 여념이 없었다. 노비들은 처마마다 홍등을 걸었고, 왕비와 공주는 후원에 있는 커다란 나무에 연등을 걸었다. 옥환을 닮은 아이가 부르튼 손을 호호 불며 오색찬란한 연등을 구경하였다. 그 모습을 본 왕비가 자신이 입고 있던 비단 피풍의를 아이에게 걸쳐 주었다. 아이보다 몇 살 더 어려 보이는 공주가 다가와선 몰래 아이를 꼬집었다. 아이는 훌쩍였다. 아파서인지 추워서인지, 아니면 둘 다인지. 담장을 넘어 아이를 훔쳐보던 한 씨도 눈물을 흘렸다.

그날 밤 한 씨가 왕비의 처소에 잠입했다. 한 씨는 단검을 왕비의 목덜미에 겨누며 말했다.

"네가 오늘 옷을 걸쳐 준 계집아이의 이름이 무엇이냐."

"월아(月兒)……."

"성은?"

"없다."

한 씨는 검날을 왕비의 목에 바짝 들이 댔다. 왕비의 하
얀 목에 붉은 피가 송골송골 맺혔다.

"너희 둘이 천륜을 어기고 공주를 천애 고아로 만들었
구나."

한 씨의 말을 들은 왕비는 놀라 몸을 떨었다.

"귀비 낭랑의 명을 받고 왔는가?"

"너도 그 아이가 낭랑의 딸이라는 것을 아느냐."

"……그 아이를 데려가시게."

한 씨가 왕비의 뒤통수를 가격하자 왕비는 정신을 잃으
며 바닥에 쓰러졌다. 추향이 한 씨에게 가르쳤던 호신술
중 하나였다. 한 씨는 칼을 거두며 말했다.

"비단 피풍의만 아니었다면…… 네년의 목숨을 거뒀을
것이야."

한 씨는 공주의 처소 옆 쪽방에서 자고 있던 월아를 깨
웠다. 해진 솜이불을 덮고 웅크리며 자던 월아가 눈을 비
비며 한 씨를 보았다.

"아가, 가자."

"엄마……?"

한 씨는 웃으며 월아를 품에 안았다. 월아의 손을 잡고
왕부를 나서자 사자개가 달려와 둘을 맞이했다. 사자개는

쿵쿵거리며 월아의 냄새를 맡았다. 한 씨는 월아를 안고 말을 탔다. 달이 지고 해가 떴다. 설산에 쌓인 눈이 햇살을 반사해 눈이 부셨다.

"엄마. 우리 어디가?"

"집으로."

따스한 오후가 되자 한 씨는 바람을 막아 주는 산자락 아래에서 월아의 옷을 갈아입혔다. 미리 준비한 남아의 옷이었다. 곱게 땋은 머리카락을 풀어 헤쳐 아무렇게나 묶고, 옥처럼 맑은 하얀 얼굴에 흙을 발랐다. 영락없는 사내아이의 모습이었다. 한 씨는 월아의 낡은 옷을 나무 아래로 휙 던졌다.

"왕비 전하가 주신 옷인데……."

"왕비가 너에게 잘해 주었더냐."

월아는 말없이 고개를 끄덕였다. 왕은 너에게 어떠하더냐. 너는 그가 네 아비라는 것을 아느냐. 물어봐서는 안 되는 말이었다. 입을 굳게 다문 한 씨는 월아의 얼굴을 쓰다듬은 뒤, 다시 말에 태웠다. 말에 앉은 월아는 따그닥 거리는 말발굽 소리에 맞춰 노래를 불렀다. 월아는 얼굴도 목소리도 노래 실력도 제 어미를 빼다 박은 아이였다.

아들을 낳았다고 하여 기뻐하지 말고 딸을 낳았다고 하여 슬퍼하지 말라* 하였건만, 내 어찌 슬퍼하지 않을 수 있겠는가. 세상이 네 어미를 경국지색으로 만들었다. 흔들리는 세상에 네 어미를 던져 놓고 네 어미가 흔들었다 하였다. 자신들의 마음이 동하여 네 어미를 희롱하고서는 네 어미를 요부라 하였다.

가자, 나와 함께 오랑캐의 땅으로 가자. 사자개의 땅으로 가자. 그곳에 있는 설산에는 푸른 달이 떠오른다 하였다. 카라칼 설산 아래에 지상낙원이 있다 하였다. 나라가 없는 곳에는 황제도 없고 경국지색도 없을 터이니, 그곳으로 가자.

"자, 가자."

한 씨는 말고삐를 당겼다. 말이 달리고 사자개가 달렸다. 끝이 보이지 않는 황무지와 사막을 지나 만년설이 쌓여있는 설산으로, 붉은 대지 위에 초록 풀이 돋아난 초원을 향해 달려갔다.

---

* 生女勿悲酸 , 生男勿喜歡. 양귀비 덕분에 양씨 집안이 득세하자 당시에 유행했던 말. 『장한가』에서는 "不重生男重生女"라고 나온다.

서왕 鼠王

한켠

늘 현실이 버거울 때 도망칠 판타지를 찾아 헤매고 있다. 징그러운 일상에서
손톱만 한 낭만을 발견하려 한다. 글을 쓸 때마다 인물에 이입하길 즐긴다. 지
은 책으로는 『탐정 전일도 사건집』과 『까라!』가 있고, 브릿G에 「서왕(鼠王)」의
연작인 「우음(偶吟)」을 썼다.

나는 자년(子年) 자시(子時)에 태어났다. 궁의 신녀였던
어머니는 내가 쥐의 팔자를 타고 나서 재물복이 많고 자
손이 번성하며 다복하게 살 것이라 했다.

* * *

어머니와 내가 단둘이 살던 집은 성 밖, 사형장 근처에
있었다. 어머니는 쥐가 내 수호신이고 내 팔자는 쥐에 달
려 있다 하여 쥐를 잡지 않았다. 집 안 어디에나 쥐가 있었
다. 방 안에는 쥐똥이 굴러다녔고 옷은 쥐가 쏠아서 구멍
이 났다. 쥐들은 부엌에서 음식을 먹어 치웠고 사람이 수
저를 대기도 전에 쥐들이 달려들었다. 기둥은 쥐가 갉아대
서 쓰러질 것만 같았다. 늘 환청처럼 찍찍대는 소리가 들렸

다. 닭을 키우는 사람이라면 한 번쯤 들어봤을 것이다. 쥐
는 잠든 닭의 항문으로 들어와 닭의 속을 다 파먹는다고.
나는 잠든 사이에 쥐가 내 손가락을 잘라먹고 내 속을 파
먹을까 봐 늘 깊이 잠들질 못했다.

집 안 한가운데는 쓰러져 가는 집구석과는 어울리지 않
게 고풍스러운 청동 새장이 있었다. 어머니가 궁에서 가지
고 나온 것이라 했다. 그 새장 안에는 어머니가 특별히 아
끼는 늙은 숫쥐가 있었다. 어머니는 그 쥐가 내 운명을 주
관하는 쥐라서 꼭 집 안에 있어야 한다고 했다. 어머니는
매일 아침저녁 새장의 쥐에게 예를 올렸다. 그 쥐에게는 우
리 집에 있는 옷 중에 제일 좋은 옷을 이불로 주었고 밥도
따로 해 먹였다. 그런데도 그 쥐는 자꾸 새장 창살을 갉아
댔다. 어머니는 쥐의 앞니를 뽑고 지극정성으로 먹이를 갈
아서 한 입 한 입 떠먹였다.

우리 식구는 죽은 자들 덕에 먹고 살았다. 죄인들이 집
근처 사형장으로 끌려와 사형당하면 밤에 가서 시체에서
옷가지를 챙기고 머리카락을 잘라내고 살을 발라내고 내
장을 들어냈다. 헌 옷은 우리 모자가 입고 비싸 보이는 옷
은 시장에 내다 팔았다. 살과 내장은 병자들에게 팔렸다.
인육이 병을 낫게 한다는 은밀한 속설 덕분이었다. 죄인들
의 머리카락은 왕실 여인들의 머리를 장식하는 가체가 되
었다. 손가락 같은 자투리 인육은 쥐들에게 먹이로 던져

주었다. 남은 시체는 뒷산에 내다 버렸다. 쥐가 시체를 파먹고 까마귀가 뜯어먹었다. 제일 운수 좋은 날은 대역죄로 반역자와 일가가 몰살당한 날이었다. 어린이부터 노인까지, 남자부터 여자까지, 노비부터 귀족까지 시체 종류도 다양하고 수도 많았다. 안 좋은 날은 죄를 일찍 자복하지 않았는지 고문당하다 죽은 시체가 버려지는 날이었다. 고문당한 시체는 이미 뼈와 살이 너덜너덜하고 내장도 파열되어서 별로 건질 게 없었다. 대부분의 시체들은 가족도 찾아가지 않았지만 어떤 시체는 가족도 아닌 친구나 제자가 몰래 찾아와 울며 시체를 수습해 갔다. 그런 날은 남는 게 없었다. 제일 재수 없는 날이었다. 백성들은 태평성대라고들 했지만 사형은 끊이지 않았고 우리 식구는 굶지 않고 살 수 있었다.

나는 늘 쥐가 들끓는 집을 벗어나고 싶었다. 어머니도 그랬다. 어머니는 노망난 노인네가 옛날 얘기하듯 몇 번이고 내게 말하곤 했다. 언젠가는 내 아버지, 이 나라의 왕이 우리 모자를 궁으로 불러 주실 거라고. 어머니는 후궁이 되고 나는 왕자가 되어 청동 새장의 쥐와 함께 궁에서 비단옷을 입고 기름진 고기를 먹으며 살 거라고. 나는 쥐의 팔자를 타고 났으니 귀족 여자를 본처로 두고 기생과 노비를 첩으로 들여 쥐처럼 많은 자식을 낳고 다복하게 살 거라고. 언젠가 내 아버지, 이 나라의 왕이 우리 모자를 궁으로 불러 주시면. 내게 인육을 사 가는 사람들이 나를 죽은 죄인 시체로 먹고사는 쥐새끼라고 멸시할 때마다 어머니는 나를 왕자라고 불렀다. 왕께서 우리를 궁으로 불러 주시면 저들은 고양이 앞의 쥐처럼 몸이 굳어 우리 앞에서 머리를 조아릴 거라고.

어머니만 그렇게 말했다면 난 그 말을 믿지 않았을 것이다. 사람들은 어머니를 미친 여자라고 했으니까. 그러나 서 환관이 어머니 말이 모두 진실이라고 했기에 그 말을 믿을 수 있었다.

서 환관은 우리 집에 드나드는 유일한 사람이었다. 밤에만 은밀히 우리 집에 와서는 쥐가 뜯어놓아 제 구실을 못하는 발을 치고 쥐가 뛰어다니는 마루에 앉아 있는 어머니에게 진짜 비단옷을 입은 수염 없는 서 환관이 굽신거리며 궁중의 예를 갖추는 꼴은 기괴한 광대극 같았다. 눈이 작고 하관이 빠르고 말할 때마다 검붉은 잇몸이 보이는 왜소한 서 환관은 늘 어머니를 귀빈마마, 나를 왕자라했다. 어머니는 서 환관에게 왕의 안부를 물었고 서 환관은 어머니와 내 동태를 살폈다. 나는 서 환관의 생김새가, 늘 흘끗거리며 곁눈질하는 눈이, 보란 듯이 비굴하게 실실거리는 말투가 다 꼴 보기 싫었다. 이유도 모르게 왠지 그냥 싫었다.

"어머니, 저는 저 고자 놈이 싫어요. 우리 집에 오지 말라고 해 주세요."

어머니는 서 환관이 우리 모자의 은인이라고 했다. 어머니가 나를 뱄을 때 어머니를 궁 밖으로 내보내 목숨을 구해 주었다고 했다. 나는 그 얘기를 서 환관에게 몇 번이고 들었다.

"그날 귀빈 마마께서 꿈을 꾸셨다고. 용종을 잉태하실 거라 하셨지요. 믿어 봐서 나쁠 건 없지 않사옵니까? 소신이 귀빈 마마를 출궁시키고 그 자리에 다른 신녀를 두었사옵니다."

서 환관은 왕을 속이고 신을 속였다. 신녀 한 명이 왕과 동침하고 죽임을 당해야 왕의 조상신들이 나라를 지켜 준다고 했다. 왕은 최빈과 지내다 새벽에야 돌아와 귀찮은 듯 의무적으로 내 어머니를 짧게 품었다고 했다. 어머니는 대신 죽은 신녀의 청동 새장에서 새를 날려 버리고 빈 새장을 들고 궁에서 몰래 나왔다. 죽은 사람의 물건을 지니면 액운을 떨칠 수 있다는 속설이 있다고 했다. 서 환관은 어머니에게 언젠가 다시 궁으로 들여보내 주겠다고 약조했다.

"아직은 때가 아니지만 기다리시면 적기에 전하께서 귀빈 마마와 저하를 입궁시키실 것이옵니다."

"전하께서 나와 어머니를 다시 입궁시키실 분이었다면 애초에 출궁시키시지도 않았을 것이다."

"그때 귀빈 마마께서 출궁하지 않으셨다면 그 다음 날 신께 바쳐졌을 것이옵니다. 왕과 하룻밤을 보낸 신녀가 임신했다는 걸 믿어 줬다간 모든 신녀가 회임했는지 밝혀질 때까지 목숨을 부지하려 거짓말을 하고 볼 겁니다. 다른 후궁마마들께서 귀빈마마를 견제하느라 전하의 눈과 귀를 가렸을 뿐 언젠가는 현명하신 전하께옵서……."

"후궁들이 전하의 눈과 귀를 가려서 전하께선 이미 내 어머니의 존재를 잊으셨을 거다."

"소신이 있지 않사옵니까. 소신을 믿으시옵소서. 언젠가 적당한 때에 전하를 가린 후궁들의 손을 치우고 전하께 말씀 올릴 것이옵니다."

"나는 내 분수를 안다. 나는 헛꿈은 꾸지 않아. 입궁은 꿈도 꾸지 않는다."

나는 헛꿈은 꾸지 않아. 그러나 그런 말을 한 날이면, 갈 빗대 사이에 칼을 넣어 백정처럼 시체를 분해한 날이면, 청동 새장 안의 쥐가 찍찍대던 날이면, 나는 아이들이 개미를 밟아 죽이듯 재미로 쥐를 죽였다. 태워 죽이고 물에 빠뜨려 죽이고 밟아 죽이고 찢어 죽였다. 쥐가 지나치게 많은 집에서 쥐들은 늘 굶주렸다. 죽인 쥐를 쥐 떼 가운데 던지면 쥐가 쥐를 먹었다. 그런 날들이 지나갔다. 사람도 죽고 쥐도 죽고 사람도 살고 쥐도 살고 사람이 사람을 먹고 쥐가 쥐를 먹는 날들이.

집이 불탄 건 어느 핸가 기억도 잘 나지 않는 겨울날이
었다. 그날 어머니는 역적모의라도 하듯 은밀하게 내 귀에
대고 "전하께서 우리를 부르셨습니다."라고 속삭였다. 서
환관은 내게 비단옷을 입혔다. 어머니는 청동 새장을 챙겼
다. 서 환관은 그날 나만 궁으로 데려가려 했다.

"전하께서 두 분을 친견하고 싶어 하시나, 귀빈 마마께
서는 아녀자의 몸이신지라 며칠 후에 궁에서 보내는 가마
를 타고 오시라 하셨고 저하께서는 말을 타시고 하루라도
속히 부자간에 상봉할 수 있게 하라 하시었사옵니다."

"그래도, 전하께선 소첩만 아옵시고, 왕자는 본 적도 없
으신데 소첩이 같이 입궁하여 소개 올리어야 하지 않겠소.
서 환관, 나도 같이 가겠소."

"어머니, 서 환관 말대로 저와 서 환관이 먼저 입궁하고
어머니는 따로 가마 타고 편히 오세요."

남들이 미친 여자라고 손가락질하는, 내 수호신이라며
쥐가 든 새장을 품에 소중히 안고 입궁하려는 어머니가 부
끄러웠다. 그래서 함께 입궁하겠다는 어머니를 제지했다.
어머니는 내게 청동 새장 속의 쥐를 함께 보냈다. 이 쥐는
나와 함께 있어야 한다며. 나는 쥐를 받아 나와서 길바닥
에 쥐를 풀어 주었다. 서 환관이 새장을 챙겼다. 죽은 사람
물건을 지니면 액운을 떨칠 수 있다고 했다. 도둑고양이가
튀어나와 쥐를 잡았다.

나와 서 환관은 낮에 궁의 정문으로 들어가진 못했다. 한밤중에, 환관과 궁녀들이 드나드는 쪽문으로 쥐새끼처럼 숨어서 들어갔다. 서 환관은 먹이를 훔쳐가는 쥐처럼 은밀하고 재빠르게 담 사이, 뒷마당들로 나를 끌고 다녔다. 이윽고 큰 집이 나오고 문이 열렸다. 서 환관이 내 어머니에게보다 더 깊이 굽신거렸다. 문 너머에서 늙은 여인의 목소리가 서 환관에게 물었다.

　"이 아이가 그 아이냐."

　"그러하옵니다."

　"증거가 어디 있느냐."

　서 환관이 청동 새장을 문 너머로 보냈다.

　"궁의 물건이 분명하구나."

　굳은살 하나 없는 우아한 손이 새장을 다시 내게 건넸다. 왠지 손톱 밑에 핏자국이 남아 있는 것 같은 내 손이 민망했다.

　"글은 읽을 줄 아느냐."

　목소리가 내게 물었다. 나는 여전히 고개를 숙인 채 답했다.

　"글자를 모르옵니다."

　서 환관이 나를 곁눈질했다. 나는 입을 다물었다. 글자를 읽을 줄 알지만, '시체 뜯어먹고 사는 놈'이 글자를 안다고 해 봤자 비웃음거리나 될 뿐이었다. 이제까지 한 번도 어머니가 궁에서 살려면 글을 읽을 줄 알아야 한다며 내게 글자를 가르쳤다는 걸 남들에게 말한 적이 없었다. 어머니가 서 환관에게 내가 글을 읽을 줄 안다고 자랑했을 때도 나는 도리질만 했다.

"아는 게 뭐 있느냐."

"제 분수 정도는 아옵나이다. 그밖엔 아는 게 없사옵니다."

"머리가 좋구나. 그것만 알면 이 궁에서 목숨은 부지하고 살 수 있을 게다."

다음 일은 왕을 알현하는 것이었다. 손톱 밑까지 박박 씻고 다른 비단옷으로 갈아입고 대전으로 갔다. 옥좌에 비스듬히 앉아 맨바닥에 꿇어 엎드린 나를 내려다보던 왕은 성군도 폭군도 아니었다. 그냥 피곤한 사내였다.

"이 아이가 그 아이냐."

"그러하옵니다."

"증거가 어디 있느냐."

왕비 마마와 똑같은 문답이 왕과 서 환관 사이에서 오갔고 이번에도 왕이 청동 새장을 살폈다.

"궁의 물건이 분명하구나."

그리고 왕이 말했다.

"궁의 물건을 훔친 자의 손목을 잘라 버려라."

"아바마마!"

한 번도 불러보지 못했던 말이 튀어나왔다. 왕은 동요하지 않았다.

"네 어미가 그 신녀였다는 증거가 어디 있느냐."

"어머니께서 오시면, 직접 말씀드릴 것이옵니다."

서 환관이 나섰다.

"증거가 있사옵니다. 조금 전 최빈 마마의 군사들이 여기 계신 왕자 마마의 어미를 죽이고 그 집을 불태웠사옵니다. 저하의 입궁을 막으려고 그런 만행을 저지르신 것이옵니다. 이분이 왕자가 아니시라면 최빈 마마께서 그리 하셨겠사옵니까?"

내내 왕의 옆에 있던 여자가 울먹이며 왕의 발치에 쓰러졌다.

"전하. 소첩은 전혀 모르옵니다! 왕후께서 서 환관을 시켜 모함하시는 것이옵니다! 속지 마소서!"

문이 열렸다. 결박당한 병사들과 장수들이 끌려와 차가운 돌바닥에 던져졌다. 부상을 입었는지 고문을 당했는지 신음하는 자들도 있었다. 왕이 발치의 여자를 내려다보며 말했다.

"저자는 네 오라비 아니냐."

최빈이 왕의 발치에 꿇어 엎드린 채 부들부들 떨었다.

최빈이 돌계단에 머리를 찧으며 용서해 달라고 구슬 같은 눈물을 흘렸다. 최빈의 머리채에서 옥비녀며 진주 장식이 떨어져 계단 아래로 구르며 깨졌다. 고왔다. 손을 내밀었다. 깨진 구슬들은 내 손이 뻗는 곳까지는 오지 않았다. 최빈이 왕의 옷자락을 잡았다. 왕이 뿌리치고 돌아섰다. 최빈이 통곡하는 소리가 들렸다.

"서 환관 네놈과 왕비가 이겼군. 최빈의 일족을 멸하고 신녀의 아들을 왕비의 양자로 들인다는 교지를 내리겠다."

서환관이 굽신대며 물러났다. 왕이 나를 불렀다. 내 귀에 왕이 속삭였다.

"죽어야 할 신녀가 죽지 않고 죽지 않아도 될 신녀가 죽었다. 사람이 신을 모욕했으니 나라가 망할 거다. 네 어미와 서 환관의 죄다. 너는 죄인의 자식이고, 망국의 군주가 될 게다."

그날 밤, 나는 왕비의 침대에서 잤다. 왕비의 몸 구석구석을 핥는 내게 왕비는 "내가 왕을 이겼다. 최빈 그 계집은 제 분수를 몰랐어. 왕의 애첩이면 될 것을 건방지게 왕의 어미가 되려 했으니."라고 했다. 왕비는 밤새 내 위에 있었다.

새벽에 왕비의 침소에서 나왔다. 서 환관이 밤새 마당에 서 있었다. 최빈의 처소에 데려다 달라고 했다. 서 환관은 아무것도 묻지 않고 나를 안내했다.

"최빈 마마의 아들은 언제 태어났느냐."

"저하와 한날한시에 태어나셨습니다. 자년 자시생이시지요."

서 환관은 나를 지밀로 데려갔다. 지밀에서는 왕의 침소가 보였다. 왕은 언제 어디서든 보여야 했다. 왕에게 무슨 일이 일어날지 모르니, 왕이 무슨 일을 할지 모르니 누군가 늘 왕을 보아야 한다고 했다. 내가 살던 집에서는 언제 어디서든 쥐들이 있었다.

왕은 최빈과 한 이불 속에 있었다. 풀어헤친 최빈의 긴 머리에는 아무 장식이 없었다. 왕은 최빈을 품에 안고 울고 있었다.

"나는 너를 지켜줄 수 없지만 우리 아이의 목숨만은 살려 보겠다."

최빈은 울기만 했다. 왕은 최빈을 더 꽉 끌어안았다. 왕이 최빈에게 입을 맞추었다. 나는 침을 삼켰다. 최빈이 왕의 품 안에서 몸부림쳤다. 왕이 더 힘주어 최빈을 안았다. 최빈이 축 늘어졌다. 마치 그동안 내가 죽였던 쥐들처럼. 최빈의 입가에 피가 흘렀다. 왕의 팔이 아래로 떨어졌다. 최빈이 쓰러졌다. 서 환관이 내 팔을 잡아챘다. 침소의 문이 열렸다. 궁녀들과 의원들이 왕의 침소로 달려 들어갔다. 왕은 천천히 일어나 옷을 걸쳤다.

해가 떠오르고 있었다. 목 졸려 죽은 죄인의 입 밖으로 길게 나온 혀처럼 햇빛이 길게 담을 넘어 들어왔다. 그 밤에서 새벽까지의 일들이 꿈만 같았다.

아침에 남보랏빛 예복을 입은 왕이 나와 서 환관을 불렀다. 왕의 옆자리에는 최빈 대신 왕비가 있었다. 왕은 높은 옥좌에 앉아 있었고 나와 서 환관은 바닥에 부복했다. 왕이 서 환관에게 옥합을 하사했다. 서 환관이 절하고 받았다. 왕이 서 환관에게 명했다.

"그 물건을 세자에게 전하라."

서 환관이 무릎을 꿇고 옥합을 내게 바쳤다. 나는 그 자리에서 옥합을 열었다. 뼛가루와 재가 들어 있었다.

"네 생모의 유해다."

네 생모는 서 환관이 죽인 거다, 서 환관은 일부러 네어미를 그 집에 놓아 두었다, 왕은 그 말을 하고 싶어서 서환관의 손으로 내게 옥합을 바치게 했다. 서 환관이 내 앞에서 여전히 무릎을 꿇고 있었다. 내가 왕이 된다면, 잠들 때 지밀에 서 환관이 있겠지. 쥐들은 잠든 사람의 손가락을 잘라 먹고 내장을 파먹는다.

"제 생모는 미친 여자였사옵니다. 사가로 나와 살다가 미쳐 버렸사옵니다. 소자는 어미가 부끄러워 혼자 입궁했사옵니다. 소자가 어미와 함께 입궁했다면 어미는 살았을 것이옵니다. 소자가 어미를 죽게 놔두었사옵니다."

어머니는 미쳤다. 하지만 절반은 맞았다. 왕은 우리를 부르지 않았지만 어쨌든 나는 입궁했고 왕자가 되어 비단옷을 입고 있다. 어머니의 예언은 당신에게는 맞지 않고 나에게만 맞았다. 죽은 신녀의 청동 새장은 어머니의 액운을 막아 주진 못했다. 그건 최빈이 그랬듯이 어머니가 '분수를 몰랐기' 때문이었다. 그런데 어머니는 내가 왕자가 될 것이라 했지 세자가 될 것이라고는 하지 않았다. 왕이 되는 건 내 분수에 맞지 않았기 때문이었을까.

"세자는 남이 무슨 짓을 했는지는 잘 몰라도 적어도 자기가 무슨 짓을 했는지는 아는군. 사람은 흔히들 그 반대인데 말이야."

왕은 턱을 괴고 씩 웃었다. 왕비는 꼿꼿하게 앉아 있었다. 나는 문득 왕비의 옆자리에 앉고 싶었다.

서 환관은 내 처신에 만족한 눈치였다. 물러나면서 그는 이세 내가 곧 왕이 될 것이라 했다. 왕이 되려면 어떻게 해야 하냐고 물었다.

"모든 왕자들을 죽이셔야 하옵니다. 왕의 자리를 위협하는 자들을 없애 왕권을 견고히 하기 위함이옵니다."

서 환관도 나도 왕이 어젯밤 했던 말을 떠올렸다. 왕은 최빈의 아들을 살려 주겠다 했다. 왕이 되면 뭘 할 수 있냐고 물었다.

"이 나라에 있는 모든 사람의 목숨이 왕의 손에 달리게 되옵니다. 왕께 반하는 사람을 죽이실 수 있다는 뜻이옵니다."

"죽을 사람을 살릴 수는 있느냐."

"죽을 사람은 죄가 있사오니 죽이셔야 하옵니다."

"죽은 사람을 살릴 수는 있느냐."

"죽은 사람을 살리는 건 신도 못 하시옵니다."

"잘못 죽이거나 잘못 살리면 어떻게 되느냐."

"그러실 일은 없사옵니다."

"나는 아무것도 모른다. 내가 잘못 죽일 수도 있지 않느냐. 죽을 사람을 살리고 살릴 사람을 죽이면 나라가 망하느냐."

"아무것도 모르시더라도 걱정 마시옵소서. 소신과 충직한 신료들이 보필할 것이옵니다."

"그럼 난 뭘 해야 하느냐."

"그저 신들의 미천한 의견을 검토하시어 옥새를 찍어 주시고, 왕자를 생산하시어 대통을 이으시옵소서."

앞니 없는 쥐, 고환 없는 사내, 권력 없는 왕. 나는 그 자리에서 옥합을 열었다. 바람이 불었다. 뼛가루와 재가 허공에 흩어졌다. 마치 내가 청동 새장에서 풀어 주었던 쥐처럼 사라졌다.

"최빈 마마의 아들을 만나볼 수 있겠느냐."

나와 한날한시에, 자년 자시에 태어난 같은 아버지의 아들. 그 아이도 쥐의 팔자를 타고 났을까. 내가 쥐구멍에 볕들 날 기다리며 살 때, 그 아이는 쥐의 팔자대로 재복(財福)을 누렸다. 그 아이도 나도 어미를 잃었다. 지금 나는 세자가 되었고 그 아이는 내 형제라는 이유로 죽을 것이다. 나는 죽을 사람을 살릴 수 없다. 서 환관이 최빈의 아들을 불러오라 했지만 최빈의 아들은 "지금 어미의 상중이라⋯⋯."는 말로 내 부름을 거부했다.

"전하께서 매일 최빈 마마의 궁에 들르시니 아직도 전하의 위세를 믿고 방자하게 구는가 보옵니다. 저하께서 보위에 오르시면 반드시 역도가 될 작자이옵니다."

"안 오겠다면 내가 가면 되지 않느냐."

나는 어머니의 초상도 치르지 못했다. 내 어미는 이제 왕비였고 생모는 어미가 아니었으므로. 최빈은 폐위되기 전에 죽었으므로 그 아들이 상을 치를 수 있었다. 아직까지는 나보다 그 아이의 팔자가 더 좋았다.

궁녀는 깊은 내실로 나를 안내했다. 그곳엔 왕도 있었다. 울었는지 눈이 벌겋다. 왕은 서 환관을 돌아가게 했다. 내실엔 나와 형제와 아버지만 있었다. 내가 왔는데도 인사도 하지 않고 고개 숙인 채 소리 내지 않고 책만 읽고 있던 최빈의 아들이 고개를 들었다. 책은 소리 내어 읽어야 하는 줄 알았는데 침묵한 채 독서하는 모습이 기품 있었다. 고요 속에서 책을 읽는 이마가 반듯했다. 최빈의 아들은 계집애처럼 고운 미소년이었다. 어미를 닮아 곱상하니 귀티나게 생겼다. 수척해진 얼굴이 하얘서 옥으로 깎은 듯했다. 내실 벽은 사방이 검은색으로 도배되어 있었고 붉은 비단으로 장정된 서책이 바닥부터 천장까지 쌓여 있었다. 나는 글자만 배웠지 책을 읽은 적이 없었다. 먹고 살기도 급한데 책을 살 돈도 없었고, 있었대도 쥐가 다 갉아 댔을

것이다. 무식한 나보다는 책을 많이 읽은 이 아이가 왕이
되는 게 분수에 맞지 않을까. 쥐 떼 사이에서 시체를 난도
질하며 살아 온 나보다는 책에 둘러싸여 궁에서 살아 온
저 아름다운 아이가. 왕은 최빈에게 극심한 산통을 겪게
했다는 이유로 출산을 도운 궁녀와 어의를 죽였고, 소수의
충성스런 궁녀만이 최빈의 궁에 머물렀다. 산고의 후유증
으로 최빈은 그 후로 아이를 낳지 못했다. 왕은 최빈의 외
아들에게 나라에서 최고의 선생들을 붙였다. 내가 나타나
지 않았다면 최빈의 아들이 세자가 되었을 것이다. 왕비는
자식이 없고 최빈은 왕의 애첩이었고 품계도 후궁 중에 제
일 높았으니까. 내가 그의 자리를 빼앗았다. 왕이 되는 건
내 분수에 맞지 않았다. 자년 자시에 태어난 우리 둘 중에
왕이 되어야 할 건 나보다는 최빈의 아들이었다. 내가 그
아이의 앞에 마주 앉고서야 그 아이는 고개를 들었다.

"저하의 생모는, 소인의 외숙이 도착하기도 전에 죽었사
옵니다. 집도 이미 불타고 있었고."

최빈의 아들은 분노를 참으며 내뱉었다. 구슬 같은 눈에
눈물이 고였다.

"나도 안다. 어머니가 돌아가셔서 슬프겠구나, 너도."

최빈의 아들이 입술을 떨며 울었다.

"그렇게까지 왕이 되고 싶으셨사옵니까?"

"나는 왕이 되고 싶지 않다. 차라리 네가 왕이 되고 나

는 왕의 형제로서 살 수만 있다면······."

궁에 살면 다들 신이 들리는 건가. 신녀였던 내 어머니 처럼 왕도 내 미래를 예언했다.

"그렇게 할 수는 없다. 왕비는 대비가 되고 싶어 하고 서 환관은 왕의 간신이 되고 싶어 하니까. 세자는 왕비와 서 환관의 꼭두각시가 될 게다."

나는 죄인의 아들, 망국의 군주, 왕비와 서 환관의 인형 이 될 게다. 비단옷을 입고 기름진 음식을 먹으며 귀족 여 인을 본처로 두고 기생과 노비를 첩으로 들여 쥐처럼 많은 자식을 낳을 게다. 그럼 한날한시에 태어난 최빈의 아들은, 저 아름다운 아이는······.

"내가 너만은 살려 주겠다."

"저하께서 저를 살리시려면 왕비 마마와 서 환관을 죽 이셔야 하는데, 하실 수 있으시옵니까?"

왕은 죽을 사람을 살릴 수는 없었다. 살 사람을 죽일 수 는 있었다. 하지만 왕비와 서 환관을 죽일 수는 없었다. 인 형이 사람을 죽일 수는 없었으므로.

"죽지 마라. 넌 안 죽을 거다. 너와 나는 한날한시에 태 어났으니 내가 살아 있으면 너도 살아 있을 게다."

며칠 후, 최빈의 아들은 사라졌다. 왕비가 궁 안의 모든 궁녀를 출궁시킨 직후였다. 궁 안의 모든 여자는 왕의 여 자이니 새로운 왕이 될 나를 위해 선왕의 궁녀들을 출궁시키고 새 궁녀를 입궁시킨댔다. 아니다. 최빈과 그 아들을 모시던 궁녀들을 내쫓기 위함이었다. 분명 후궁들의 궁마다 엄격하게 머릿수를 세어 가며 궁녀를 출궁시켰는데 최빈의 아들도 사라졌다. 최빈이 머물던 궁에서는 자결한 궁녀의 시체가 한 구 발견되었다. 왕자가 궁녀로 변장하고 출궁한 것이다. 내 어머니 때처럼 죽지 않아야 할 자가 죽고 죽어야 할 자가 살았다. 얼마 지나지 않아 왕이 서거했다. 궁인들은 왕이 독을 삼켜 자진했다고들 속닥댔다. 신관이 거북을 구웠다. 귀갑이 쩍쩍 갈라졌다. 신관이 조상신의 뜻을 읽었다. 선왕은 무사히 사후세계로 가서 신이 되었다고 했다.

"나는 죄인의 자식인가?"

신관도 내가 신녀의 아들이란 사실을 알고 있었다. 그가 내 어미 대신 다른 신녀를 죽였으니까.

"아니옵니다."

"나는 망국의 군주가 되는가?"

"아니옵니다."

"나는 폭군이 되는가?"

"아니옵니다."

신관은 조상신의 입을 빌어 모두 부인했다. 나는 왕이 되었다. 왕이 되고 제일 먼저 한 일은 형제들을 죽여 나라를 평안케 한 것이었다. 날이 밝으면 의미 없어질 형제들의 이름을 하나하나 입 속으로 발음해 보고는 서 환관이 올린 교서에 옥새를 찍었다. 죄목은 모두 하나였다. 역모. 죽은 형제들의 재산은 살아 있는 내 것이 되었다. 수배령이 내려진 최빈의 아들이 갖고 있던 모든 것도 내가 가질 수 있었다. 옷은 갖고 싶지 않았다. 사가에 있을 때 죽은 죄인의 옷만 입어 봐서, 그 아이의 옷을 내가 입으면 그 아이가 죽은 사람으로 느껴질 것 같았다. 대신 그 아이의 책을 내 처소로 옮겼다. 의아해하는 서 환관에게는 "표지가 비단이지 않느냐. 촉감이 좋구나." 하고 둘러댔다. 밤마다 연인의 살결을 만지듯 몰래 책을 어루만졌다. 그 아이가 펼쳤을 부분을 펼치고 섬섬옥수로 짚었을 부분을 짚었다. 나는 그 아이에 대해 아는 게 없었다. 그래서 그 아이가 읽던 책을 읽었다. 그 아이가 쓴 주석을 읽으며 그 아이를 생각했다. 쥐띠와 쥐띠는 불화가 없이 오랫동안 잘 살 수 있다고 했다. 나는 미친 여자의 아들. 나도 미쳤다. 형제를 품을 생각을 하다니. 딱 한 번 만나 본 이복형제를.

쥐가 들끓던 집에 살던 시절 서 환관에게 물은 적이 있었다. 내 어머니는 신녀였다면서 왜 쥐를 믿냐고. 궁에서 산다는 건 칼날 위에 서는 것 같으니 어디라도 마음 둘 곳이 있어야 한다고, 서 환관은 답했다. 나도 마음 둘 곳이 필요했다. 그곳이 이복형제일지라도.

왕이 하는 일은 서 환관이 내민 문서에 핏빛 인주를 묻힌 옥새를 찍는 일뿐. 성군이 되기는 쉬웠다. 높은 관을 쓰고 아랫사람을 거느리고 재물을 얻고 싶어 하는 자들은 많고 많았다. 그중의 하나를 충신으로 임명하면 그자는 백성들의 재물을 빼앗고 반대편을 모함했다. 학식과 덕망을 갖추고 누구의 편도 들지 않은 자들은 누구에게나 역적으로 몰렸다. 그들은 왕명으로 고문당했다. 혐의를 부인하면 고문으로 죽고 혐의를 인정하면 사형당해 죽을 텐데 그들은 꼭 고문당하다 죽는 길을 택했다. 권세를 쥔 자들을 원망하는 목소리가 저잣거리에 높아지면 왕은 어제까지 충신이라며 곁에 뒀던 자를 역적으로 몰았다. 그들이 백성에게 거둔 재물을 왕이 환수하고 백성에겐 그중의 십분지 일만 돌려줘도 백성들은 감읍하며 날 성군이라고 칭송했다. 그러면 다른 탐관오리를 충신으로 임명하고, 그가 사형장에 끌려가면 또 다른 자가 자신이 충신이라며 나타났다. 나는 궁 밖에서나 궁 안에서나 죽은 자들의 것으로 먹고 살았다. 자기가 역적이라고 내몬 사람들이 죽는 걸 본 자들이 똑같이 역적으로 몰려서 죽었다. 역적으로 모는 구실도 유치했다. 왕을 보며 교활하게 웃었다느니 저번에 역적으로 처형된 자와 같이 있는 걸 봤다느니 하는 사소한 일들이 역모의 증거가 되었다. 일단 역도로 지목되면 고문 끝에 역적임을 자백할 수밖에 없었다. 적당히 해먹고 물러나면 목숨도 부지하고 재산도 지킬 텐데 왜들 그렇게 끝없이 권력과 재물을 탐하다가 죽는지 모르겠다.

"다들 자기는 아닐 거라, 자기는 다를 거라 믿는 것이옵니다. 분수를 모르면 명을 재촉하는 법이옵니다."

서 환관과 대비는 나 들으란 듯이 그렇게 말했다.

대비는 자기 집안 여인을 왕비로 들이고 서 환관은 궁녀를 후궁으로 추천했다. 내 말 한 마디 한 마디를 왕비는 대비에게, 후궁들은 서 환관에게 고해바쳤다. 나는 입이 있으되 말할 수 없었다. 여인들은 쥐 잡아먹은 듯 새빨간 입술로 내게 아양을 떨고 교태를 부렸다. 내가 사형장으로 죄인들을 보낼수록 여인들의 가발은 풍성하고 화려해졌다. 궁에 있는 여인들의 머리 위에 죽은 죄인들의 머리가 웃고 있는 환영을 보았다. 부드럽고 기름진 음식을 씹어 삼키면 위장이 소화시키지 못하고 토했다. 어의는 무슨 병인지 밝혀내지도 치료하지도 못했다. 어머니의 예언은 틀렸다. 나는 산해진미를 먹지도, 쥐처럼 많은 자손을 낳지도 했다. 처첩들에게선 죽은 죄인들의 환영을 보았고 매년 왕으로서 동침하는 신녀에게선 죽은 어미의 환영을 보았다. 죽어야 할 자가 살고 살아야 할 자가 죽지 않도록, 내가 동침한 신녀가 죽는 모습을 내 눈으로 확인했다. 나 같은 아들이 태어나지 않도록.

왕비와 후궁들 대신 환관들에 탐닉했다. 그 아이를 닮은 아름다운 어린 환관들을 침소로 들였다. 촛불을 켜고 향을 피우고 붉은 비단으로 장정된 책을 펼쳤다. 환관의 나신에 꿀로 책에 있는 글자를 그렸다. 연한 피부 아래 근육이 단단하게 긴장한 나신이었다. 촛불에 글자가 황금빛으로 빛났다. 혀로 글자를 읽었다. 환관의 몸이 미세하게 떨렸다. 환관은 입에 붉은 비단을 물고 있었다. 침소에선 아무 소리도 나지 않았다. 지밀의 궁인들은 아무 말 없이 왕을 보았다. 왕은 언제 어디서든 보여야 했다. 왕이 무슨 짓을 할지 모르니 누군가 늘 왕을 보아야 했다. 낮말은 쥐가 찍찍대고 밤말은 새가 지저귀고 왕의 일은 지밀의 궁인들이 퍼뜨렸다. 왕비는 왕이 신녀를 죽이듯 내 침소에 들었던 환관들을 죽였다. 죽은 환관의 얼굴엔 먹으로 남색(男色)을 뜻하는 글자가 새겨졌다. 그 상대가 누구인지는 모두가 알았지만 아무도 말하지 않았다. 왕비는 책은 질투하지 않았다. 서 환관은 내가 왕비와 밤을 보내지 않자 기꺼워했다.

내가 환관들을 침소에 들일수록 나라 안의 요요연연한 사내아이들이 거세당하고 궁으로 들어왔다. 궁에 들어오는 아이들 중에 최빈의 아들은 없었다. 궁금했다. 그 아이는 어찌 지내는지. 나에게 남들 앞에서 읽지도 못하고 궁금(宮禁)에서 묵독해야만 하는 책들을 물려 주고 그 아이는 무엇을 보고 읽고 사는지. 그 아이처럼 소리 내지 않고 책을 읽고 싶어서 처음에는 입을 달싹이며 밀어를 속삭이듯 책을 읽다가 드디어 마음속으로 책을 읽을 수 있게 된 날, 마음속으로 그 아이에게 고하고 싶었다. 그 아이에게서 빼앗은 책에는 어진 왕은 사람을 살리고 억울한 이가 없게 해야 한다는데, 나는 사람을 죽이고 있다고. 나는 쥐의 팔자대로 살고 있다고. 먹이가 부족한 쥐가 다른 쥐를 물어 죽이듯 살고 있다고. 궁의 사람들에게는 권력도 재물도 늘 부족했다. 대비는 서 환관을, 서 환관은 대비의 일족을 죽여 달라 했다. 최빈의 아들이 온다면 물어보고 싶었다. 난 어쩌면 좋으냐고.

서 환관과 대비는 극렬히 최빈의 아들을 찾았다. 방방곡곡에 사람을 풀어 가가호호를 쥐잡듯 뒤졌다. 나는 왕비에게도 후궁에게도 애정을 주지 않았고, 동침한 신녀는 반드시 죽였다. 내게 자손은 없을 것이고 왕족 중 남은 이는 최빈과 부왕 사이의 아들뿐이다. 최빈의 아들을 살리려면 대비와 서 환관을 죽여야 했다. 아니다. 예전에 서 환관이 나를 입궁시켰을 때처럼 서 환관과 대비 중 먼저 최빈의 아들을 찾아 데려오는 쪽이 이기고 진 쪽이 죽을 것이다. 그 아이가 오면 나는 양위의 형식으로 폐위당할 것이다. 그리고 궁에 있던 내 형제들은 모두 죽었듯이 나도 역적이라는 누명을 쓰고 사형당할 것이다. 아니면 암살당하거나 선왕처럼 자진하거나. 그 아이가 왕이 되고 나는 왕의 형제로 살 수 있다면. 그 아이가 나를 용서해 주더라도 서 환관이

나 대비가 나를 죽이라 할 게 자명했다. 최빈의 아들은 쥐꼬리만 한 단서도 남기지 않고 꼭꼭 숨어 있었다. 저잣거리에 이상한 노래가 떠돌아다녔다. 신녀의 아들이 왕이 되었다네. 사람이 신을 모욕했으니 나라가 망할 거야. 왕은 미친 여자의 아들. 왕은 사내들과 잔다네. 나는 처음으로 내 입으로 명령했다. 그런 노래를 부르는 역도들은 아이든 어른이든 가리지 말고 잡아 혀를 잘라라. 쥐가 찍찍대는 소리는 더 이상 들리지 않았다. 쥐는 앞날을 내다보는 짐승이기 때문에 쥐가 보이지 않는 것은 불길한 징조라고 했다. 대비와 서 환관은 신관에게 점을 치기를 원했다. 신녀 하나가 또 죽고 나서야 거북을 구울 수 있었다.

"조상신께서 노하셨는가?"

"아니옵니다."

"나는 망국의 폐주가 되는가?"

"아니옵니다."

"그럼 누가 망국의 군주가 되는가?"

대비가 내 말을 가로챘다.

"적통 왕세자를 얻겠는가?"

신관은 말이 없었다. 서 환관이 나섰다.

"조상신께서 왕실에 후손을 언제 내리시는가?"

"치성을 드리면……."

대비와 서 환관은 경쟁하듯 조상신에게 제사를 지냈다.

조상신께서 제물을 더 많이 바치는 쪽에 왕자를 주시리라 믿는 모양이었다. 서로 귀족들의 재산을 몰수했고 백성들에게 일부를 돌려주지도 않았다. 대비와 서 환관은 명령하지 않았다. 죽이고 수탈하는 건 모두 '어명'이었다. 선왕의 '태평성대'는 지나갔다. 밤에는 제사를 지냈고 신녀를 바쳤다. 전에는 미려한 사내아이들이 환관으로 입궁하더니 이제는 계집아이들이 신녀로 입궁했다. 가난한 부모들은 딸이 죽을 걸 알면서도 신관들에게 돈을 받고 딸을 팔았다. 낮에는 제사상에서 물린 음식을 음복하느라 잔치를 했다. 먹는 족족 구토를 했다. 의원들은 신경증이라고만 했다. 대비도 서 환관도 내 건강에는 관심이 없었다. 새벽에는 의무적으로 왕비나 후궁을 품었다. 최빈의 아들을 상상했지만 궁의 여인들은 그 아이처럼 아름답지도 슬프지도 않았다. 나는 서 환관을 고자라고 했었다. 그가 집에 오지 않았으면 했다. 나도 고자가 되었다. 책을 읽을 시간이 없었다. 날마다 자시가 되면 나와 그 아이의 운명인지 팔자인지를 생각했다.

자시는 낡은 하루에서 새로운 하루로 넘어가는 시간이었다. 쥐는 새로운 날을 맞이하는 짐승이었다. 쥐의 앞발에는 발가락이 네 개였고 뒷발에는 다섯 개였다. 어머니는 쥐의 앞발가락이 오늘, 뒷발가락이 내일을 의미한다고 했다. 나에게 새 시대는 오지 않았다. 시간은 거꾸로 흘렀다.

"서 환관, 내가 은밀히 알려 줄 게 있는데, 내가 궁에 온 첫날 밤, 대비가 나와 무엇을 했는지 아는가."

"대비마마, 서 환관이 최빈의 외숙에게 누명을 씌운 거 아시지 않사옵니까. 왕의 생모를 죽인 자는 누구이옵니까."

서 환관과 대비는 내 물음의 의미를 알았고 대답하지 못했다. 서로의 약점이면서 서로 공모했으며 서로 함부로 발설할 수 없는 일들이었다. 내가 입을 열자 그들은 서로 내가 자기 편이라고 여겼다. 또한 사람 말을 하는 쥐를 보듯 나를 두려워했다. 나는 입이 있으되 말하면 안 되는 자였다. 저잣거리에는 다시 쥐의 소리가 들렸다. 왕세제가 오고 계셔. 그분이 새로운 왕이 될 거야. 다시 태평성대가 올 거야. 새로운 왕이 와도 나는 살아서 궁에서 나갈 수가 없다. 이 궁은 거대한 쥐구멍이었고 나는 청동 새장 안의 쥐였다.

나는 왕이 되고 싶었던 건 아니었다. 그냥 사형장 근처의, 그 쥐구멍 같은 집에서 탈출하고 싶었을 뿐이다. 죽은 사람 덕에 사는 삶에서 벗어나고 싶었던 거다. 어머니의 죽음도 모른 척하고 대비와 서 환관의 쥐 새끼가 되어 가며 나는 쥐구멍에서 더 큰 쥐구멍으로 옮겼을 뿐이다. 내가 그 아이를 사랑했던 걸까. 나는 궁에서 나가기 위한 수단으로 그 아이를 생각하는 건 아니었을까. 그 아이가 있다면 또 이 쥐구멍에서 나갈 수 있기에. 그래서 이리도 애타게 그 아이의 소식을 기다리는 걸까.

* * *

그 아이와 재회한 때는 어느 날 자시였다. 조상신에게
'내가 폐주가 되겠느냐'고 묻기 위해 신녀와 동침한 밤이
었다. 꿈을 꾸고 있는 줄 알았다. 신녀의 얼굴이 그 아이와
너무도 닮았다. 손톱을 깎아 아무 데나 버리면 쥐가 먹고
서 손톱의 주인과 똑같이 생긴 사람으로 둔갑한다지.

"너는 쥐냐."

최빈을 꼭 닮은 신녀는 아무 말도 하지 않고 내 얼굴을
끌어당겨 입을 맞췄다. 뭔가 달큼한 것이 입안으로 쑥 들
어왔다. 뱉었다. 신녀가 다시 나를 보듬고 입을 맞췄다. 맛
을 봤다. 혀가 아렸다. 독이었다. 부왕이 최빈을 죽일 때 썼
던 방법이었다.

"너였구나."

신녀가 들릴 듯 말 듯 속삭였다.

"그래, 나야. 그런데 왜 죽지 않지?"

"네가 살아 있으면 나도 살고 내가 살아 있으면 너도 살
테니까. 우린 운명이 같아."

하루가 지나고 있었다. 신녀의 손목을 잡았다.

"너를 살려 주겠다."

침소를 지키던 신관들에게 신경질적으로 발작하듯 서 환관을 불러오라고 소리 질렀다. 기겁한 신관들이 서 환관을 데려오려 나가자마자 신녀의 손목을 잡고 뒷마당을 달리고 담을 넘었다. 내가 비밀리에 궁에 들어오던 첫날의 길을 반대로 달렸다.

"그간 어떻게 지냈느냐."

"네가 살아야 할 삶을 내가 살고 내가 살아야 할 삶을 네가 살았지."

"지금 나와 네 인생을 바꿀 수 있겠느냐."

"그렇게 왕 노릇을 하고 싶니. 왕이 하는 것은 그저 사형장에 사람을 보내는 것뿐인데."

"너는 나와는 다른 왕이 될 거다. 네가 읽던 책에는……."

"그 책들은 그저 재미있는 이야기 책이었을 뿐이야. 사형장이 진짜야."

"어떻게 하면 너를 다시 볼 수 있겠느냐. 네가 돌아오려면…… 나는 어쩌면 좋겠느냐."

어느새 그 아이가 내 손을 잡고 달리고 있었다. 그제야 깨달았다. 이 아이는 궁에서 태어나 자랐다. 나보다 궁을 더 잘 안다. 왕이란 무엇인지도. 담을 하나 더 도는 사이 그 아이는 사라져 버렸다. 손에 남아 있던 온기가 식었다. 지난밤의 일이 꿈 같았다. 왕비의 침소로 가는 길에 서 환관이 나와 있었다.

"뭣 때문에 소신을 찾으셨사옵니까."

"……침소에 쥐가 들었었다."

"신녀는 어찌 되었습니까."

"신께 여쭙고 싶은 게 없어졌다. 계시가 필요 없으니 신녀도 필요없어졌다."

대전으로 돌아가 처음 내 손으로 글자를 쓰고 옥새를 찍었다.

"최빈의 아들을 더 이상 찾지 마라."

아무도 '어명'을 따르지 않았다. 화로의 불길이 혀를 날름거리며 왕의 도장이 찍힌 문서를 살라먹었다.

나 외에 아무도 최빈의 아들을 찾진 못할 것이다. 최빈은 아들을 낳은 적이 없었다. 딸을 낳아 아들로 길렀다. 왜 부왕이 최빈의 아들을 받은 의원과 의녀들을 죽였는지, 최빈의 궁에서는 궁녀들을 한 번도 바꾸지 않았는지 이제 나와 그 아이만 알고 있다. 부왕은 딸을 아들로 속여서까지 그 아이에게 왕위를 물려 주고 싶었을까. 왕의 형제는 죽고 왕만 살 수 있는 이 궁에서. 아무도 그 아이가 여인이라고는 생각지도 못할 것이다. 나만 알고 있다. 오직 나만.

비었던 청동 새장 안에 쥐가 들어왔다. 쥐가 든 새장을 들고 연회장으로 갔다. 다들 입가에 비웃음이 흘렀다. 어머니가 했던 것처럼 내 밥을 덜어 쥐에게 먹였다. 쥐가 죽었다. 연회장에 있던 신하들과 비빈들이 사색이 되었다. 쥐는 죽지만 사람은 죽지 않을 정도의 독. 날 천천히 죽이려고 내 밥에 소량의 독약을 넣어 온 이는 누굴까. 내가 목숨을 부지한 건 신경증 덕분이었다. 신경증 때문에 음식을 다 먹지 못해서 내성이 생길 정도의 미량의 독만 섭취했다. 그래서 최빈의 아들이 먹인 독에 죽지 않은 것이었다. 의원들은 내가 독을 먹는 걸 알았을 것이다. 이것들도 한통속이다. 누가 그랬을까. 내가 죽기를 바라는 건 누구일까. 내가 죽으면 어떻게 될까. 죽은 쥐를 손에 들었다. 뭐든 해야 했다. 부왕에게서 어머니의 유해를 건네받았던 그때처럼. 죽일 사람을 정해야 했다. 누굴까. 내 죽음을 가장 바랄 사람은.

빈 청동 새장이 바람에 흔들렸다. 나는 새장 하나만 들고 궁에 들어왔다. 내가 들어와서 그 아이는 내쫓겼다. 누군가 또 새장을 들고 궁에 들어온다면 나는 궁 안에 있을 수 없을 게다. 그게 누굴까. 누구라도 상관없다. 내 어머니도 그 아이도 궁 밖으로 나갔다 들어왔다. 궁의 물건도 궁 밖으로 나갈 수 있었다. 누구라도 궁의 물건을 들고 와서 왕비의 아들이 된다면 왕이 될 수 있다. 내가 그랬다. 왕의 아들이라는 증거도, 어머니가 신녀였다는 증거도 없었다. 증거라면, 최빈의 외숙이 불타는 그 집에 갔다는 게 내가 왕의 아들이라는 증거였다. 나도 대비도 서 환관도 부왕도 최빈도 그걸 알고 있었다. 알면서도 나는 왕이 되었다. 기괴한 광대극처럼.

"왕비를 국문하겠다."

연회장의 끝에서 궁녀의 옷을 입은 그 아이가 입꼬리를 올려 웃으며 나가는 것을 보았다. 아무도 움직이지 않았다. 내가 궁 안 사람에게 내린 첫 번째 명령이었고 처음으로 대비에게 반항한 날이었다. 노환을 앓는 대비가 왕비 대신 친히 나타났다. 하얗게 센 머리엔 사형당한 처녀의 머리칼로 땋은 검은 가체를 올리고 검버섯 핀 얼굴에 팬 주름을 백분으로 메웠다. 나를 노려보는 눈빛이 매서웠다. 칼바람이 몰아치는 한겨울이었다. 자신이 올린 왕비를 감히 내치겠다는 내가 오죽 가증스러웠으면 저 마르고 쇠진한 몸을 금실로 수놓은 옷 속에 욱여넣고 나왔을까.

"전하는 심신이 쇠약하십니다. 쉬시지요. 역적은 꼭 찾아내겠습니다. 왕비께서 전하를 해할 이유가 뭐가 있겠습니까."

"내가 없으면 왕비의 아들이 왕이 될 테니까."

대비의 눈이 희번덕거리고 주름진 입이 오물거리며 속삭였다.

"처음 입궁하신 날 말씀드렸지요. 분수를 알아야 한다고. 최빈이나 전하의 생모가 왜 죽었는지 모르십니까."

왕비 대신 수랏간 막내 궁녀가 끌려 나왔다. 벌겋게 달아오른 인두와 핏자국이 남은 태형 도구를 보자마자 궁녀

222

는 다 자기가 했다고 우겼다. 아무것도 모르지만 어쨌거나 자신이 독을 넣었다고 했다. 아무 이유 없이 누가 시키지도 않았는데 자기가 다 했다고 했다. 그저 고통 없이 죽여 달라고만 빌었다. 아무도 더 이상 깊이 묻지 않았다. 누구도 더 이상 조사하지 않았다. 궁녀는 울며불며 형장으로 끌려갔다. 올해 궁에 들어온, 아직 볼이 통통한 어린 애였다.

궁중에서 이런 변고가 일어났으니 조상신의 뜻을 물어야 한다고 했다. 죽은 궁녀 또래의 신녀가 또 죽었다. 불에 구워지는 거북이를 보며 생각했다. 필부였다면 더없이 좋았을 삶이었다. 기름진 음식과 비단옷과 미녀들. 쥐로 살기에는 풍족한 삶이었다. 아무것도 하지 않고 입 벌리고 주는 거나 받아먹으면 되는 삶. 그러나 죽지 않고 왕으로 살려면 무엇인가 해야 했다. 이게 아니란 건 알지만 무엇을 해야 할지는 모르겠다. 사람 죽이는 것만 보고 배웠지 나라를 다스리고 백성을 보살피는 건 알지 못한다. 그래서 할 줄 아는 걸 한다. 대비와 서 환관을 죽이면, 그 아이가 알려 줄 것이다. 신관이 귀갑을 보지 않고 준비된 말을 읊었다.

"오늘 세자가 궁으로 들어올 것이니 경사스런 날이옵니다."

"나는 폐주가 되느냐."

신관은 내 말을 듣지 못한 척했다. 나는 잠을 자지 않았다. 밤늦도록 붉은 비단으로 장정한 책을 읽었다. 그 아이 말대로 재미있는 이야기들이었다. 책을 읽으며 어린 나를 기다렸다. 그 아이와 마주할 순간을 상상했다. 나는 아마도 선왕처럼 말하게 되리라. 이 밤이 가기 전에 어미를 잃을 세자와, 세자로 인해 운명이 바뀔 나를 생각했다. 세자가 될 아이도 자년 자시에 태어났을까. 나와 그 아이의 그날을 회상했다. 그날은 자시가 참 더디게 왔다. 자시가 되어서야 어린애 하나가 서 환관과 나타났다.

"이 아이가 그 아이냐."

"그러하옵니다."

"증거가 어디 있느냐."

서 환관이 붉은 비단 책을 내밀었다. 가짜였다. 어쩌면 청동 새장도 처음부터 궁의 물건이 아니었을지도 모른다.

"궁의 물건이 분명하구나."

그리고 내가 말했다.

"너는 누구냐."

서 환관이 대신 답했다.

"최빈의 아들이 사가에서 얻은 아들이옵니다."

비단옷 입은 아이를 불러다 손을 보았다. 내게 손을 잡힌 채 아이가 몸을 뒤로 뺐다. 소매를 걷어 거북등처럼 터지고 갈라진 손등을 만지고 뭉툭한 손톱 아래 때를 보았다.

"네 어미는 어떤 사람이었느냐."

"어릴 때 잃어 기억이 없사옵니다."

"그렇게 말하라고 누가 시켰느냐."

아이는 입을 달싹이다가 아무 말 하지 못했다.

"네가 네 어미를 잡아먹었구나."

아이가 울지 않으려 입을 꾹 다물었다. 슬프겠구나, 너도. 어미를 죽여서.

서 환관이 내게 환으로 된 독을 바쳤다. 내가 전에 어의에게 달라고 했던 독이었다. 어미를 죽이고 아비의 죽음을 보고 나서 나는 왕이 되었다. 다들 이 아이도 그럴 것이라 믿고 있다. 아이를 다정히 안고 토닥이며 환약을 아이의 입에 집어넣었다.

"혀가 굳지만 목숨은 건질 것이다. 이 궁에서 오래 살려면 말이 없어야 하니까."

서 환관은 기괴한 광대극을 본 것처럼 웃었다.

"이 아이는 물리고 다른 아이를 올리면 양위하시겠사옵니까."

"나 말고도 다른 아이들이 더 있었느냐. 왜 나를 택했느냐."

"헛꿈을 꾸지 않으시어 그랬사옵니다."

"서 환관은 헛꿈을 꾸지 않았느냐."

"소신은 그러지 않았사옵니다."

말을 빼앗긴 아이는 왕비의 양자가 되었다. 서 환관은 후궁들이 왕자를 낳지 못하자 헛꿈 꾸지 않고 대비의 편에 붙었다. 후궁들의 울음소리가 궁을 채웠다. 왕이 죽으면 내

쫓기듯 사가로 돌아가 평생 수절해야 할 삶. 그나마 자식이 없으니 암살당하진 않는 게 복이었다.

양위한 선왕의 여생도 다를 건 없었다. 나는 최빈의 아들이 지냈던 궁에 유폐되었다. 겨울날 무리해서 노구를 이끌고 나온 이후로 폐렴이 대비의 목숨줄을 조금씩 갉아먹었다. 숨이 넘어갈 듯 기침을 하다가 피까지 뱉어낸 대비가 갈라진 목소리로 겨우 내뱉은 말이 내 거처를 이곳으로 옮기라는 거였다. 대비는 내 죽음을 보고 싶어 했다. 대비와 나는 각자의 궁에서 누가 더 빨리 죽을지 경주했다. 서 환관은 보란 듯이 이빨 뽑힌 쥐가 들어 있는 청동 새장을 방에 걸어 주었다. 검은 벽과 붉은 책에 둘러싸여 궁녀가 날라다 주는 상을 받았다. 어머니가 그랬던 것처럼 밥을 떠서 쥐에게 먹였다. 쥐가 죽었다. 서 환관이 새 쥐를 넣어 주었다. 며칠을 굶자 궁녀가 길고 흰 비단천을 바쳤다. 눈을 감고 누워 아무것도 하지 않았다. 그 밤에 자객이 왔다. 자객은 누워 있는 내게 책을 읽어 주었다. 그 아이였다.

"너였구나."

"그래, 나야."

"신녀였는데, 어떻게 자객이 되었느냐."

"딸이 아들이 되고, 왕자가 궁녀가 되고, 궁녀가 궁 밖의 사람이 되고 신녀가 되었는데, 또 되지 못할 것은 뭐겠어."

"내가 미워서 그리하였느냐."

그 아이는 답하지 않았다.

"나를 불쌍히 여겨다오."

"왜?"

"여기는 내 자리가 아니었다. 이렇게 살고 싶진 않았지만 어떻게 살아야 하는지는 몰랐다. 내가 아는 게 없었다."

"왜?"

"나는, 서 환관과 대비의 쥐였다."

"왜?"

"나는 그들을 이길 수 없다."

그 아이는 붉은 입술로 소리 없이 웃고선 몸을 숙여 내 귀에 대고 속삭였다.

"자시에 다시 올게. 네가 그때까지 자결해야 하니까."

"나는 너를 그리워하고 기다렸다."

"왜?"

그렇게 오래 그 아이를 그리워하고 기다렸는데도 그 아이에 대해 아는 게 없다는 사실을 깨달았다. 내가, 왜, 어쩌다, 그 아이를 연모했는지도 모르겠다.

"그런데 왜 나를 찾지 않았지?"

"네가 그들에게 잡히지 않기를 원했다."

"네가 먼저 날 찾아냈다면……."

그랬다면, 어땠을까. 아는 게, 생겼을까. 뭐가, 달라졌을까. 이렇게, 살지 않았을까. 그 아이는 내 손에 단도를 쥐어

주고 떠났다. 칼날이 서늘했다. 나는 또, 기다렸다. 자시가
될 때까지, 오늘이 끝날 때까지, 오래, 기다렸다. 마침내, 그
아이가 왔다.

"내가 이렇게는 죽고 싶지 않은 게 헛꿈이냐."

"어떻게 죽고 싶은데?"

모르겠다. 정말로. 그 아이가 답을 주었다.

"태어나는 걸 선택할 수 없듯이 죽는 것도 선택할 수 없
지. 나는 너를 죽이고 여길 불태울 거야. 너는 네 어미처럼
죽을 거야."

"여긴 네 집인데……"

"난 이제 다시 여기 돌아오지 않아."

방을 둘러보았다. 여기가 원래 그 아이의 집이었다. 그
아이가 왕이 되었으면 나는 처형장에서 시체를 팔며 살아
있을까. 아니, 후궁의 몸에서 여자로 태어났을 때부터 그
아이도 왕이 될 꿈을 꾸지 말았어야 했을까. 그럼 둘 다
살았을까.

죽으면 나도 조상신이 되어 거북이를 굽고 신녀를 죽일
때마다 무슨 말을 해 줘야 할까. 아니, 나는 조상신이 되지
못할 것이다. 대비라면 모를까. 아니, 조상신은 말하지 않
는다. 산 자들이 말하고 신관이 그 말을 따라할 뿐이다.

"어미를 죽이고, 나는 왕이 되었다. 내가 죽으면, 너는 어
찌 되느냐."

그 아이가 문에 비친 그림자를 가리켰다. 불에 탄 집에 갔던 그 아이의 외가 친척들은 사형당했다. 밖에는 그 아이를 없애고 증거도 후환도 없애려는 자들이 기다리고 있었다.

"같이, 살 수는 없겠느냐."

"대비는, 오늘 밤을 넘기지 못할 거야. 내가…… 했으니까."

밖에서 곡소리가 흘러나왔다. 사형당한 죄인의 시체에서 진물과 분뇨가 흘러나오듯. 대비가 죽었다. 내가 이겼다. 아니, 서 환관이 이겼다. 밖에서 그 아이를 기다리던 군사들이 움직였다. 왕비의 처소로 간다.

"이제 나는 어찌해야 하겠느냐."

"어찌하고 싶은데?"

"살고 싶다. ……너와."

"나는 살기 위해 궁녀를 죽였는데, 너는?"

왕비의 처소에서 비명소리가 파열된 내장처럼 터져 나왔다. 서 환관이 죽였다. 이제 대비의 편은 없다. 아니다. 내가 죽였다. 내가 아무것도 하지 않아서.

"너는?"

그 아이가 재차 물었다. 나는 짧게 답했다.

"모두. 전부 다."

나의 신하, 서 환관. 쥐가 죽어야 내가 산다면. 다시, 청동 새장의 쥐가 풀려났다. 그 아이가 쥐에 불을 붙였다. 쥐가 그 아이의 집으로 뛰어들었다. 글자들이 불꽃이 되었다. 그 아이는 그냥 보기만 했다. 집에 살던 쥐들이 뛰어나왔다. 그 쥐들도 불씨가 되어 무덤에서 나온 귀신처럼 궁 여기저기서 발광했다. 나무로 지은 궁궐이 횃불처럼 타올랐다. 동이 트듯 하늘이 붉었다. 고기 타는 냄새가 났다. 어디선가 사람이 죽었으리라. 그 아이는 내 손을 잡고 성큼성큼 서 환관의 거처로 갔다. 한 손엔 산 쥐를 들고서. 쥐가 버둥거리며 그 아이를 물려 했다. 찌익찌익 날카로운 소리를 질렀다. 그 아이가 쥐의 주둥이를 베었다. 쥐는 죽지 않고 조용해졌다. 내가 어염의 혀들을 잘랐을 때처럼.

서 환관은 궁 밖에 집이 없었다. 아내도 양자도 없었다. 궁 안에서 먹고 잤다. 나는 서 환관에 대해 그것밖에 아는 게 없었다. 그 아이는 서 환관의 집에 불붙인 쥐를 던져 넣었다. 궁 안의 모든 건물이 불타올랐다. 그 아이가 내 손을 놓았다. 돌아갈 다리를 불태우는 장수처럼 그 아이는 궁에 불을 놓았다. 아니, 쥐가 불을 질렀다.

궁녀들과 환관들과 신하들과 후궁들이 사방팔방 뛰어다녔다. 서로 엉켜서 걸려 넘어지고 낙담하여 주저앉고 물동이를 엎질렀다. 궁에는 옷도 음식도 많았고 쥐도 많고 탈것도 많았다. 물동이로는 불덩이를 재울 수 없었다. 궁인들은 절망적이고도 필사적으로 불꽃에 물을 주었다. 불꽃은 기둥마다 활짝 피었다. 서 환관은 불타는 궁에서 나오지 않았다.

"그자는 궁을 떠날 수 없어. 그것밖에 모르니까. 그게 그자를 죽일 거야."

그 아이는 궁을 떠났다. 서 환관도 대비도 없다. 이젠 내가 그 아이를 찾아야 했다.

나는 대궐 문을 찾아 헤맸다. 뒷문으로 궁에 들어온 이후 궁 밖으로 나갈 일이 없었다. 그때 보았다. 검댕 묻은 손으로 눈물을 훔치며 소리 없이 우는 벙어리 어린 왕을. 그리고 온몸에 불이 붙은 채 누군가를 찾아 달리는 서 환관을. 나는 서 환관 앞에 섰다. 손에 단도를 꼭 쥐고서. 서 환관을 죽이고도 싶었고 서 환관이 나를 죽였으면 하기도 했다. 서 환관은 나를 보고도 지나쳤다. 나는 버림받았다. 불귀신이 된 서 환관이 새로운 왕에게 매달렸다. 살려 달라고, 하는 것 같았다. 혀가 타 버려서 소리 나지 않는 입으로 서 환관은 자꾸 뭐라고 말했다. 왕에게도 불이 옮겨 붙었다. 불이 서 환관의 입안으로 들어갔다. 같이 죽자고, 하는 것 같았다. 서 환관의 몸을 구워 점을 쳤다. 내가 폐주가 되겠느냐, 이 나라가 망하겠느냐. 조상신은 아무 말씀이 없었다. 이 빠진 늙고 큰 쥐가 내 발끝을 스쳐 궁 밖으로 달려나갔다. 궁에 들어오던 날 내가 청동 새장에서 풀어 줬던 쥐였다. 그 쥐를 따라갔다. 내 뒤에서 높고 크고 화려한 궁이 스러졌다. 쥐가 나를 구원했다.

***

    땅은 검고 하늘은 붉었다. 사람은 죽고 집은 탔다. 지난
밤 누군가가 다녀갔다. 떠난 나는 살고 남은 자는 죽었다.
불탄 시체들이 폐허 위에 나뒹굴었다. 쥐고 있던 단도를
놓았다. 타 버린 시체에선 건질 게 없었다. 운수가 사나운
날이었다. 소실된 공터에 빈 청동 새장만 남아 흔들렸다.
어디선가 환청처럼 쥐 우는 소리가 들렸다.

찔레와 장미가
헤어지는 계절에

서번연

아직도 자신을 글쟁이보다는 그림쟁이라고 생각하는 취미생활자. 양지에서 일하며 음지를 지향하고 있는 성실한 가장이지만, 제6회 ZA 문학 공모전 이후 어쩐지 작가로 불리고 있다. 단편집 「록커, 흡혈귀, 슈퍼맨 그리고 좀비」에 「아들에게」로 참여하였으며, 이북으로 「견폐」를 출간하였다.

땅이 내리고 하늘이 열려 하늘엔 열 개의 해가 이글거리며 계절 없이 뜨고, 하늘인간과 땅인간이 나뉘어 살아 달이 아직 생기지 않고, 사람과 짐승의 구별이 모호해 서로 말을 나눠도 뜻이 통하고 몸을 나누어 피가 섞여도 이상하지 않던 시절에ー

"……다가오는 청화절*에, 참형에 처한다."

ー하늘의 약초를 훔친 대가로, 죽을 날을 받은 여우가 있었다.

사람이 하늘에 탄원하면 하늘로 향하는 계단이 열려 소청할 수 있던 시대다. 짐승이라 하여 요즘 같은 짐승일 리 없다. 이치를 알고 도를 깨우치면, 축생도** 험난한 생의 끝

* 清和節, 4월 초하루.

에도 짐승의 형(形)을 벗고 신선이 될 수 있던 시대였기에.

여우는 천호***였다. 최초의 천호로 가장 먼저 하늘인간 꼴을 하고 하늘에 올랐다. 그러나 그것뿐. 법은 하늘 아래 지엄했고, 여우의 죄는 너무 컸다. 여우는 타고 태어난 모습 그대로 곤륜에 감금당했다.

곤륜의 성은 이중삼중도 아닌 구중. 그 위엄만으로도 사사로이 입에 올릴 수조차 없는 곳이다. 하지만 그 굳건한 장소에, 천제(天帝)는 문지기까지 배치했다. 그 문지기는 하늘에서도 땅에서도 사람 꼴을 띠었지만 애초부터 인간이 아닌 자였다. 먹지 않고 자지 않고 배설하지 않으면 죽는 인간이라 할 수 없었다. 먹고 마시지 않아도 되었고, 잠들지 않아도 되었다. 천제가 그를 귀히 여겨 쓰다듬었기에 누구보다도 축복받아 그리된 그런 자였다. 감시자였으되 처형자이기도 한 그의 이름을 육오(陸吾)라 한다. 다만 꼬리가 아홉이나 되고 본디의 형(形)대로 간간이 무심하게 얼굴을 드미는 그를, 하늘인간들은 그리 불렀다. 호형랑(虎形郎) 또는 호해랑(虎骸郎)이라고.

** 畜生道, 불교 용어. 욕계 육도(欲界 六道)의 하나로, 윤회길 중 짐승으로 태어나 즐거움보다는 괴로움을 더 많이 겪는 세계.
*** 天狐, 중국 옛 전승에 따르면, 여우는 백 년을 살면 미인으로 둔갑할 수 있고 천 년을 살면 마침내 하늘로 올라가 신선이 될 수 있는 천호(天狐)가 된다고 한다.

***

끝이 뭉뚝한 굵직한 창을 지팡이 삼아 하나 들고, 기분
이 나쁘면 험상궂어지고 기분이 좋으면 심술궂어지는 큼
지막한 얼굴을 들이밀며 잠도 자지 않고 딴청도 피우지 않
고 사납게 오는 이들을 막아대는 그 자리에, 장승처럼 붙
박인 사내가 좋아서 찾아오는 이는 없었다. 다들 그를 두
려워하거나 경외하거나 원망하거나 해치우고 싶어 했으나,
사내는 그 사실을 아무렇지도 않게 생각했다. 형(形)은 사
람이지만 천성이 어쩔 수 없는 짐승이기에 그렇다. 자신의
평가에 대해 신경 쓰는 맹수는 없다. 그런 걸 신경 쓰면
굶어죽기 십상일 터. 어차피 삼악도****의 하나인 축생의
길을 걷고 있으니 그런 감정들 따윈 아무렇지도 않다. 그
저 업(業)만을 조심할 뿐, 애먼 피만을 아낄 뿐.

그렇게 오늘도 사내를 향한 원망이 하나 더해졌다.

"문을 열어 주십시오."

계집의 허리는 가늘어 주둥이를 묶어놓은 포대 같다. 몇
날 며칠을 걸어온 건지, 신발이 다 해진 발엔 보얗게 먼지
가 앉아 있었다. 그 먼지 색과 끝만 묶은 머리카락의 색
은 맘먹고 아궁이를 쑤셔 뿌옇게 뒤집어쓴 것 같은 잿빛

**** 三惡道, 악인이 죽어 가는 세 가지의 윤회길. 축생도, 아귀도, 지옥도.

이었다. 면과 마를 섞어 짠 직물을 솜씨 좋게 가다듬어 지어 입은 옷은 제법 그럴싸했으나, 사내는 계집이 멀찌감치 보일 때부터 그녀의 정체를 냄새로 알아낸 상태였다. 코가 쨍할 정도의 짐승 냄새.

"여우인가. 소청할 것이 있으면 괴강산*에서 하라. 길을 잘못 들었다."

짐승이 본(本)인 이들은 이 길을 쓰지 않는다. 인간들이나 곤륜의 언덕을 걸어 신선이 된답시고 이런 길에 들어서곤 하는 것을. 완연한 봄날이었던지라, 사내는 햇볕을 즐기어 한없이 늘어지고 싶은 호랑이의 본성대로 기분이 좋은 상태였다. 하지만 위로 한참을 올려다봐야 하는 큼지막한 얼굴에 그 좋은 기분이 어딜 봐도 드러나질 않는다는 게 문제라면 문제였다.

사내가 심술궂은 얼굴로 퉁명스레 내뱉자 계집이 얼굴을 들었다. 저어 산 아래에서 피어날 민들레가 계절답게도 계집의 눈에도 피어 있었다. 노오란 눈, 천호(天狐)였다. 덕분에 사내의 심술궂은 얼굴이 급격히 흉악해지며 얼굴 위 흉터들이 도드라졌다.

"통과할 수 없다. 돌아가라."

신선의 길을 걷는 여우에게 어디에선들 하늘의 계단이

---

* 塊江山, 산해경에 등장하는 곤륜산의 연봉 중 하나.

내리지 않을 리 없다. 사내를 마주보고 있다는 자체가 죄인이란 증거였으므로, 사내는 불쾌해졌다. 불쾌한 심경을 담아 산 같은 어깨를 돌려 등을 보이며, 땅에 창 자루를 콱 소리 나게 꽂았다.

하지만 그 불쾌감 위를 괜히 긁어 부스럼 만들 듯 가냘픈 목소리가 얹혔다.

"먼 길을 걸어왔습니다. 보고 가게만 해 주시옵서."

불쾌감이 짙어졌다. 한갓 죄인이 감히 탄원한다. 쫓을 것인가, 물어뜯을 것인가, 잡아먹을 것인가? 허나 잠시 고민하는 사내의 모습을 갈등의 증거라고 생각했는지, 다시 계집이 말했다.

"잡혀가신 지 달포가 넘었습니다. 여위진 않으셨을지, 소(訴)는 어찌 진행되고 있는지……."

계집의 말이 끊겼다. 어지간한 사람 크기만 한 호랑이 머리가 계집이 있던 자리를 물어뜯었기 때문이다. 계집은 날랬다. 누가 여우 아니랄까 봐, 팔딱팔딱 재주를 넘지 않아도 날랬다. 머리카락이 마치 굴뚝에 피어난 밥 짓는 연기처럼 허공을 휘저으며 날았다.

여우가 비켜난 그 자리에서 연기에 부채질하여 연기를 흩어내는 사람처럼 눈에 등불을 켠 호랑이가 크르렁 땅울림을 뱉었다.

"돌아가라, 죄인에게 들을 말은 없다."

여우였던 계집이 박대에 구슬피 울며 발걸음을 돌렸다. 호랑이가 본(本)인 사내는 다시 큼지막한 사내의 모습으로 돌아가, 팔짱을 끼고 콧방귀를 뀌며 땅에 꽂은 창에 기대어 그 모습을 외면했다.

* * *

이후 며칠, 아무도 사내를 괴롭히지 않았다. 그저 흘러가는 구름을 보고, 바람에 나부끼려면 아직도 자랄 날이 먼 이제 막 돋아난 새순을 보고, 바람에 머리가 흩날리면 머리카락을 보고 그러다 머리카락 끝이 가리키는 날아가는 새들을 보고. 해가 지고 희미하게 별이 뜨면 별이 지다 해가 뜨고. 가끔 자정 무렵 캥캥 여우 우는 소리가 들리긴 했지만, 때마다 발끈하던 것도 소리가 점차 멀어졌으므로 신경 쓰지 않게 되었다.

……그랬었는데.

사내는 역시 팔을 하나 뜯어놔야 했었나 잠시 고민했다. 아니면 멱을 물어뜯어 하늘의 지엄함을 보였어야 했을지도. 계집의 본(本)이 발 빠른 짐승이라 날래긴 해도 전력으로 쫓아가 본때를 보였다면, 지금 이렇게 마주하는 일은 절대로 없었을 것이다.

계집의 꼴은 그 며칠 동안 조금 더 처참해져 있었다. 처음도 고운 모습이라 하긴 힘들었던 터였지만 그때 그 모습의 원인은 먼지가 다였다. 허나 지금은? 전신이 다 흙투성이다. 무릎이 제일 심각했고, 소매가 엉망이었다. 치마도 절대로 정갈한 꼴이라 할 수 없다. 마치 진흙을 냇물 삼아 다듬이방망이 두드려 빨래라도 한 모양새라, 사내는 눈살을 찌푸리다 문득 이 여우 새끼가 배고픔에 근처 누군가의 무덤을 파헤치기라도 한 모양이라는 결론을 내렸다. 덕분에 원래의 불쾌감에 혐오감이 더해져, 사내는 이를 드러내는 것이 선전포고인 양 자신의 뜻을 전했다.

"죽여 버리기 전에 돌아가라."

그러나 고개를 숙인 계집은 두 손으로 치맛자락을 꼭 쥔 채 움직이지 않았다. 움직이지 않고선 입만 열었다.

"들여보내 주소서."

제 목숨을 아끼지 않는 계집이다. 천호의 수련은 최소 천 년이다. 제 살을 아끼지 않고 제 혼을 깎아가며 정도(正道)를 원한다. 부정한 방법으로 도를 닦으면 제대로 된 사람의 모습을 얻을 수 없으므로, 그 모습은 공덕으로 쌓은 선력(仙力)이리라. 덕분에 불쾌감은 아까보다 더 거대해졌다. 그 긴 공덕과 그 긴 생을 이렇게 허투루 취급하려 하다니.

"그럴 수 없다. 말로 할 때 돌아가라!"

그 말에 계집이 고개를 들었다. 며칠 전에 비해 더 흉흉

해진 눈이었다. 어쩐지 더 초췌해진 모습에 잠시나마 사내
가 놀랐다. 놀람이 나타났다 사라지는 순간은 짧았으나,
그 짧은 사이를 놓치지 않고 자지도 않고 먹지도 않은 자
의 얼굴을 한 계집이 속삭였다.

"돌아가지 못하오. 보여 주기 전엔 돌아가지 못하오. 소
식도 하나 듣지 못하고 어찌 가오리?"

귀찮게 구는 도다. 말할 기회를 주니 방만함이 도를 넘
는다. 애먼 피를 흘리지 않으려 몇 번을 참았거늘, 이젠 그
럴 수 없다 생각한 사내가 몸을 움직였다. 사내가 마음먹
고 창을 뻗으면 그녀의 목이 데구루루 덱데굴 굴러떨어질
터였다. 그러나 사내는 움직이던 것을 멈췄다. 여우의 울음
섞인 목소리, 그 목소리의 내용 덕이었다.

"며칠을 돌며 식음도 전폐하고 성벽을 파헤쳤소. 조금
이나마 약해 보이는 부분, 조금이나마 뿌리가 얕을 것 같
은 부분을 골라 팠습니다. 굴 하나 파지 못하는 내가 어찌
1200년을 살아온 여우일 수 있소? 나는 성공치 못했소이
다. 나를 들여보내 주소서. 살아 뚫어내지 못하면, 이 자리
에서 죽어 혼령이라도 들어가 소식을 들을 것입니다."

사내는 그제야 계집의 상태를, 차림을 이해했다. 땅을 판
건 맞았다. 목적이 달랐을 뿐. 실패를 원망하고 자신을 원
망하는 여우를 보며, 잠시 사내는 안쓰러움을 느꼈다. 그러
나 그뿐이었다. 불쾌감은 여전히 남아 있었으므로.

"한갓 여우에게 뚫릴 성벽이 아니다."

아래를 파면 아래가 깊어진다. 위로 기어오르면 위가 높아진다. 구중의 성벽은 신묘했다. 감히 아무에게나 하늘 길을 허락할 수 없기에 그토록 신묘했다. 콧방귀를 뀌며 고개를 돌린 사내를 향해 계집은 물기 묻어나는 목소리로 울상이 되어 외쳤다.

"잠시면 되오! 축지(縮地)로 날듯이 달음질쳐 뵙고 오리다. 문도 열 수 없는 하늘땅이니 이 벽 안에 들여만 보내 주옵시면 얼굴 뵙고 목소리만이라도 듣고 오겠습니다. 제발, 제발 부탁이오니 이 문 좀 열어 주십시오."

축지도 쓸 수 있는 걸 보면 보통 도를 닦은 짐승이 아닐 텐데. 사내는 혀를 한 번 찼다. 내가 무슨 광영을 누리겠다고 이리 오래 말을 섞어 알 필요도 없는 것들을 알게 되는가, 이토록 허투루이. 사내는 인상을 찡그리곤 등을 돌렸다.

"에잇, 더럽다. 죽이기도 귀찮으니 돌아가라."

문 앞에 거대하게, 환원하여 본체로 똬리를 튼 기와집만 한 호랑이를 타 넘을 수 없었던 계집이 또 캥캥 울며 걸음을 돌렸다.

* * *

그리고 하루. 또 하루. 닦았을 도(道)가 아까워 죽이지는 못하고, 그렇다고 그냥 두자니 신경줄이 당기고. 계집이 호소하고, 호소하고, 또 호소했다. 멀리에서도 잘 보이는 무덤가 도깨비불처럼 형형한 눈으로 그저 바라보고, 먹지도 자지도 않은 몰골로.

사내는 온갖 세상일에 무심하고 그런 사소한 것들엔 관심을 갖지 않아 왔다. 하지만 그렇게 자꾸 나타났다가 우는 게 분명한 등만 보이며 사라지는 계집을 볼 때마다 뭔가 울컥 치솟아 오르는 걸 느꼈다. 그것은 화병 같기도 토기 같기도 하여 사내는 불쾌했다. 그저 불쾌했다. 콱! 물어 뜯어 버렸어야 했는데. 콱! 목을 떨어뜨려야 했는데. 신선의 시신은 사람의 시신처럼 남지 않는다. 본(本)이 인간이었든 동물이었든, 신선의 시신은 살아생전 본인이 닦은 선력(仙力)만큼 오래 남아 있다가, 썩지 않고 어느 순간 원래부터 없었던 듯이 사라지는 것이다. 그러니 시체 썩는 냄새 안 맡아도 어딘가 던져 두면 깔끔하게 처리될 것을, 나는 왜 또 널 보며 성이 나고.

"문을 열어 주십시오."

"허, 세상사 무자비하기로 이름난 육오(陸吾)의 이름이 땅에 떨어졌도다. 같은 말을 세 번 이상 들은 일이 없었거

244

늘……."

딱지가 앉도록 들었다, 딱지가 앉도록 들었어. 꼬리를 탁탁 치며 사내가 중얼거렸다. 그 말을 들었는지 듣지 못했는지, 멀찌감치 떨어진 회색의 계집이 제 오른팔을 베고 길게 드러누운 사내의 큼지막한 등판을 보다 눈을 내리깔고 안개처럼 말했다.

"소문은 그리합니다만, 그와 달리 성정이 모질지 못하며 본디 다정한 분인 것을 알게 되었습니다."

다정? 모질지 못해? 태어나 처음 듣는 평가고, 맹수에게 어울릴 평가도 아니다. 사내는 기가 찼지만, 기묘함이 찾아왔다. 멀찍이에서 계집의 형체만 봐도 늘 찾아왔던 짜증이 눈 녹듯 스르르 내려앉은 것이다. 어이가 없었지만 더 어이없게도 웃음이 났다. 기분이 좋으면 심술궂어지는 사내의 얼굴이 웃으면 어찌 될지? 흉악한 얼굴을 머리를 받치지 않은 다른 한 손으로 가려 숨기며, 사내가 손가락 사이로 말했다.

"씨알도 안 먹힐 것인즉 꺼져라."

"쫓겠다 말은 하셨으나 적극적으로 몰아내진 않으셨소이다. 죽이겠다 수 번을 겁박하셨으나 정작 매서운 공격은 하지 않으셨소이다. 그것으로 알았지요, 가여운 이를 그 맹렬한 소문보다 어엿비 여기는 분임을."

본성이 악한 이를 천제께서 귀애하여 하늘인간 꼴로 만

들지는 않았을 것입니다. 코웃음 쳤으나 입술이 들썽거리는 걸 제대로 막을 수는 없었다. 하지만 사내의 입술은 금세 다시 굳어졌다. 이어진 계집의 말 때문이었다.

"그러니 들여보내 주소서. 저는 보아야 합니다."

입에 발린 소리로 살살 꼬드기려는 짓거리를 보니 과연 여우는 여우였다. 천호가 아니고 매구인 게지. 사악한 계집, 간악한 계집, 방만하기가 이를 데가 없도다.

"불허한다. 썩 꺼져라."

아홉 개의 꼬리로 땅을 탁탁 치며 사내는 여전히 등만을 보인 채, 잇새로 으르렁거렸다. 그러나 곧 움찔했다. 옆으로 누운 허리로 등으로 두 손이 원망하듯 떨어졌기 때문이다. 본능대로 고개를 홱 돌려 물어뜯지 않은 자신을 대견하게 여기다, 도대체 뭐가 대견하단 것인지 그렇게 여긴 자신을 의아해하다가, 문득 짜증이 치솟은 사내가 벌떡 일어나 앉았다. 사내는 고개를 홱 돌리며 소리쳤다.

"도대체 뉘를 보려 이리 귀찮게 구는가!"

이런, 무릎을 꿇은 계집의 얼굴을 처음으로 가까이에서 보았다. 노란 눈, 그 노오란 눈에 망예(望霓) 같은 갈망을 담고 계집이 사내를 쳐다보고 있었다. 계집의 입술이 봄날 복숭아 꽃잎 같았다. 웃기는 일이다. 그 입술이란 게 파리하고 봄가물 땅처럼 쩌적쩌적 갈라져 있는데도. 복숭아 꽃잎은 무슨 얼어 죽을 복숭아 꽃잎! 사내는 자신의 눈을 치고 싶었다. 하지만 다행인지 불행인지 사내의 손 대신 계집의 말이 사내의 눈을 때렸다. 질끈 감기도록 눈을 때렸다.

"제 지아비입니다. 저보다 먼저, 아니 누구보다도 먼저 천호가 되신 분입니다. 이웃의 아픔을 자기 아픔처럼 여기다 천제의 약초밭에 들고, 발각되어 그 죄로 끌려가신 분입니다. 선처될 것이외다. 그리 길게 처벌받지 않으리니, 소(訴)의 진행에 대해 더 자세히 알고 싶소이다."

필요하다면 나오실 때까지 기다렸다 같이 갈 것입니다. 질끈 감긴 눈을 언어로 느끼며, 사내는 계집이 지근거리에 있지 못하도록 뿌리친 후 이마를 짚었다. 제기랄 놈의 여우, 일처일부로 천년만년 해로하는 여우 새끼!

"이런 젠장, 내일 이 시간에 알려 줄 것인즉 어서 썩 꺼져라!"

네 꼬락서니를 봐라, 가서 뭐나 좀 먹으면서 기다리던지! 그 말을 할까 말까 고민하다 씹어 삼키고선, 꾸벅꾸벅 손을 모아 인사하는 계집을 바라본 사내가 얼굴을 거칠게 비비며 다시 짜증을 냈다. 손, 하찮은 손, 너무 작고 위협적이지 못한 손, 그 되다 만 것 같은 모양으로 땅을 파고 또 파서 손톱이 다 뽑힐 듯 망가지고 뒤집어진, 그놈의 하얀 손. 속 깊은 곳 어딘가에서 다시 울컥하고 뭔가가 치솟아 올랐다. 화병 같기도, 토기 같기도 한 뭔가가.

* * *

만사 관심 없는 바보천치라 그런 것도 모르냐고 실컷 새한테 놀림 받으며, 호랑이가 곤륜 안쪽을 거닐었다. 흔히 있는 일은 아니다. 먹지도 자지도 않는데 안에 들어올 일이 있을 리 없다.

"모른단 말이냐? 그런 것도 모르며 어떻게 인세(人世) 입구를 지키고 있는가?"

"그 꽁지깃 콱 하고 깨물어 짓눌러 버리기 전에 그 입 다물어라."

그 말에 새가 하하하 웃으며 쪼로록 위치를 옮겼다. 그 바람에 흩날리는 붉고 노랗고 보라색인 꽁지깃을 불만스럽게 바라보다 사내는 다시 땅으로 고개를 돌렸다. 바닥에 노랗게 민들레가 피었다. 그저 동그랗고 노오란 민들레.

그 모습을 바라보던 본(本)이 새인 사내가 자신의 양팔로 팔짱을 끼고, 심성대로 삐딱하게 기대어 이죽거렸다.

"계집, 계집, 세상서 제일로 하찮은 게 계집이라 그러더니! 이거 봐라. 마음 약한 놈 험상궂게 생겼다고 문지기 세워서 좋을 일이 없어. 금방 이 꼴이 난다지?"

"시끄럽다. 네 아는 거나 말하라."

새가 그 말에 붉고 긴 속눈썹을 깜박거렸다. 정말 몰라서 묻는가? 하며 믿을 수 없어 하는 얼굴을 했다가, 기묘한 표정으로 바뀐 새가 고개를 들어 갸웃거리곤 물었다.

"너, 정말 몰라서 묻는 것이냐?"

호랑이인 사내는 눈살을 찌푸리며 새인 사내를 쳐다보았다. 새가 팔짱을 풀고, 허, 참, 허, 참, 하고 연거푸 몇 번 중얼거리더니 목소리를 돋웠다.

"정말로 모른다고? 이거, 기본만 말해도 놀라겠는데?"

자꾸 약 올리면 다른 이에게 물을 것이다, 사내가 냉랭한 얼굴로 몸을 돌렸다. 돌아선 그 옷자락을 얄밉게도 새가 잡아챘다.

"그 여우가 말한 것이 전부 참이라면, 찾는 죄수는 최초의 천호다. 천제의 약초밭에 들어간 죄로 청화절에 참형을 받을 예정이지. 그래, 그러고 보면 이제 보름 조금 더 남았네?"

훔친 게 뭔 줄 알아? 무려 백년등선근(百年登仙根) 두 개랑 생사초(生死草)야, 생사초. 간도 큰 놈 아니냐? 하며 새가 높은 소리로 호방하게 웃었다. 그러나 그 말에 사내는 그저 인상을 썼다. 이루어질 수 없는 꿈을 꾸는 계집이로다. 이름처럼 생명을 마음대로 죽이고 살리는 생사초는 인간의 목숨으로 키워 내는 것이다. 아랫사람이 주군을 위해, 아내가 남편을 위해, 자식이 부모를 위해 목숨을 걸고 얻어냈다 해도 절대로 선처받을 수 없을 터. 전할 생각을 하니 벌써부터 입맛이 쓰다. 사내에겐 지난한 일이다.

"그런데, 묻는 이가 아내라 했다고?"

새가 다시금 기묘한 표정으로 물었다. 사내는 귀찮게 왜 그런 것을 자꾸만 확인하냐 하고 험상궂은 얼굴로 대답해 주었다. 새는 땅으로 고개를 향했다가 본(本)이 종종 그러는 것과 같은 꼴로 하늘로 고개를 향하고선 중얼거렸다. 이상하다, 이상하다. 비 맞은 놈처럼 뭘 그리도 이상하다고 중얼거려? 하고 사내가 투덜거리자 그 심술궂은 얼굴을 한 번 쳐다보고 나서야, 새가 중얼거리는 내용이 바뀌었다. 그 말을 들어 버린 사내가 먹물 잘못 튄 천 구기듯 얼굴을 확 구겼다.

"이상하다. 그 천호, 새끼 배고 죽어가는 자기 아내를 위해 생사초를 훔쳤다가 걸린 거라 들었는데? 이상하다. 요호(妖狐)들은 비늘 달린 놈들처럼 축첩하지 않는데? 이상도 하다."

다른 천호가 또 있는 거 아니냐 하고 사내가 천둥처럼 으르렁거리자 잡혀 있는 여우는 하나뿐이고, 애 뱄다는 그 아내가 와서 울며불며 수발 중이다 하고 대답이 돌아왔다. 하늘땅의 소식을 전부 다 아는 발 넓은 놈의 말이니 틀릴 리도 없다. 사내는 계집의 작은 손을 떠올렸다. 그 되다 만 것 같은 모양으로 땅을 파고 또 파서 손톱이 다 뽑힐 듯 망가지고 뒤집어진 손을 떠올렸다. 그 손에 맞는 건, 눈송이를 맞는 것만큼의 위력도 없다. 하찮고 작고 그저 엉망이 된 손. 모습이 하나하나 선명하게 떠오르자 다시금 화병처럼 토기처럼 속에서 치솟아 올랐다. 그 전보다 더 답답하게도.

*　*　*

멍청한 것. 멍청하고 아둔하고 어리석기 그지없는 것. 멀찍이에서도 사내는 계집의 모습을 분간할 수 있었다. 요 근래 곤륜의 문을 열어 달라며 당도한 자가 그녀밖에 없기 때문만은 아니었다. 콩보다 더 작은 크기로 보여도 그녀는 구분할 수 있었다. 표정을 안다, 그 노오란 눈을 안다, 끄트머리만 묶여서 펄럭이는 머리카락을 안다.

하지만 아니다, 아는 것은 그저 일부였을 따름이었다. 이렇게 환한 얼굴은 본 적 있을 리가 없다. 상상도 하지 않았을 것이다. 계집은 하루 만에 그저 뽀얗게 피었다. 가을 털갈이 끝나고 겨울털로 보송하게 갈아입은 토끼들처럼 그저 하얗고 도담하게 피었다. 그 모습이 눈부셔, 오히려 가슴이 답답했다. 왜 답답한지 모르게도 먹먹하고 갑갑했다. 그럼에도 아무것도 모른 채, 소식을 들고 오는 이에 대한 반가움과 고마움에 밝은 얼굴을 하고, 여우가 본(本)인 계집이 네 발로 달리는 기세로 두 발로 달려오는 모습은 커지기만 했다.

가까이에서 보자 저절로 미간이 구겨진다. 면과 마를 섞어 짠 직물을 솜씨 좋게 가다듬어 지은 옷은 분명히 계집이 직접 만든 것일 터이다. 어째서 제 서방이 천호라는 계집이 이런 재질의 옷을 입고 있는가. 하물며 스스로도 천호인 계집이, 여우 신선인 계집이, 왜 비단과 솜털로 자아낸 옷이 아닌 한갓 아랫것들의 옷을 입고 있는 것인가. 그리고 왜 자신은 계집의 차림과 신분 사이의 균열을 발견하지 못했던가. 맨발에 가까운 몰골로 심장이 터지도록 다가오는 계집은 왜 그리도······.

계집을 가엾게 여기는 마음이 치솟아 오름과 동시에 세상만사에 화가 나기 시작한 사내는 오늘에야말로 기필코 이 계집을 내쫓아야겠다, 그리 결심했다.

"······알아내셨습니까?"

숨이 턱 끝까지 닿아 발그레하게 달게 숨결을 뿜어낸 계집이 민들레 같은 눈으로 올려다보며 숨을 고른다. 손으로 얼굴을 가리고 싶다. 저 눈을 보고 싶지 않다. 저 그저 맑은 표정이 바뀌는 걸 보고 싶지 않다. 하지만, 왜? 왜 보고 싶지 않은가? 하고 자문하다 사내는 체한 것 같은 속을 욱여넣고 우격다짐하듯 강제로 분노를 끌어왔다.

"네가 나를 속였구나."

네? 동그래진 눈에 베인 것처럼 아린 눈을 쓰라리게 부라리며 사내가 일갈했다.

"만만히 약초밭에 들른 것이 아니렷다! 죄인은 백년등선근(百年登仙根)을 두 개 훔쳤고, 생사초(生死草) 하나를 빼돌리다 걸렸다. 만지기만 해도 대죄로 치죄하는 생사초를 후린 죄인의 죄를, 네가 감히 낮추어 고하여 나를 우롱해? 나의 동정심에 호소하려 해?"

원래부터 두 집 살림을 하고 있던 것인지, 아니면 새로이 각시를 얻은 것인지. 어쨌든 여우가 선택한 아내는 지금 현재 옥에서 수발을 들고 있는 임신한 여우였다. 아직 천호가 되지 못한 그 계집을 위해, 그 계집과 같이 하늘에 오르고 싶었던 늙은 여우는 자신의 천계위(天界位)를 백분 활용해 백년등선근을 훔쳤다. 문제는 그렇게 훔쳐내어 먹인 귀한 약초가 임신한 몸에 독으로 작용했다는 것이었다. 주화입마 상태에 빠진 암컷이 숨이 넘어가려 하자 이 미련한 수컷은 생사초에도 손을 대었다. 들통은 금방이었고, 참형 언도는 빨랐다. 목 베일 날을 헤아리던 이 늙은 천호가 옆에 두기로 결정한 것은 구사불생으로 살아난 임신한 아내였다. 그 계집이, 부른 배로 비단옷을 입고, 그래, 그놈의 비단옷을 입고, 지아비란 자의 수발을 드는 것을 천 리를 달려 보고 왔다.

네게 그 비단옷을 입히면 너는 얼마나 빛날 것인가. 이렇게 보이지 않는 곳에서도 지아비를 챙길 수 있는 너는 이렇게 소박맞을 계집이 아닌데. 너를 보면 답답하고 먹먹하여 속에서 이리도 치솟질 않겠나. 그것은 화병인가, 구토감인가……. 하지만 잠깐, 나는 대체 무슨 생각을 하고 있나?

노란 빛에 홀렸다. 잠시 그놈의 미소란 것에 홀렸다. 사내는 여러 번 머리를 흔들어 잡생각을 털어냈다. 잡생각을 털어낸 후 매섭게 창을 잡아, 땅을 두드리며 외쳤다.

"네 서방은 청화절에 참형으로 죽을 것이다. 땅에 속한 이가 이 집행을 볼 수는 없을 터, 더 이상의 자비는 끝이다, 돌아가라! 다음에 꼬리 끝이라도 보이면 정말 머리를 쳐낼 것이리!"

마지막 말은 말이라기보단 사자후(獅子吼)에 가까워, 계집은 본능적으로 사람형의 둔갑이 풀려 여우의 모습으로 도망갔다. 캥! 하고 여우가 우는 소리는 멀게까지 사람 울음소리처럼 들리다 들리지 않게 되었다. 사내는 안도의 한숨을 쉬었다.

*　*　*

다만 안도감은 가끔씩 공허함이 된다. 없어서 안심되는데, 오지 않아 허전하다. 그 사이 발치에 제법 민들레가 피었다. 계집은 이후 두 번 다시 나타나지 않았다. 지아비가 참형을 받는다는 것이 문제인지, 집행을 몸소 볼 수 없음이 문제인지, 머리를 잘라 죽이겠다는 협박이 문제인지, 정말이지 여드레가 넘도록 계집은 코빼기도 내밀지 않았다.

잘된 일이지, 애먼 피를 보지 않아도 되니. 탁탁 아홉 개의 꼬리를 치고 애꿎은 민들레를 발끝으로 이리저리 굴려가며 사내는 그렇게 생각했다.

하지만 그 민들레는 계집의 발에 밟혀 꺾였다.

"들여보내 주소서."

너는 그 말밖에 하지 못하는 망가진 구관조 같구나. 목소리에 묻어나는 혼탁함이 사내의 골치를 쑤시게 했다. 계집의 옷은 깨끗해져 있었다. 아니, 그냥 깨끗해진 것이 아니고 분명히 갈아입은 모습이다. 하지만 그 새 옷이란 게 여전히 면과 마를 섞어 자아낸 직물인 것을 보고, 사내는 대상 없는 부아가 치밀어 어금니를 꽉 물었다.

"가족에게 유언이라도 남기고 왔느냐?"

"일가친척 피붙이는 모두 옛적에 신선이 되지 못해 죽었소이다. 내 태로 낳은 자식도 없소. 지아비 잃으면 천애의 고독이 되는 자가 나요. 죽어도 나는 켕길 것이 없습니다."

또다. 이다지도 허투루이 생을 내던진다. 사내는 야차 같은 표정을 지어 보였다. 하지만 계집의 얼굴엔 어떤 표정의 변화도 없었다. 표정뿐만이 아니다. 말하고 숨 쉴 뿐, 그냥 아무것도 없었다. 여기까지 의식 없이 걸어온 것 같은 얼굴로 빈껍데기만 남은 계집이 두 손으로 흰 꾸러미 하나를 내밀었다.

"제가 아니 될 양이오면 다만 이것이라도 들여보내 주소서."

그게 무언지 알게 무어냐. 아둔하고 눈치 없고 못마땅한 구석만 가득한 못난 계집. 위협을 주려 살의를 담아, 하지만 절대로 치명적이지 않을 곳을 골라 사내는 창을 휘둘렀다. 뭉툭한 창끝이 꾸러미를 쳤다. 희고 소담한 꾸러미가 파란 하늘 아래 날았다. 표정을 보고 깨달았다. 차라리 목이 날아가는 것이 나았을 것이다. 날면 안 될 것이 날았다. 그 시선을 따라 심장이 같이 날았다. 날아서 쿵, 바닥에 떨어지는 소리를 오래오래 상상으로 뒤울림처럼 들었다. 보스스 흩어진 매듭 사이에서 흰색 같기도, 회색 같기도, 아주 옅은, 가장 깨끗한 구름 위에 떨어진 피 한 방울만큼이나 옅은 분홍색 같기도 한, 그런 옷 귀퉁이를 보았다.

이건 뭐냐, 하고 말하려고 했다. 하지만 입술이 열리지 않았다. 부주산* 기둥을 홀로 받치고 서 있으라 해도 이 입술보다 가벼울 것 같다. 움직이지 못해 가만히 서 있는데, 계집이 먼저 움직였다. 매미가 벗고 나가 버린 그 허물 같은 모습으로, 더 말라 버린 계집이 고개를 숙이고 손만을 뻗어 꾸러미를 들어 털어냈다. 고개를 들어 올리지 않은 채, 계집이 갈린 목소리로 말했다.

---

* 不周山. 중국 전설 속의 산. 하늘을 받치고 있었다고 한다.

"지아비의 옷입니다."

계집의 목소리에 거미줄 이슬 같은 것이 모여 있다 데구르륵 떨어지는 것을 사내는 듣고야 말았다. 들리면 안 되는 건데, 들어서도 안 되는 건데, 어떻게 그렇게나 잘도 들리는가.

"가슴털을 뽑아, 머리카락을 섞어, 지아비의 수의(囚衣)를 지어왔소이다. 수의(囚衣)가 수의(壽衣)되어 세제지구** 입은 그이를 북망산천으로 인도한다 해도, 아내 된 이의 마지막 마음임을……."

옷 하나조차 통과하지 못합니까, 그 문은. 열릴 수가 없는 문입니까.

결국 땅에 젖은 자국이 점점이. 비산한 작은 물방울이 또 더 작은 자국을 점점이. 메인 목소리에 몸에 매인 신세를 풀어낸 눈물들이 망울지어 땅을 울리며 후두둑후두둑 떨어졌다. 그 젖은 자국 앞에 모아진 작은 두 발을 보며, 그는 아랫니로 윗입술을 물었다. 물 수밖에 없었다. 물어 정신을 차리고, 기세를 죽여 속삭이듯 선언했다.

"불허한다. 죄인에게 열릴 문은 없다."

여우가 고개를 들어 원망하고 원망하는 눈으로 사내를 쳐다보았다. 그 시선에 숨이 제대로 쉬어지지 않아, 호랑이

** 염습할 때 시체에 입히는 옷.

적 짐승 꼴로 사냥할 때에도 느끼지 못했던 아찔함을 느꼈다.

사내는 계집이 그렇게 선이 가는 얼굴을 하고 있는지 몰랐다. 가는 선에 가는 선이 여러 줄 더해졌다. 어깨를 들썩이지 않으려 애쓰며 그저 하염없이 눈물만 흐르는 얼굴이 생경했다. 계집은 그 흐린 얼굴로 그렇게 홀로 울다 몸을 뒤로 돌려 뛰어갔다. 사내는 그 뛰어가는 모습을, 눈물이 멎지 않은 것이 분명한 등을 눈에 담았다. 그러자 이제야 익숙함이 찾아오고 편안하게 숨이 나고 들었다.

홀로 자리를 지켜 선 후 사내는 창 자루를 쓰다듬으며 생각했다. 도대체 뭐가 편안하고 익숙하단 말인가? 그러다 비로소 한 가지 사실을 깨달았다. 그동안 계집은 단 한 번도 자기 앞에서 운 적이 없었다. 천호는 자존심이 있는 계집이었다. 그러나 이제 그 자존심이 다친 계집이기도 했다. 사내가 꽉 다문 어금니처럼 창 자루를 움켜쥐었다. 입맛이 쓰고, 비렸다.

나중에야 깨달았다. 하도 세게 깨물어 윗입술이 찢어져 피가 흐르고 있었다는 것을. 입맛이 다시금 쓰고 비렸다. 윗입술에서 스며들어 온 피가 비리고 아렸다.

***

　자신이 너무 박정하게 굴었던 것은 아닌가. 그 마지막 모습, 동그마니 그림자 드리우며 모아진 두 발과 눈망울이 떠오를 때마다 사내는 하늘을 바라보았다. 올려다보면 조금이나마 시원하다. 아니면 그놈의 화병인지 토기인지가 자꾸, 끊임없이, 더 자주 치솟아 오른다. 그래, 가만히 보니 민들레를 볼 때 제일 심해지는 것 같았다.

　민들레가 열독을 풀고 중독을 풀며 체기를 내리는 데에 좋다 들었던 기억이 난 사내는, 네가 네 약효를 증명하려 내게 이리도 자근거리는가 하며 심술궂은 얼굴로 쭈그리고 앉았다. 그러나 곧 민들레의 다른 효능도 기억해낸 사내가 허둥거리며 몸을 일으켰다. 약선(藥仙)들이 연구하여 정리한 민들레의 주 효능은, 해산한 아낙의 젖몸살 해소이다.

　누구나 다 알듯, 사내의 태생은 호랑이였다. 호랑이는 욕심을 잘 버리지 못한다. 신선들이 데리고 다니는 호랑이들이 그저 덕을 쌓은 영물에만 그치는 것은 다 그 욕심 탓이었다. 호랑이가 신선이 되는 경우는 정말, 매우 정말 드물었으므로, 사내가 선도(仙道)를 걷게 된 건 오롯이 그의 공덕만이 아니었다. 사내의 본체는 희귀하여 천제가 귀애했다. 귀히 여겨 사랑하였으므로 하늘인간의 형(形)을 받았다. 다만 그것뿐이었다. 피를 나눈 호랑이들은 이미 죽은

지 만겁이 흘렀다. 만겁이 흘러 다 삭아 없어져 호골(虎骨)
도 건질 수 없으리라.

혈육의 정도 축생도 위에서 그저 부질없이 흩어졌다. 동
족이 흔치 않으니 피 대신 마음을 나눌 짝에 대해서도 관
심이 갈 리 없다. 언제 여자를, 아니 암컷을 품었는지 전혀
기억이 나지 않았다. 품어 본 적이 있긴 한가? 새끼도 가져
본 적이 없는데 젖몸살이라니, 소스라쳐도 할 말이 없다.

그러다 사내는 다시금 문득, 이제 천애의 고독이 된다는
계집을 떠올렸다.

비보 같은 계집. 널 소박한 네 서방을 천년만년 귀애하
라고, 오로지 네 고운 기억만 남게 하려고 했는데 너는 왜,
왜 나를 그렇게. 네 서방은 여우가 아닌가 보다. 그 새끼는
천호도 아니야. 한갓 짐승인 여우도 백년해로한다. 여우는
그런 짐승이다. 하물며 그건 하늘인간의 형(形)을 띠고 하
늘에 오른 여우인 것을! 그런 짐승이 첩질을 하다니 있을
수 없는 일이었다. 누가 본처인지, 누가 첩인지 알지도 못하
고 알고 싶지도 않아 사내는 고개를 저었다. 하지만 계집
은 천호였다. 수발하는 계집은 천호가 되기엔 200년 못 되
게 부족하다 들었다. 결국 누가 애첩인지 명백하였으므로
사내가 혀를 찼다.

바보 같은 자식. 네 여자는 소박하기에 이렇게 아까운
여자인데. 제 털을 뽑아 피로 옷을 자아 왔다, 이 복 많은

짐승아. 네가 비단옷 하나 입히지 않았던 네 여자가, 네놈을 따라 죽겠다고 머리카락으로 옷을…… 잠깐, 옷을?

깨달음이 찾아왔다. 어떻게 이렇게 무심할 수가! 여우는 백년해로한다. 천호는 천년만년 해로한다. 금슬이 좋아 한쪽이 죽으면 따라 죽는다. 결코 재취하지 않고, 재가하지 않는다. 정말이지 어떻게 이렇게 무심할 수가!

사내가 달렸다. 큼지막한 몸으로 땅을 박차고, 네발짐승처럼 흉흉한 기세로 달렸다. 그렇게 성벽 위, 아래, 옆을 하염없이 달리고 또 달려서 사내는 결국 작은 무덤처럼 엎드린 형체를 발견했다. 아스라이 흩어질 것 같은 모습으로 파리한 천호가 쓰러져 있었다. 눈이 좋지 않았던들, 그냥 찔레꽃 덮인 무덤쯤 된다 생각했겠지.

"이봐, 여우! 자네!"

옆에서 발을 구르고 불러 봐도 대답이 없다. 냄새도 소리도 살아 있는 자의 것인데 너무 희미하여 생기가 없다. 네 눈을 안다. 네 노오란 눈을 알아. 날 보려 하지 않아도 좋으니 그저 네 눈을 보게 해 다오. 눈을 떠 보아. 계집은 반응이 없다. 사내는 좌우를 둘러보다가, 결론을 내렸다.

잠시 후, 계집은 입술 위에 떨어지는 뜨거운 것에 정신을 차렸다. 노란 눈을 몇 번 깜빡이던 계집은 사내를 알아차리고는 격하게 몸을 일으키려 했다. 그 위로 얼굴에 닿지 않게 큼지막한 손바닥을 들이밀어 저지하며, 사내가 말했다.

"먹어라. 며칠을 이 근처만 배회하지 않았더냐."

네 발자국이 남아 있더라, 네 발자국이 남아 있었어. 너는 성벽 아래를 파도 소용이 없다는 걸 알면서도 또 엉망이 된 손으로, 그렇게 앞니를 꼭 물고 소맷자락을 꽉 쥐고 나를 쳐다보는구나.

결국 으르렁 소리가 새어나오는 걸 막지 못한 계집이 눈에 불을 켜고 이를 갈 듯 말했다.

"먹지 않겠소이다."

나를 죽이러 오신 거라면 환영이오. 편히 죽을 생각은 하지도 못했는데 고마워할 것입니다. 지아비의 마지막도 지킬 수 없는 비천한 계집이외다. 만든 옷이나마 입혀 보내 드리려 했는데, 그조차 이루지 못했소. 그냥 죽어 버릴 것입니다. 죽어 혼령이 되면 방싯 웃으며 그분 얼굴이라도 보리라.

이런 멍청한 계집, 네가 죽어 혼령이 되면 볼 장면은 하나뿐인 것을! 호통을 칠 수 없어 사내의 얼굴이 악귀처럼 변했다. 다른 여자 품에 안겨 죽어 가는 네 서방 꼴을 보라고 내가 너를 죽이지 않은 것이 아니다. 사내의 우악스러운 손에서 이미 목숨을 잃은 토끼가 짓이겨졌다. 화병과 토기와 살과 뼈와 피가 한데 섞여, 죽처럼 변해 내리쏟아졌다.

"너 때문에 내 치성(致誠)이 깨졌다! 애먼 피를 묻혔어, 이 어리석은 것. 먹어라, 먹지 못하는가!"

계집은 좌우로 고개를 저었으나, 거대한 호랑이의 노호성에 몸이 굳었다. 그 입을 그렇게 강제로 벌려놓고 사내는 우악스럽게 또는 집요하게 토끼의 생명을 짜내어 그 입에 떨어뜨려 어떻게든 계집을 살려내었다. 이후 창귀(倀鬼) 묶어두듯 계집을 묶어 허튼짓을 못하게 하였다. 하지만 그뿐이었다.

날마다 생명을 먹여 세상에 붙잡아 두었다. 사내가 진심으로 자신을 안쓰러워한다는 것을 서서히 계집도 알아차렸다. 하지만 그뿐이었다.

더 이상 계집이 말하지 않았어도, 사내는 꾸러미를 잡아채어 먼지를 탈탈 털고선 사형수의 옥으로 그놈의 옷을 보냈다. 하지만 그뿐이었다.

* * *

계집은 고마워했다. 보스스 웃을 수 있게 되었다. 이젠 기력이 없어 몸도 제대로 일으켜 세울 수 없는 계집이 일어나 앉아 보려다, 불가항력으로 자기 허리만 한 사내의 팔에 머리를 기대었다. 사내는 흠칫했으나 그대로 내버려두었다. 팔을 빌려줄 수 없는 날엔 성벽에 계집을 기대어

앉혀 놓았다. 낮에는 창을 꽂아 세워 두고 계집의 옆에 앉아 먼 곳을 보았고, 밤에는 잠든 계집의 얼굴을 내려다보았다. 어지간히 화가 나는 모양이다, 어지간히 이 어리석은 모양에 화가 나는 모양이야. 이렇게 네 얼굴만 바라봐도 속에서 치솟고 얼굴이 달아오르고 화병이 점점 더 깊어지는데도 나는 왜. 널 옆에 두고 굳이 널 살리고.

"먹어도 먹어도 그뿐이라. 짝 잃은 여우는 원래 이런 거랍니다. 자꾸 먹이려 하지 마소서."

네가 그리 말했듯 네 모습이 아직 세상에 나오지도 못한 그믐달처럼 여위어 가고 있는 것이 보인다. 천제께서 월궁(月宮)을 짓고 호리정(狐狸精) 중 천년호리정(千年狐狸精)을 월궁 관리로 올릴 계획을 세우셨으되 그건 아직 계획일 뿐이다. 달과 여우를 연결 짓는 것은 그렇게나 너무 먼 일인데, 제기랄, 너는 그걸 볼 때까지도 살 수 있으면서, 너는 왜 이지러지고 차오르게 계획된 달처럼, 그 얼굴선은 왜 그렇게나 애처롭게.

절대로 자신이 쓰다듬지 못할 얼굴을 바라보며 사내는 주먹을 쥐었다가, 손에 배인 땀을 바닥에 아무렇지도 않게 쓸었다가, 손금 모양으로 남은 흙먼지를 쳐다보았다가, 손톱이 파고드는 것도 느끼지 못하며 주먹을 다시금 꽈악 쥐었다. 그뿐이었다. 다만 그런 식이었다, 애처롭게도 알지 못해서.

아무것도 모른 채 열흘이 지났다. 어느덧 그놈의 청화절이란 게 도래했다. 잠들 일 없는 사내는 그 기운 없던 계집이 아침에 일어나, 정갈히 옷매무새를 가다듬고 동쪽을 향해 절을 하는 모양을 멀거니 바라보았다. 어젯밤 도통 잠을 못 이루는 계집을 위해 밤새도록 다리를 빌려준 터였다. 토닥이지도 못하고 더 이상 접촉할 수도 없어, 엉거주춤한 그 모양 그대로 성벽에 몸을 기댄 채 하염없이 뜨는 해를 바라보다 사내는 몸을 일으켰다.

"다녀올 것이다."

고개를 돌린 계집의 몸이, 뜨는 태양을 등져 그저 형체만 보이는 그 몸의 호리호리한 선이 고개를 돌렸다. 데리고 갈 수 없음을 이젠 계집도 안다. 그것이 사내의 권한을 아득히 뛰어넘었음을 말이 없어도 이해할 수 있었다. 그래서 홀로 떠나며, 허튼 맘 먹지 마라 사내는 덤덤하게 일렀다. 계집이 고개를 끄떡였다.

사내는 해가 질 무렵에 돌아왔다. 계집은 처음 사내가 떠났을 때의 모습 그대로 그 자리에 무릎 꿇고 정좌하여 앉아 있었다. 전혀 움직이지 않은 건 아니겠지, 그렇게나 기력이 쇠했는데. 하여튼 아둔한 것. 사내가 한 번 혀를 찼다. 혀를 차고선, 네 서방이 네가 지은 옷을 입고 덤덤하게 칼을 받았다 하더라, 하고 거짓말을 했다. 의연히 고맙습니다, 고맙습니다 하던 계집이 문득 혼절할 것 같은 얼굴로 일어나 발걸음을 떼었다. 멀리 간다고 멀리 가는 것이 몸 상태 때문에 고작 스무 걸음도 되지 않았다. 그만큼 떨어져서, 계집은 옆에 아무도 없는 것처럼 오열했다.

네 서방의 목을 끌어안고 그 계집도 울었다. 임신한 배의 선이 홀쭉한 것이, 해산한 지 얼마 되지 않은 모양이더라. 아이가 살아 나왔는지 죽어 나왔는지는 알 길이 없으나, 몸조리할 산모가 그렇게 격하게 움직이는 모습은 가히 보기에 좋지 않았다. 그런 식으로 관심 두지 않을 일을, 너 때문에 보았다, 너 때문에 보았어.

오열하는 그 어깨가, 내장을 다 토해놓을 듯 울부짖는 그 뒷모습이, 사내를 또 불쾌하게 했다. 체증이 화병 같고, 화병이 두통 같다. 먹을 필요 없어 먹지도 않는데 항상 속이 빈 것 같다. 불이 하나 차오른 것 같아. 널 보면 화가 난다. 제대로 보지도 못해 지아비랍시고 슬퍼하고 있는 널 보면 화가 난다고. 그 어깨를 부여잡고 울지 말라고 흔들고 싶었다. 하지만 남의 아내다. 닿는 것은 도리에 어긋난다며 사내는 절레절레 거대한 고개를 저었다.

"행여나 따라 죽을 생각 마라. 너 때문에 내 정성이 깨진 것을, 네가 건강해져 갚기 전까진 놓아 줄 생각도 없다. 꼭 대가를 치르게 할 테니 꼭꼭 식사나 잘하여라."

백 년이고 천 년이고 일부일처로 해로한다더니, 그 여우 새낀 여우도 아니고 네 지아비도 아니다. 지아비일 수 없다. 그러니 다시 서방 얻어 꼭 그 뽀얗게 피었던 얼굴, 그 얼굴로 마주보고 웃으며 그 남자에게서 고개 돌리지 말고 이번에야말로 천년해로 하여라.

"고맙습니다."

하지만, 그것도 그뿐이었다. 잘 먹이고 있다고 생각하는 데도 계집은 차차 더 야위어 갔다. 골격의 형태를 짐작케 할 만큼 앙상해져만 갔다. 그럼에도 아직까지 하늘인간 꼴을 유지하고 있는 걸 보면 정말 어지간한 수련을 한 여우가 아닌지라, 그 수련을 안타까워하며 사내는 혀를 찼다.

"천제를 뵈오면 월궁에 너를 제일 먼저 추천할 것이다."

네 수행이 아깝다. 한갓 누군가의 계집으로 두기엔 네 수행이 너무 아까워. 자조하듯 희미하게 웃으며, 사내는 달이 뜨지 않는 밤에 다리 베개를 해 주며 속삭였다. 그전에 건강해라, 뼈다귀만 남은 자를 누가 관리로 쓰겠는가? 계집은 그저 웃었다. 마치 민들레 씨앗 솜털 같은 미소였다.

* * *

그 후 고작 하루.

이미 일어날 수 없을 정도로 약해진 계집이 매무새를 정갈히 하고 몸을 일으켰다. 엉거주춤한 자세로 앉아 있던 사내가 만류했으나, 기어코 발을 뗀 계집이 무너져 내렸다. 풀썩, 흙먼지가 그 형태대로 흐롱하롱 제멋대로 날렸다. 하지만 그 먼지를 낳은 부모는 계집이 아니었다. 팔 안에 처음으로 계집을 들이자 알게 되었다. 홀로 된 여우들이 원래 그런 것이 아니었다. 계집은 전혀 아무것도 먹지 않았다. 이 여우 새끼, 범 무서운 줄 모르고! 쓰러지던 가느다란 몸을 받쳐 들기 위해 자신의 무릎을 짓찧어 갈아 버리며, 근본이 호랑이인 사내가 근본이 여우인 계집을 너무 가까이에서 보지 않으려 애쓰며 악문 잇새로 끊어낼 듯이 말을 뱉어냈다.

"결국, 너는, 내 말을, 듣지 않고……!"

먼지의 부모를 햇살 사이로 그림자처럼 받아들이며, 눈을 채 뜨지 못한 계집이 뽀얗게 웃었다. 더 이상 일어날 기력이 없어 그저 뽀얗게 웃다 속삭였다.

"이대로 죽으면 지아비 옆에 갈 수 있겠지요. 그러니 이제 더 이상 저를 담지 마십시오."

그 말에 덜컥, 심장이 떨어졌다. 남의 아내, 타고 태어난 본(本)도 다른 남의 아내. 차마 닿지도 못하고 등도 토닥여 주지 못하는 남의 아내를 누가, 그런 천벌 받을 일을 감히 누가!

"천벌을 받을 일이다! 감히 누가 너 따위를 담는가, 일어나기나 해라."

"늦었습니다. 이제 이 긴 끝이 보입니다."

"놓아줄 성싶으냐? 일어나라!"

사내의 팔 안에서, 품 안에 쏙 들어오고도 한참 남는 계집이 아까보다 희미하게 속삭였다.

"이를 보시오. 이렇게 놓지도 못하며 담았다 담지 않았다, 부정하면 무엇하오리? 제가 죽고 눈을 감으면 무엇이 보일지 아시잖습니까."

그 말에 사내는 결국, 품 안의 계집을 내려다보고야 말았다. 노오란 눈에 비치는 저 엉망인 얼굴이 내 것인가 의심하며 사내가 얼굴을 일그러뜨렸다. 그저 눈만이 봄볕 같고 민들레 같은, 껍질만 품 안에 있는 계집. 가질 수 없고 가져서도 안 되고 가질 생각도 해 보지 않은 여우 계집.

"그야, 네가, 네 모습이, 네 목소리가, 네가 남기고 간 작은 발자국이……."

네 주먹이, 그 뒤집힌 손톱이, 하늘로 날아가던 꾸러미와, 그걸 보는 네 눈이, 네 노오란 눈이…….

"……그 모든 게 전부……. 제기랄, 전부……."

미쳤구나, 내가 대체 무슨 말을 하는 것이냐. 하지만 말들이 쏟아져 나왔다. 민들레, 햇살, 봄날 먼지, 아궁이에 타고 남은 재만 봐도 그 모습을 그릴 수 있을 것이다. 스스로가 스스로의 말에 놀라며 사내는 이제야 자신의 모든 행동에 대한 이유를 깨달았으나, 너무 늦어 있었다.

반면 계집은 진작부터 알았다. 알고 있었다. 하지만 받아들일 마음이 없어 아는 척도 하지 않았다. 그 마음을 이용하려 한 적 없지 않았으나, 그럴 순 없어서 아직도 손톱이 성치 않은 손을 들어 사내의 얼굴을 향해 뻗다 다시 거둬들였다. 그 손을 무심결에 쫓는 눈길을 보며 계집이 더욱 희미하게 속삭였다.

　"당신의 호의에 감사합니다. 당신에게 큰 은혜를 입었지요. 입었지만, 당신의 큰 꿈에 보답할 수가 없소이다. 아시지요? 여우는 한 아내만을 사랑합니다, 한 지아비만을 섬깁니다. 내 생애 당신을 떠올리는 일 없지 않겠습니다마는, 당신이 비집고 들어올 자리는 이제 없습니다."

　나는 다 타 버린 잿더미입니다. 우리는 너무 늦었습니다. 아니야, 늦지 않았어. 살리면 된다, 살아서, 그저 살아서…….

　이제 계집의 목소리는 말을 더 꺼내지 못하고 턱선이 도드라지도록 어금니를 악문 사내가 귀를 들이밀어야 들을 수 있는 지경이 되어 있었다. 오랫동안 그저 보답처럼 버텨 왔다가 이제야 속마음을 털어내고 사그라지는 계집이 다시금 웃었다.

　"하지만, 다른 생 어딘가엔 우리가 서로 닿을 수 있겠지요."

　그 말 위로 꺼져가는 마지막 숨결이 유언처럼 남았다. 그 숨결을 부여잡을 수 없음에 다시금 사내는 화병처럼 토기처럼 무언가 치솟아 오르는 것을 느꼈다. 하지만 이제, 사내는 그것이 무엇인지를 알았다. 알아서 더 이상 입을 열지 않았다. 심술궂은 얼굴은 무엇을 뜻할 것인가. 즐거움인가, 심통인가? 사내는 그저 입술만 깨물었다. 아직 윗입술 흉 진 자리가 채 사라지지 않은 입술이었다.

"그 긴 생 어딘가에, 당신을 지아비로 모셔 은혜 갚을 생 하나 없겠습니까."

은혜라니, 그런 말로 내 마음을 덮어씌워 호도하고 모욕하지 마라. 그리 불만을 표하려 했으나 계집은 더 이상 말하지 않았다. 아니, 말을 할 수 없게 되었다. 이제야 닿을 수 있는 계집을 끌어안고, 망부석처럼 앉은 사내는 무릎을 갈아낸 그 자세 그대로 오래도록 있었다. 애도라도 하듯 맹세라도 하듯 그렇게 오래도록.

* * *

호랑이였던 사내는 곤륜을 지킨다. 곤륜의 성은 이중삼중도 아닌 구중. 그 위엄만으로도 사사로이 입에 올릴 수조차 없는 곳이나, 문지기가 천제의 명(命)을 받고 언제까지나 그 입구를 지키고 있었다. 먹지 않고 자지 않고 배설하지 않으면 죽는 인간이라 할 수 없는 그런 자였다. 먹고 마시지 않아도 되고, 잠들지 않아도 되는 그런 몸으로, 그를 그리 만들고 그 임무를 주었다. 감시자였으되 처형자이 기도 한 그의 이름을 육오(陸吾)라 한다. 그리고 육오의 지 근거리에는 언제까지나 회색 보오얀 계집의 형체가 누구의 손길, 심지어 본인의 손길조차 허용하지 않은 채 누워 있 었다.

신선의 시신은 뭇짐승의 시신처럼 남지 않는다. 본(本) 이 인간이었든 동물이었든, 신선의 시신은 살아생전 본인 이 닦은 선력(仙力)만큼 오래 남아 있다가, 썩지 않고 어느 순간 원래부터 없었던 듯이 사라지는 것이다. 그러니 네 얼 굴을 이제야 만질 수 있으면서 나는, 나는 왜 아직도 널 보 면 울화증처럼 심장이 널을 뛰고. 네 끝난 몸 앞에서 하늘 이 닫히고 내 존재 자체가 사라질 때까지 널 찾겠다 다짐 을 하고.

진달래가 피었다가 망울져 떨어졌다. 복숭아꽃이 아무렇 지 않게 뒤를 잇듯 그 자리를 이었다가 흩어져 날렸다. 철 쭉이 요염하게 붉어 흐드러졌다가 아스라이 사라졌다. 그 뒤를 이어 작은 찔레가 희게 얼굴을 내밀었다. 꿀벌이 근처 를 날아도 소스라치며 떨다 바람에 하나씩, 하나씩 꽃잎 을 떨궜다. 피기 시작한 장미가 애처롭게 그 모습을 바라보 다 붉은 꽃잎을 피워냈다.

하나씩 하나씩, 더위에 지쳐 떨어져도 찔레꽃 흰 꽃잎은 아직 발아지진 않았다. 그러나 시간은 장미꽃이 다 피어날

때까지 기다려주지 않았다. 흙바닥에서 바스러지고 갈색
이 된 찔레꽃이 무언가를 기다리듯 꽃무덤 되어 내버티다
가, 불어온 회오리에 허공을 한 번 맴돌고는 흔적도 없이
헤쳐졌다. 기다려, 장미가 찔레꽃을 향해 향기로 떨쳐 말했
다. 네 흔적을 찾아낼게. 우리가 만난 계절이 같은 계절은
아니지만 내가 널 기억해. 다시 피면 꼭, 너를, 수없이 다시
태어나 다시 너를.

  나는 너를.

은혜

지언

경희대학교 일본어과 졸업 예정. 동일 대학 동양어문학과 대학원 입학을 준비 중이다. 새것보다는 옛것을 사랑하며, 한국을 포함한 여러 나라의 민담과 전설, 신화를 비교하고 분석하는 작업을 즐긴다. 작품으로는 「은혜」, 「도공」, 「녹색빛 연구」 등이 있으며, 현재 자전적 소설 『시골 사람이 들려 주는 이야기』를 브릿G에서 연재 중이다.

여우 누이 설화

옛날 옛적, 아들 셋을 둔 노부부가 딸을 낳기를 바랐다. 그들은 여우 고개의
산신께 기도하여 곧 어여쁜 딸을 낳았다. 그런데 딸이 자라면 자랄수록 날마다
집안의 가축이 하나둘씩 죽어 나갔다. 죽은 가축은 하나같이 간이 남아 있질
않았다.

이상하게 여긴 노부부는 세 아들에게 그 이유를 알아보게 했다. 세 아들이
한밤중에 지켜보니, 누이가 소의 항문에 기름칠한 손을 집어넣어 간을 빼먹었다.
큰아들과 둘째 아들은 그것을 사실대로 고했으나, 막내아들은 그러지 않았다.
분노한 아버지는 아들들이 누이동생을 모함한다며 첫째와 둘째 아들을 집에서
쫓아냈다.

쫓아낸 아들들은 절에 들어가 살게 되었다. 세월이 흘러, 두 아들이 주지승에게
고향 집에 돌아가기를 청했다. 주지승은 위험하다며 만류했지만, 끝내 두 아들의
고집을 꺾지 못했다. 주지승은 마지못해 구슬 세 개와 지팡이를 내주면서 위험한
상황이 오면 그것들을 사용하라고 충고했다.

두 아들은 고향 집을 찾아갔으나, 집은 온통 쑥대밭이 되어 있었다. 가축과
사람을 전부 잡아먹은 누이가 홀로 오라비들을 반기며 뭘 드시고 싶으냐고
물었다. 두 아들은 집을 벗어나기 위해 부추전을 먹고 싶다고 둘러대었다. 누이는
오라버니들이 달아날까 봐 그들의 몸에 끈을 단단히 매어놓고 밭에 갔다. 그
사이 첫째 아들은 끈을 풀어 지팡이에 매어놓고 달아났다. 누이가 방을 향해
안부를 묻자, 지팡이가 대신 대답해 주었다.

부추전을 가져온 누이가 돌아와 보니, 두 오라버니는 이미 도망친 후였다. 누이는
여우가 되었다가, 사람이 되었다가 하며 두 오라버니를 뒤쫓았다. 결국 따라잡힌
첫째 아들이 주지승이 준 구슬을 던졌다. 파란 구슬을 던지자 새파란 강이
나타났지만, 누이는 강물을 건너 따라왔다. 초록 구슬을 던지자 가시덤불이
솟아났지만, 누이는 가시에 찔리면서도 죽지 않고 아들들을 뒤쫓았다.
마지막으로 붉은 구슬을 던지자 큰 불이 일어 누이가 비로소 불에 타 죽었다.

"비나이다, 비나이다, 신령님께 비나이다…… 아들은 이
만하면 됐으니, 여우 같은 딸 하나만 점지해 주십시오."

두 노부부가 여우고개 앞의 큰 바위에서 연신 손을 마
주 비볐다. 그 흔한 쌀밥 한 그릇 없이 오직 정화수 한 그
릇만을 둔 채 간절히 빌었다.

아무리 빌어도 산신은 나타나지 않았다. 여덟 꼬리를 늘
어뜨린 하얀 여우 한 마리만이 그 모습을 지켜보고 있었
다. 영물은 맑은 두 눈으로 가만히 노부부를 굽어보았다.
둘 다 늙고 병들어 두 눈만 그렁그렁한 인간들이었다. 그런
노쇠한 몸으로 아이를 바라니, 그 꼴이 우습고 가련했다.

치성은 한 시간 가까이 이어졌다. 해가 저물자, 노부부
는 그제야 허리를 펴고 여우고개를 나섰다. 서로를 부축해
가며 터덜터덜 돌아가는 뒷모습이 사무치리만치 쓸쓸했다.

여우는 그제야 바위에서 내려와 정화수에 고개를 들이밀었다. 근래 받은 것 중 제일 보잘것없는 공물이었으나, 여우는 그릇에서 좀처럼 눈을 뗄 수가 없었다.

그는 다시 고개를 들어 노부부를 보았다. 여우고개의 산신령이 용하다는 말만 믿고 서로를 부축해가며 백 리 밖에서부터 찾아온 인간들이었다. 거뭇거뭇한 짚신은 귀퉁이가 거의 떨어져 나갈 지경이었고, 걸친 옷도 먼지와 땀으로 범벅이 되어 있었다.

'딸을 원하면 삼신에게나 빌 것이지, 참으로 아둔한 인간이로다.'

아이를 점지하는 것은 삼신의 영역이었다. 제아무리 영물이라 한들 그것을 침범할 수는 없었다. 여우는 이내 한숨과 함께 몸을 돌렸다. 그는 그대로 고개를 나서려다가, 문득 그 자리에 멈춰 섰다. 미련 탓이었다. 쓸쓸한 노부부의 뒷모습이 자꾸만 머릿속에 남았다. 그리고 곰곰이 생각해보니 방법이 전혀 없는 것도 아니었다. 아이를 점지하는 대신, 그 자신이 직접 여인에게 수태하면 될 일이었다.

거기까지 생각이 닿자, 여우는 맑은 정화수를 들여다보았다. 하얀 털이 숭숭한 짐승의 얼굴이 비쳐 보였다. 그는 이 모습을 버려야만 했다. 축생도의 악연을 끊고 곧바로 인간이 되어, 더 나아가 해탈하여 이 윤회를 끝내는 것이 그가 바라던 평생의 업이었다. 그렇게 살아온 것이 장장 999년, 앞으로 1년이 지나면 그는 인간이 될 수 있었다. 그저 1년이라 생각할 수도 있겠으나, 천 년을 앞둔 그에게 1년은 억겁과도 같았다.

여우는 더 이상 기다리고 싶지 않았다. 그는 연민과 충동에 사로잡혀 정화수가 담긴 그릇에 입을 담갔다. 그리고는 천천히 목을 축였다. 이내 그릇이 바닥을 보였다. 공물은 단지 그것으로 충분했다.

* * *

울긋불긋한 낙엽이 흩날리던 날, 부인은 아이를 낳았다. 보름달 같은 딸이었다. 발간 얼굴에 벌써 이목구비가 뚜렷했고, 눈매가 치켜 올라간 것이 마치 여우처럼 어여뻤다. 부인은 따끈따끈한 아기를 끌어안고 눈물을 글썽였다. 예순이 다 되어가는 나이에 얻은 기적 같은 딸이었다.

온 집안에 기뻐하지 않는 사람이 없었다. 아버지와 세 아들은 여인 곁에 둘러앉은 채 갓 태어난 아기를 보고 놀라움을 금치 못했다. 부인이 건강한 것도, 어여쁜 딸이 나온 것도, 기적이나 다름없는 일이었다. 노부부는 이것이 산신이 내려준 은혜라 믿었다. 그리고 그것을 영원토록 잊지 않겠다는 다짐으로 딸의 이름을 은혜로 지었다.

은혜는 보통 아이가 아니었다. 태어난 지 열흘이 되지

않아 벌써 몸을 뒤집었고, 한 달이 지날 무렵 일어나 앉아 몸을 가누게 되었다. 게다가 무슨 일이 있어도 보채거나 우는 법이 없었다. 잔병치레 없이 무럭무럭 자라 세 살이 되었을 무렵에는 글을 깨우쳤고, 다섯 살이 되었을 때에는 신묘한 일화로 뭇 사람들을 놀라게 했다.

어느 가을날, 첫째 아들이 은혜에게 목마를 태워 준 적이 있었다. 그렇게 몇 걸음을 걷다가 돌부리에 발을 헛디뎌 바닥에 넘어지고 말았다. 은혜는 다리에 큰 상처가 났고, 아들은 손바닥을 다쳐 흉이 졌다. 그러나 은혜는 피를 흘리면서도 사람들이 도착할 때까지 울지 않았다. 그저 조용히 눈물을 흘리며 오라버니를 위로할 뿐이었다. 사람들이 기이하게 여겨 그 이유를 묻자, 그녀는 이렇게 대답했다.

"비록 제가 더 크게 다쳤다고는 하나, 저를 다치게 한 오라버니의 마음은 얼마나 더 참담하겠습니까. 제가 울면 오라버니는 더 마음이 아플 것입니다."

그 일이 있은 후, 마을 사람들은 노부부의 집에서 보살이 나왔다며 놀라움을 금치 못했다. 첫째는 크게 감동하여 은혜를 더욱 따뜻하게 대했다. 글공부를 하다가도 수시로 은혜를 찾아 말벗이 되어주었고, 곶감 같은 간식을 받으면 반으로 잘라 언제나 큰 쪽을 나눠주곤 했다.

그러나 한편으로는 은혜가 보살이 아니라 요괴라는 소

문도 간간이 마을을 떠돌았다. 노부부는 그런 소문을 못 들은 척하면서도 내심 마음에 담아두었다. 은혜가 평범하게 낳은 자식도 아닐뿐더러, 보통 아이가 아니었으니 그럴 수밖에 없었다. 말도 안 되는 이유로 손가락질 당하는 은혜를 보는 노부부의 심정은 날이 갈수록 애틋해졌다.

어느 날 밤이었다. 은혜는 몰래 방에서 나와 홀로 마당 산책을 나섰다. 연못에 뜬 자신의 얼굴을 가만히 들여다보니, 터럭 하나 없이 곱고 맑았다. 그녀는 행복스레 웃으며 가만히 제 얼굴을 쓸어보았다. 비록 천 년을 채워 인간이 되지는 못했지만, 이만하면 충분하다고 생각했다. 이제 그녀에게 남은 일은 꾸준히 선행을 쌓아 집안을 일으키고, 인간으로서 어질게 살아가는 것뿐이었다.

그때였다. 난데없이 그녀의 등 뒤에 불호령이 떨어졌다.

"네가 어찌 감히 이럴 수가 있느냐?"

은혜는 무덤덤하게 고개를 돌렸다. 연못 저 너머에 노파 한 명이 서 있었다. 치렁치렁한 붉은 저고리가 풀을 먹인 듯 단정했고, 양손에는 풋고추와 자패가 들려 있었다. 삼신이었다.

은혜는 그녀가 무슨 목적으로 자신을 찾아왔는지 잘 알고 있었다. 그러나 짐짓 아무것도 모르는 체 능청스레 대꾸했다.

"제가 무슨 잘못을 저질렀다고 이렇게 꾸짖으시는지요?"

"어찌 축생의 혼으로 인간의 몸에 들어간단 말이냐? 실성하지 않고서야, 어찌 그런 일을 저지를 수가 있단 말이냐?"

"여우 같은 딸 하나만 점지해 달라고 빈 것은 그분들입니다. 그 정성이 갸륵하고 금슬이 좋아 잠시 딸이 되어 준 것이니, 삼신께서는 염려치 마시지요."

"대체 어떻게 걱정을 안 한단 말이냐? 송충이가 솔잎을 먹어야지, 갈잎을 먹고 살 수 있겠느냐?"

"인간의 법도를 지키고 측은지심을 베풀면 악인도 부처가 될 수 있고, 짐승도 인간이 될 수 있습니다. 헌데 삼신께서는 어찌 측은지심을 베풀어 딸 하나 점지해주지 않고, 어디서 무엇을 하고 계셨는지요?"

"모름지기 옳고 그른 때가 있기 마련이니라. 노쇠한 인간이 아이를 배는 것이 정녕 하늘의 섭리란 말이냐? 네가 어찌 감히 섭리를 거슬러 세상을 어지럽히려 하느냐? 너는 장차 이 가문의 인간 모두를 불행하게 만들 것이니라!"

"설령 그리 되더라도 그 책임은 저에게만 있는 것이 아닙니다. 그것을 바란 인간들 또한 책임이 있습니다. 왜 모든 잘못을 저에게만 물으시는지요?"

"너는 영물이다. 무지몽매한 인간들이 그릇된 일을 바란다면 계도를 할 것이지, 무턱대고 들어주는 법이 어디 있단 말이냐? 네가 그러고도 영물이라 불릴 수 있겠느냐? 너는 욕심에 눈이 멀어 한낱 축생이 되어 버렸구나!"

그 순간, 은혜는 싸늘한 눈으로 노파를 돌아보았다. 공기가 무겁게 가라앉아 사방에 한기가 서리고, 싸늘한 바람이 불었다. 그녀는 노기를 꾹 눌러 참으며 노파를 똑바로 마주 보았다. 그리고는 한없이 무거운 목소리로 입을 열었다.

"저를 두 번 다시 축생이라 부르지 마십시오. 저는 이제 이 집안의 은혜입니다."

"그렇게 될 수 없다는 것을 네 스스로가 누구보다도 잘 알지 않느냐?"

"저를 품어 주는 인간이 있는 한, 저는 끝까지 인간으로 남을 것입니다. 이 자리에서 저의 역할을 다하며 생이 다할 때까지 살아갈 것입니다. 헌데 당신의 역할은 무엇입니까? 갓 태어난 아이와 가정을 축복해주는 것이 당신의 역할 아닙니까? 그런 자애로운 신이 한낱 어린아이에게 저주를 퍼붓고 있으니, 그 모습이 가련하기 짝이 없습니다."

더 이상 잘잘못을 따질 수 있는 분위기가 아니었다. 설령 따진다 한들, 일방적으로 비난받을 이는 아무도 없었다. 노쇠한 몸으로 아이를 바란 것이 죄가 되지는 않았고, 인간의 법도를 지키려는 영물의 의지를 함부로 꺾을 수도 없는 노릇이었다. 그들 모두에게는 그럴 수밖에 없는 나름의 이유가 있었다.

삼신은 뒤늦게 그것을 깨달았다. 그녀는 나지막이 한숨 짓고는, 여전히 노기가 담겨 있지만 조금은 누그러진 목소리로 내뱉었다.

"……내 당분간 이 일은 아무에게도 알리지 않겠다. 허나, 혹여라도 이 집 사람들을 건드렸다가는 막중한 책임을 져야 할 것이니라. 그것만큼은 똑똑히 기억해두거라."

삼신은 몸을 돌려 천천히 발을 디뎠다. 그리고 아차 하는 사이, 그녀는 어디론가 가 버리고 없었다.

* * *

은혜는 무럭무럭 자라났다. 여우 같은 두 눈이 큼지막해 가만히 눈을 뜨고만 있어도 그렁그렁했고, 콧대가 또렷하고 입술이 얇았다. 그녀는 어느 모로 보나 흠잡을 데 없는 미인이었다.

그러나 은혜를 바라보는 부부의 심정은 복잡하기 짝이 없었다. 그녀는 무엇 하나 부부와 닮은 구석이 없었던 것이다. 그럼에도 부부는 애써 의심을 속으로 삭였다. 어찌됐든 자신들에게서 나온 아이였다. 아리따운 딸에게 보내는 굳건한 믿음과 애정에 일말의 의심도 밀려났다. 부부는 그 어떤 혈육보다도 은혜를 진심으로 아끼고 사랑했다.

부부뿐만 아니라 형제들도 마찬가지였다. 골목대장 노

릇을 자처하던 둘째와 유약한 셋째도 은혜를 아꼈지만, 그 누구보다도 유독 은혜를 아껴주었던 이는 장성한 첫째였다. 그의 누이 사랑은 유별나리만치 각별했다. 글공부를 하다가도 조금이라도 틈이 나면 은혜의 방을 찾았고, 천자문을 펼쳐 이것저것을 가르쳐주곤 했다.

은혜는 그럴 때마다 입을 가리고 남몰래 웃었다. 그녀의 학식은 이미 첫째뿐 아니라 내로라하는 학자들마저 한참 앞지른 지 오래였다. 그러나 그녀는 짐짓 아무것도 모르는 척 열심히 고개를 끄덕이며 들어 주었다.

은혜에 대한 첫째의 사랑은 형제자매의 것이라기보다는 부녀간의 정과도 같았다. 그는 마치 자식을 대하듯 은혜를 아꼈고, 은혜 역시 첫째를 곧잘 따랐다. 장장 10년이 넘는 시간 동안 남매는 언성 한 번 높이지 않고 살갑게 지냈다.

* * *

어느 가을이었다. 단풍이 울긋불긋 곱게도 들었다. 날아갈 듯 날렵하게 솟은 추녀와 단청 아래로 빨간 단풍잎이 흩날렸고, 앞마당 감나무에는 가지가 휘어지도록 감이 달렸다. 참으로 먹스럽고도 아름다운 광경이었다. 은혜는 홀린 듯 마당으로 나와 감나무 앞에 섰다. 제일 낮은 가지 아래에 선 채 연신 손을 뻗어보았지만, 어린 은혜가 잡기에는 턱도 없이 높았다.

방에서 책장을 넘기던 첫째가 우연히 그 모습을 보았다. 그는 곧장 책을 내려놓고 살며시 웃으며 마당으로 나왔다. 일부러 발소리까지 죽여 가며 나왔건만, 은혜는 귀신같이 알아차리고 첫째를 돌아보았다.

"은성 오라버니, 오셨어요?"

"올해는 감이 많이도 열렸구나. 작년에는 한두 알이나 열렸는데 말이다."

"네, 오라버니. 해거리 때문이에요."

"먹고 싶니? 오라비가 따주련?"

은혜는 고개를 저었다. 그리고는 또박또박 대답했다.

"감을 먹고 싶은 것이 아니에요. 언제쯤 제 손이 닿을 수 있을지 시험해 보았을 뿐입니다."

은혜가 곶감을 좋아한다는 것을 은성이 누구보다도 잘 알았다. 그는 대답 대신 싱긋 웃으며 은혜를 번쩍 들어 올렸다. 그대로 어깨에 무등을 태워 주고는, 재차 말했다.

"자, 먹음직스러운 걸로 하나 골라보거라."

은혜는 곤란스러운 얼굴로 가지에 달린 감을 들여다보았다. 시기로 보나, 빛깔로 보나, 아직은 먹을 만한 때가 아니었다. 그러나 벙긋벙긋 웃는 오라버니를 보니, 차마 거절할 수가 없었다.

은혜는 어쩔 수 없이 가지를 향해 손을 뻗었다. 작은 감

하나를 따서 소매 저고리로 깨끗하게 닦은 뒤, 그대로 입에 가져다 댔다. 한입 베어 물자마자 제대로 익지 않아 씁쓸하고 떫은맛이 입안에 확 퍼졌다. 그러나 은혜는 얼굴한 번 찌푸리지 않고 활짝 웃으며 대답했다.

"맛있어요, 오라버니."

"그래? 덜 익었으면 어쩌나 싶었는데 다행이구나."

"다음에 제가 조금 더 자라면요, 직접 감을 따드릴게요."

은성은 대답 대신 빙긋 웃었다. 그리고는 문득 고개를들어 하늘을 올려다보았다. 새파란 가을 하늘이 구름 한점 없이 맑고 드높았다. 두 남매도 마찬가지였다. 맑게 갠하늘처럼, 그들은 근심 하나 없이 마냥 행복했다.

***

열두 살이 되던 해, 은혜는 첫 달거리를 했다. 앳되던 몸은 어느덧 호리호리하게 변했고, 얼굴은 젖살이 빠져 마치달걀 같았다. 비록 아직 키는 작았지만, 벌써부터 아리따운 여인의 티가 물씬 풍겼다. 그 미모가 어찌나 빼어난지, 부부의 집을 들르는 사람 중 은혜의 자태를 칭송하지 않는 이가 없었다.

그러나 정작 은혜는 날이 갈수록 점차 야위어 갔다. 늘기운이 없었고, 식사도 좀처럼 입에 대지 못했다. 그렇지 않아도 희던 얼굴이 더욱 파리하게 변해 방에만 틀어 박혀 있는 일이 잦아졌다.

참으로 이상한 일이었다. 끼니를 허술하게 챙겨 준 것도 아니고, 물긷기나 설거지 따위의 고된 일은 일절 시키지도 않았다. 그런데도 은혜는 시름시름 앓으며 좀처럼 나아질 기미가 보이지 않았다.

부부는 애가 탔다. 용하다는 의원을 불러 맥을 짚어보게도 하고, 침을 놓아보게도 했지만 끝끝내 차도가 없었다. 물론 첫째 은성과 둘째 은수 역시 손 놓고 지켜보기만 한 것은 아니었다. 그들은 귀하다는 약초를 구해 먹여 보기도 했고, 탕약을 손수 끓이기도 했다. 그러나 야속하게도, 달라지는 것은 아무것도 없었다.

보다 못한 셋째 은우도 집을 나섰다. 그는 유약하리만치 미신에 약했다. 번듯한 유교 집안에서 유일하게 무당집을 들락거리는 인물이었다. 그는 잘 알던 동네 무당을 찾아가 하소연하듯 자초지종을 늘어놓았다. 무당은 노부부의 족보와 사주가 적힌 책을 한참 들여다보더니, 자꾸만 고개를 갸웃거리며 알 수 없는 말을 흘렸다.

"참 묘합디다."

"무슨 뜻입니까?"

"그 집안에 딸이 나올 수가 없는데, 어떻게 딸이 나왔나 모르겠습니다. 그 은혜라는 아이는 대체 어떤 아이입니까?

외모는 어떻고, 어떻게 태어난 아이입니까?"

"예쁘고 참하지요. 어머니 아버지께서 전국으로 치성을 다니다 늘그막에 얻으신 자식입니다."

"혹시, 그 아이가 여시처럼 생기지 않았습니까?"

"그런 말을 자주 듣습니다."

그 순간, 무당의 얼굴이 창백하게 질렸다. 그녀는 혹여 남이 들을세라 몸을 바짝 숙이고 목소리를 낮춘 채 속삭이듯 내뱉었다.

"그 아이가, 달거리를 한 다음부터 그렇게 되었다고 했지요?"

"그렇지요."

"혹시 날음식을 먹여 본 적 있습니까? 날고기를 좋아한다든지……."

"그럴 리가요. 날고기는커녕 고기조차 입에 대지 않는 아이입니다."

무당은 더더욱 몸을 낮췄다. 그리고는 은밀한 목소리로 속삭였다.

"……쇤네가 보았을 때, 아무래도 그 아이는 인간이 아닌 듯합니다."

"대관절 그 무슨 해괴망측한 소리입니까? 그럼 우리 은혜가 여우라도 된단 말입니까?"

"여시지요, 여시도 보통 여시가 아닙니다. 인간의 몸을 빌어 태어날 정도면 보통 도술을 부린 게 아니지요. 말하자면, 여시가 억지로 사람 몸속에 들어앉은 형국입니다. 어릴 때야 이럭저럭 속여 넘길 수 있어도, 여시가 날고기를 먹고 살아야지, 사람 음식을 먹고 살 수야 있겠습니까?"

"집어치우시오! 보자보자 하니까 못하는 소리가 없구려!"

"그러지 말고, 부디 한 번만 들어보시지요. 정 못 믿겠다면 지금 바로 장에서 날고기를 사다 먹여 보십시오. 쇤네의 생각이 맞다면, 아이는 그걸 먹고 씻은 듯이 나을 겝니다. 만약 차도가 있다면, 복채는 그때 주십시오."

은우로서는 아쉬울 것 하나 없는 제안이었다. 날고기를 먹여 차도가 없다면 무시하면 될 일이고, 차도가 있다면 다행일 뿐이었다.

그러나 한편으로는 차도가 있다면 그건 그것대로 문제였다. 은우는 착잡한 심정으로 집으로 향했다. 푸줏간에서 막 떠낸 생간 한 덩이가 손에 들려 있었다.

그는 집에 도착하자마자 남몰래 부엌으로 향했다. 먹기 좋도록 간을 썰어 기름장에 소금을 곁들인 뒤, 조용히 은혜의 방으로 향했다.

은혜는 한참 멀리서 들려오는 인기척도 귀신같이 알아차렸다. 들고 있던 바느질거리를 조심스레 내려놓고는, 반갑게 문을 열어 오라버니를 맞았다.

"은우 오라버니 오셨어요?"

"오냐, 장에서 너 먹을 것 좀 사 왔다."

"······생간이로군요."

은혜는 묘한 얼굴로 접시를 들여다보며 말했다. 그 말을 들은 순간, 은우는 위화감에 잠시 머뭇거렸다. 날고기라고는 제대로 만져 본 적도 없는 은혜가 생간을 단박에 알아맞힌 것이 예사롭지 않아서였다. 그러나 지금으로서는 아무것도 단정할 수 없었다. 은우는 애써 의심을 떨쳐내고는 태연히 말을 이어갔다.

"그래, 생간이다. 보기 좀 거북하지?"

은혜는 대답하지 않았다. 늘 힘이 없어 파리해 보이던 평소와는 달리, 두 눈이 별처럼 반짝이고 양 볼이 발갛게 물들어 있었다. 은우는 그 모습에서 묘한 위화감을 느꼈다. 구운 고기조차 먹지 못하는 은혜가 날고기를 입에 댈 리가 없다고 생각하면서도, 혹시나 하는 마음에 재차 권했다.

"의원이 그러더구나. 네 병에는 날고기가 특효라고 말이다. 네가 불자라는 것은 잘 알지만, 이게 다 네 건강을 위한 일이란다. 오라버니 정성을 생각해서 한 점만 먹어보지 않으련?"

"······."

"은혜야, 게다가 너는 아직 어리지 않느냐. 동자승도 고기를 먹는데, 너라고 안 될 것이 무엇이 있겠느냐. 게다가 이것은 특별히 너를 위하여 죽인 고기도 아니다. 그러니 꼭 먹어 주었으면 좋겠구나."

은혜는 여전히 대답이 없었다. 착잡해 보이기도 했고, 어딘가 슬퍼 보이기도 했다. 은우는 접시를 바닥에 내려놓고는, 어쩔 수 없다는 듯 몸을 일으켰다. 그리고는 이렇게 덧붙였다.

"그래, 먹는 모습을 보이고 싶지 않은 게로구나? 그럼 나는 이만 돌아가마. 먹든 먹지 않든, 네 마음대로 하거라."

은우는 짐짓 아무렇지도 않은 듯 방을 나섰다. 그의 기척이 더 이상 느껴지지 않자, 은혜는 비로소 젓가락을 들었다. 그 손동작이 어딘가 모르게 다급했다.

갓 떼어낸 피가 철철 흐르는 생간. 어린아이라면 누구나 진저리를 칠 만한 음식이었다. 그러나 은혜는 서슴지 않고 젓가락을 들었다. 한 점을 집어 입에 넣자, 씹을 필요도 없이 사르르 녹아내렸다. 기름기 가득한 고소한 피 내음이 순식간에 폐 안 가득 퍼져나갔다. 은혜는 두 눈을 질끈 감은 채 부르르 몸을 떨었다. 단지 한 점 입에 대는 것만으로도 온몸에 혈기가 도는 듯했다.

처음에는 그저 몇 점만 입에 담을 생각이었다. 그러나 은혜는 도저히 젓가락질을 멈출 수가 없었다. 그녀는 금세 게눈 감추듯 한 접시를 모조리 비워내고는, 그제야 만족한 듯 깊은 한숨을 내쉬었다. 파랗던 입술에 새빨간 피가 번져 있었고, 파리한 얼굴에 비로소 혈색이 돌았다.

은우는 문틈 사이로 그 모습을 지켜보고 있었다. 그는 삽시간에 변한 은혜의 얼굴을 보고는 자기도 모르게 입을 틀어막았다. 한 접시로도 모자라 혀를 날름거리며 아쉬운 듯 입술을 핥는 그 모습이 도저히 평소에 보던 은혜 같지가 않았다.

그때였다. 뚜둑 하고 바닥 틀어지는 소리가 났다. 은혜는 번개처럼 고개를 돌렸다. 화들짝 놀란 두 눈동자가 세로로 길게 찢어져 있었다. 그 짐승의 눈을 마주 본 순간, 은우는 기절할 듯 놀라 바닥에 주저앉고 말았다. 그는 몇 걸음 앉은 채로 뒷걸음질치다가, 이내 다급히 몸을 일으켜 자신의 방으로 내달렸다.

오라버니 하며 애타게 부르짖는 목소리가 등 뒤에 따라붙었다. 그러나 은우는 끝끝내 뒤도 돌아보지 않았다. 아니, 도저히 돌아볼 수가 없었다.

* * *

그날 밤이었다. 은우는 이불을 머리끝까지 덮어쓴 채 도통 잠을 이루지 못했다. 자신이 본 것이 여우 요괴인지, 여동생인지, 도무지 알 수가 없어서였다. 눈을 감으나 뜨나 세로로 죽 찢어진 그 눈동자가 머릿속에 어른거렸다. 이불을 걷으면 어디선가 은혜가 훔쳐보고 있을 것만 같았고, 어릴 때 대견하게 생각했던 그녀의 영특함이 이제는 그저 의심스럽게만 느껴졌다.

'쇤네가 보았을 때, 아무래도 그 아이는 인간이 아닌 듯합니다.'

단지 헛소리로만 치부했던 무당의 목소리 또한 속삭이듯 귓가에 울렸다. 인제 와서 생각해 보니 늘그막에 팔자에도 없는 자식을 얻는다는 게 도무지 말이 되질 않았다. 마을 사람들의 손가락질은 차치하고서라도, 그가 직접 마주한 그녀의 눈은 결코 인간의 것이 아니었다. 그것은 분명 피에 굶주린 짐승의 눈이었다.

은우는 며칠 밤을 지새웠다. 식사도 자신의 방에서 해결했고, 형제자매, 심지어 부모마저 만나려 들지 않았다. 그렇게 정신적으로 한계에 몰린 어느 날, 그의 방에 은혜가 찾아왔다. 그녀는 구태여 방 안으로 몸을 들이려 하지도 않았다. 그저 창호지 발린 문 앞에 곱게 무릎을 꿇고는, 조용한 목소리로 말해왔다.

"……은우 오라버니, 드릴 말씀이 있습니다."

"……."

"그날, 혹 제가 오라버니께 무슨 잘못을 했는지요?"

은우는 제정신이 아니었다. 쌓아온 혈육의 정은 이미 온데간데없고, 짐짓 아무것도 모르는 척 물어오는 은혜의 목소리가 가증스럽기가 짝이 없었다. 그는 한껏 독이 올라 악에 받친 목소리로 쏘아붙였다.

"닥쳐라, 이 요괴야!"

"오, 오라버니, 그게 무슨……."

"그 눈깔! 그 짐승 눈깔을 하고도 가증스럽게 나를 찾아온단 말이냐! 이 뻔뻔한 것!"

"……은우 오라버니……. 아닙니다, 저는……. 저는……."

"네 안에 무엇이 들어앉았는지 하늘이 알고 땅이 안다! 내 언젠가는, 너를 이 집안에서 쫓아내고 말 것이다!"

은혜는 아무런 내꾸도 할 수 없었다. 가슴이 미어지고 눈앞이 아득해서, 아무리 입술을 달싹여도 울음밖에 나오지 않았다.

은우는 독기 어린 눈으로 방문을 들여다보았다. 고개를 떨어뜨린 채 어깨를 움츠린 그림자만이 창호지에 비쳐 보였다.

그림자는 이내 어깨를 떨기 시작했다. 끅끅거리며 흐느끼는 울음소리가 문 너머로 흘러들어왔다. 은혜는 그렇게 한참을 울다가, 겨우 입을 열어 물기 어린 목소리로 말했다.

"오라버니라면 당연히 그럴 것이라 여겼습니다. 하지만 동시에, 설마 그럴 리가 없다고 믿었습니다. 12년간 나눠온 혈육의 정이, 그런 얕은 의심에 흔들릴 정도로 가볍고 허망한 것이었습니까? 제 안에 무엇이 들었든, 저는 은혜일 뿐입니다. 은우 오라버니, 단 한 번만이라도 제게 기회를 주시지 않겠습니까? 저는 그저…… 인간의 도리를 지키며 살고 싶을 뿐입니다. 다른 것은 일절 바라지 않습니다."

"역시 네 안에 든 것이 사람 귀신은 아니로구나."

"……."

은혜는 대답하지 못했다. 그 순간, 은우는 마침내 결론을 내렸다. 은혜의 몸에 든 것은 여우 요괴였다. 그 육신은 인간일지언정, 그녀의 혼은 요괴의 것이었다. 사대부의 집 안에 요괴를 들인다는 것은 결단코 있을 수 없었다. 인제 와서 혈육의 정을 내세워 무슨 사탕발림을 하든, 그녀가 요괴라는 사실은 변함이 없었다. 그러니 은우는 결코 은혜를 품을 수 없었다. 그는 낮게 깔린 목소리로 나지막이 뇌까렸다.

"당장 물러나거라. 네 행색은 저잣거리 기생보다도 추악하여 참을 수가 없구나."

* * *

그로부터 몇 주가 흘렀다. 예전만큼은 아니더라도 은혜의 얼굴에 제법 혈색이 돌았다. 부부와 은성, 둘째 은수는 비로소 시름을 덜었다. 어떤 경위로 병이 나았는지는 중요

하지 않았다. 은혜가 지금은 건강하다는 것이 중요했다. 다시 하나로 엮인 가족은 얼마간은 행복하게 지낼 수 있었다.

그러나 은혜와 은우 사이에는 묘한 기류가 흐르고 있었다. 은혜는 은우와 감히 눈을 마주치려 들지 않았다. 어쩌다가 집 안에서 맞닥뜨릴 때에는 어깨를 움츠리고 바닥을 내려다본 채 슬슬 자리를 피했다. 그들은 한집에 사는 남남이나 다를 바가 없게 되었다.

어느덧 가을이 되었다. 온 고을이 풍년이라, 사방에 먹거리와 인심이 넘쳤다. 동네를 뛰노는 아이마다 엿가락 하나씩을 물고 다녔고, 나무마다 과일이 그득그득 열렸다. 그러나 노부부의 감나무만큼은 가지가 앙상했다. 2년마다 오는 해거리 때문이었다.

은혜는 망연자실한 표정으로 나무 앞에 섰다. 이제는 낮은 가지에 능히 손이 닿았다. 그러나 정작 은성에게 따 줄 감이 없었다. 제 손으로 직접 감을 따 주겠다는 약속은 내년이 되어서야 지킬 수 있을 듯했다. 은혜는 힘없이 몸을 돌려 자신의 방으로 향했다.

그녀는 방에 몸을 들이자마자 스르르 무너져내렸다. 축 늘어진 사지가 창백했고 얼굴이 파리했다. 날고기에 대한 갈망이었다. 영영 나은 줄로만 알았던 금단증세가 다시금 그녀를 옥죄어오고 있었다.

달거리를 거듭하면 할수록 증세는 점점 심해졌다. 은혜

는 가족에게 걱정을 끼치고 싶지 않아 애써 아무렇지도 않은 척했지만, 그것도 이제는 한계였다.

은혜는 그제야 삼신의 말을 인정할 수밖에 없었다. 그녀는 아직 온전한 인간이 아니었다. 천 년을 미처 채우지 못하고 인간의 몸을 취한 탓에 여우의 본성이 아직도 마음속 깊은 곳에 남아있었다.

은혜는 그 사실을 누구보다도 잘 알고 있었다. 그리고 불행하게도, 증세를 완화하는 방법 또한 알고 있었다. 그 방법을 알았기에 그녀는 자리에 눕고도 좀처럼 잠을 이루질 못했다. 가슴이 답답하고 온몸에 힘이 없어 숨조차 쉬기 힘들었고, 억지로 잠을 청해보려 눈을 감으면 은우가 사다 먹였던 새빨간 생간만이 머릿속에 어른거렸다.

간 하나만 먹으면……. 아니, 하다못해 한 점만 먹어도 살 것 같았다. 아기가 젖을 찾고 목마른 짐승이 물을 찾듯, 여우의 본성을 간직한 은혜가 생간을 찾는 것은 지극히 당연한 일이었다.

그날부터 은혜는 밤마다 마당을 거닐기 시작했다. 그녀는 매일같이 닭장 속을 들여다보며 닭을 하나하나 살펴보고는, 그냥 물러나기를 반복했다.

그러던 어느 날이었다. 그녀는 뭔가를 찾아낸 듯 유독 유심히 닭장을 바라보았다. 그리고는 입술을 핥으며 천천히 닭장으로 다가갔다.

다음 날 아침, 노계 한 마리가 죽었다. 그러나 부부는 조금도 개의치 않았다. 닭을 치다 보면 그런 일은 수도 없이 많았다. 그들은 그저 닭이 늙어 죽었을 뿐이라 생각했다. 그날 저녁상에는 몇 시간을 푹 삶은 백숙이 올랐다. 그러나 은혜는 고개를 떨어뜨린 채 닭고기에 손조차 대지 않았다. 원체 고기에 손을 대지 않는 아이라 아무도 이상하게 여기지 않았다. 오직 닭을 손질해 온 여종만이 이상하다는 듯 고개를 갸웃거리며 볼멘소리로 중얼거렸다.

"그놈의 간이 도대체 어디로 갔을까? 내장을 삶아 곁들이면 그게 그렇게 맛있는데……."

그로부터 다시 몇 주가 지났다. 이번에는 제법 큰 흑염소 한 마리가 죽었다. 노인은 그 소식을 듣자마자 술안주 삼아 염소의 간을 떼오도록 시켰다. 헌데 이상하게도, 뱃속 곳곳을 뒤져보아도 간은 눈곱만큼도 보이지 않았다.

몇 달 뒤, 아끼던 말이 죽었을 때에도 마찬가지였다. 노부부는 그제야 뭔가 이상한 일이 벌어지고 있다는 것을 깨달았다. 가축들이 단순히 늙어 죽은 것이 아니라, 산짐승에게 간을 빼먹혀 살해당한 것이 아닐까 하는 의심이 무럭무럭 피어올랐다.

하지만 산짐승의 짓이라 생각하더라도 이상한 점이 한두 가지가 아니었다. 그러려면 사체가 남지 않아야 하는데, 죽은 가축 모두 몸뚱이가 온전히 남아 있었다. 게다가 간을 빼먹으며 당연히 남아 있어야 할 상처조차 없었다.

노인은 세 아들을 불러 모아 각자의 의견을 물었다. 은성은 단순히 간에 문제가 생겨 죽은 것이 아니었겠느냐며 운을 뗐고, 은수는 교활한 짐승의 짓이 틀림없다는 의견을 내놓았다. 은우는 입을 꾹 닫은 채 끝까지 말이 없었다. 한참이나 논의가 오간 끝에, 세 아들은 밤을 새워가면서라도 가축들을 감시해 보기로 뜻을 모았다.

그날 밤이었다. 세 아들은 측간 뒤에 숨어 가축우리를 감시했다. 마침 달이 밝아, 바닥에 떨어진 씨앗조차 훤히 들여다보였다. 은성은 잠을 쫓기 위해 볶은 콩을 씹어 가며 가축을 하나하나 신중한 눈으로 굽어보았고, 은수는 두 눈을 감은 채 꾸벅꾸벅 졸았다. 은우는 가축은 안중에도 없는지, 불안한 눈빛으로 자꾸만 주위를 살폈다.

서서히 달이 지기 시작할 무렵이었다. 문득 우리 근처에서 어둑어둑한 그림자가 비쳤다. 호리호리하고 선이 가는 것이, 분명 젊은 여성의 그림자였다. 은성이 헉하고 숨을 집어삼킨 순간, 구름이 걷히며 달빛이 쏟아졌다.

그제야 여인의 형상이 뚜렷하게 들여다보였다. 가축 앞에 모습을 드러낸 것은 다름 아닌 은혜였다. 희고 갸름한 앳된 얼굴에 나이답지 않은 경건함이 가득했다. 그녀는 노쇠한 소 앞에서 두 손을 곱게 합장한 채 붉은 입술로 뭔가를 끊임없이 외고 있었다.

"옴 아모카 바이로차나 마하무드라 마니 파드마 즈바라 프라바를타야 훔."

세 형제는 그것이 무슨 뜻인지 알지 못했다. 그런데 어느 순간, 쌔액 쌔액 숨을 내쉬던 소가 그렁그렁한 두 눈을 감았다. 눈가의 털이 금세 촉촉하게 젖어들었다. 짐승은 이내 휴우 하며 깊은 한숨을 내쉬고는, 서서히 고개를 떨어뜨렸다. 어느 모로 보나 자연히 제 명이 다한 것임이 틀림없었다.

장장 십수 년 넘도록 밭을 갈아온 갸륵한 소였다. 은성은 측은지심에 소에게 다가가려 했다. 그러나 잠자코 있던 은우가 필사적으로 그를 붙잡았다. 은우는 이제 무슨 일이 벌어질지 다른 누구보다도 잘 알고 있었다. 그리고 그 광경을 자신뿐만 아니라 세 형제 모두가 지켜보기를 바랐다.

은혜는 아무것도 모른 채 소의 곁으로 다가갔다. 그리고는 옆구리를 향해 천천히 손을 뻗어, 순식간에 뭔가를 잡아 뽑았다. 밝은 달빛 아래, 손에 들린 것이 똑똑히 들여다보였다. 그것은 새빨갛게 빛나는 생간이었다. 은혜는 허리춤에 달려있던 작은 주머니에 간을 넣은 뒤, 마지막으로 소를 향해 두 손을 모아 합장했다. 그리고는 도망치듯 자리를 나섰다.

세 아들 모두 창백한 얼굴로 그 모습을 지켜볼 뿐, 감히 막을 엄두를 내지 못했다. 그저 서로의 얼굴만을 바라보며, 기가 막힌 듯 입을 뻐끔거렸다. 한참이 지나, 그들은 소에게 다가가 상태를 살펴보았다. 커다란 몸뚱이가 이미 차게 식어 있었다. 은성과 은수는 그제야 자신이 본 게 헛것이 아니라는 것을 깨달았다. 은수는 입술을 꽉 깨문 채 주위를 둘러보고는, 겁에 질린 얼굴로 속삭였다.

"이 무슨 해괴망측한 일이랍니까? 다른 사람도 아니고, 우리 은혜가 짐승 간을 빼먹다니요!"

"⋯⋯나도 모르겠다. 이번 일은, 정말 나도 모르겠다⋯⋯."

"분명, 분명 요상한 주문을 외우지 않았습니까? 그 요술로 소를 죽이고 간을 빼먹은 게 아닐까요?"

은성은 망연히 고개를 저었다. 은수 역시 할 말을 잃은 채 고개를 떨어뜨렸다. 그저 고요한 와중, 은우가 뒤늦게 입을 열었다. 낯선 목소리에 독기가 가득했다.

"형님들, 저걸 보고도 모르겠습니까? 저건 인간이 아니라 여시입니다."

"대관절 그게 무슨 말이냐?"

은성이 당혹스러운 얼굴로 물었다. 은우는 형의 팔을 꽉 잡은 채 간절한 목소리로 말을 이어갔다.

"몇 달 전, 동네 무당한테 찾아가 물었습니다. 그랬더니 우리 집안에 도저히 여자아이가 나올 팔자가 아니라고 했습니다. 그런데도 딸이 생겼다는 건, 저게 사람으로 둔갑한 여시이기 때문이랍니다!"

"지금 나더러 그런 헛소리를 믿으라는 말이냐!"

"그럼 그 잘난 두 눈으로 직접 보십시오! 저 꼴을 보고도 저를 못 믿겠습니까? 은혜가 주술로 가축을 죽이고, 간을 빼먹지 않았습니까!? 이렇게 확실한 증거가 있는데도 두 눈을 가리고 끝까지 모른척할 셈입니까?"

"……이 소는 이미 늙을 만큼 늙었다. 마침 시기 좋게 명을 다한 것일 수도 있지 않겠느냐?"

"아닙니다, 형님, 듣고 보니 은우 말이 마냥 헛소리는 아닌 것 같습니다. 보십시오, 분명 손이 쑥 들어간 것을 보았는데, 상처 하나 없이 간만 빼가는 것이 말이 된단 말입니까? 이게 여시가 아니고서야 할 수 있는 일입니까? "

은수가 날선 목소리로 치고 들어왔다. 은성도 그것만큼은 어찌 설명할 도리가 없었다. 형제들이 말한 대로 은혜가 요술처럼 간을 빼먹은 것은 반박할 수 없는 분명한 사실이었다.

은성은 끝끝내 말문이 막혀 허탈한 눈빛으로 은수를 마주 보았다. 그리고는 힘없는 목소리로 되물었다.

"……그래서, 지금 너희 말은, 은혜가 요괴라도 된단 말이냐?"

"그렇다고밖에는 생각할 수 없지 않습니까? 어머니 연세에 아이를 얻으신 것도 그렇고, 닮은 구석이라고는 눈곱만 큼도 없는 데다 어릴 때부터 뭔가 이상하지 않았습니까? 아무래도 치성을 드리다가 여우 요괴가 붙어온 것 같습니다."

한번 의심이 불처럼 일어나니, 걷잡을 수가 없었다. 은우는 그저 미끼를 던졌을 뿐, 그것을 덥석 문 것은 은수였다. 그는 끓어오르는 혈기를 주체하지 못하고 곧바로 몸을 돌렸다. 그리고는 미처 잡을 새도 없이 곧장 아버지의 침소로 내달리기 시작했다. 은성은 보다 못해 멀어져가는 둘째의 등에다 대고 노여움 가득한 목소리로 부르짖었다.

"은수야! 그만 두지 못하겠느냐!"

그 한 마디가 모두를 흔들어 깨웠다. 이내 온 집안의 불이 켜지고, 노부부 역시 졸음 겨운 얼굴로 마루로 걸어 나왔다. 오직 은혜만이 쥐죽은 듯 방에서 나오지 않았다. 노인은 마루에 선 채 당혹스러운 목소리로 내질렀다.

"이놈들아! 이 밤중에 무슨 소란이냐?"

일이 이렇게 되어 버린 이상 조용히 넘어갈 수는 없었다. 세 아들은 노인의 앞에 나란히 섰다. 그저 쥐죽은 듯 고요한 가운데, 은수가 기다렸다는 듯 먼저 입을 열었다.

"아버지, 소자들이 똑똑히 보았습니다! 지금까지 가축을 죽인 건 날짐승도 아니고, 도둑놈도 아니고, 아버지가 그리도 아끼시는 은혜였습니다!"

"무엇이라? 지금, 지금 그게 도대체 무슨 소리냐! 그 불쌍한 어린 것이 무슨 힘이 있다고!"

"아닙니다! 은혜가 손을 뻗어서 순식간에 간을 빼먹는 모습을 저희가 똑똑히 보았습니다!"

"잠결에 헛것을 본 것이니라!"

"소자가 무슨 이유로 아버지께 거짓을 고하겠습니까! 그 아이는 요괴인 것이 틀림없습니다! 어머니께서 그 연세에 아이를 얻으신 것도 그렇고, 생김새도 닮은 데라고는 하나도 없으니, 사람들이 말한 것처럼 요괴가 틀림없……."

노인이 있는 힘껏 뺨을 후려갈겼다. 어찌나 세게 맞았는지, 은수는 멍하니 입을 벌린 채 더 이상 말을 잇지 못했다. 그는 벌겋게 부어오른 뺨을 부여잡은 채 그저 멍하니 바닥을 내려다보았다.

그렇게 한참을 있었다. 은수는 고개를 떨어뜨리고는 마냥 헛웃음을 지었다. 비로소 고개를 들었을 때에는, 두 눈이 눈물에 젖어 시뻘겋게 물들어 있었다. 그는 아비를 똑바로 마주 보며 물기 어린 목소리로 내뱉었다.

"……아들 셋 말은 귓등으로도 안 듣고, 끝까지 딸만 감싸고 도십니까? 우린 내놓은 자식이고, 은혜만 그렇게 귀한 딸입니까? 아버지께서는 소자들은 안중에도 없습니까?

"닥치거라! 난 너희 같은 못난 아들 둔 기억 없다! 날이 밝거든, 몸뚱이만 챙겨서 썩 나가거라!"

청천벽력 같은 소리였다. 은우는 그제야 얼굴이 파랗게 질려 고개를 떨어뜨렸다. 아버지가 역정을 낼 것이라고는 짐작했었지만, 설마 일이 이렇게까지 되리라고는 상상조차 하지 못했다. 인제 와서 은혜를 요괴로 몰아가기에는 그녀에 대한 아버지의 애정과 믿음이 너무도 굳건했다. 은수는 억울하다는 듯 은우를 다그쳐 보았지만, 그는 조금도 말을 보태지 않았다. 그저 미친 듯이 고개를 저어가며 다급한 목소리로 내뱉었다.

"소, 소자는 모르는 일입니다! 소자는 아무것도 보지 못했습니다! 형님들이 잠결에 헛것을 보았나 봅니다!"

은수는 기가 막혔다. 인제 와서 무슨 소리를 하느냐며 동생의 멱살을 휘어잡았지만, 은우는 단 한 번도 제 형에게 눈길을 주지 않았다. 그는 부릅뜬 두 눈으로 아버지만을 응시할 뿐이었다.

은수는 홀로 길바닥에 나앉은 꼴이 되고 말았다. 그는 붉어진 눈으로 은성을 돌아보며, 먹먹한 목소리로 호소했다.

"……은성 형님, 왜 형님은 말이 없습니까? 형님도 저한테 다 떠넘기겠다, 이겁니까?"

모든 이의 시선이 은성에게 쏠렸다. 그 시선을 느낀 순간, 그는 아찔한 듯 두 눈을 질끈 감았다. 이제 무슨 말이든 하지 않으면 안 되었다. 제 살길을 위해 모른 척 잡아떼야 할지, 형제간의 의리를 지켜 진실을 고해야 할지, 그 답은 명확했다.

　은성은 고개를 들어 아버지를 마주 보았다. 뭔가를 단단히 결심한 듯, 두 눈이 결의에 가득 차 있었다. 그 직후, 그는 떨리는 목소리로 첫 운을 뗐다.

　"……아버지, 소자도 보았습니다. 조금 전, 은혜가 소의 간을 빼간 것은 맞습니다. 하지만 소는 이미 수명이 다한 듯했고, 저희는 은혜가 소를 죽였다고 생각지 않습니다. 부디 성급했던 소자들을 용서하십시오."

　"우리 은혜가, 짐승 간을 빼가……? 믿었던 네놈마저 그따위 헛소리를 지껄이는구나!"

　"아버지, 아닙니다! 저희는 하늘을 우러러 한 점 부끄러움이 없습니다, 부디 헤아려 주십시오!"

　"오냐, 은성 네놈도 같이 나가거라. 너희 두 놈 다 꼴도 보기 싫으니, 지금 당장 몸뚱이만 챙겨 썩 나가란 말이다!"

　은성은 망연자실한 얼굴로 고개를 떨어뜨렸다. 하다못해 요괴라는 말을 꺼내지만 않았어도, 아버지가 이렇게까지 분노하지는 않았을지도 몰랐다. 그런 생각이 들자, 은성은 원망 어린 눈으로 은수를 돌아보았다.

　그러나 그것도 잠시, 그는 곧 원망을 거두었다. 아버지에게, 형제에게, 두 번을 버림받은 은수 얼굴은 집안의 그 누구보다도 참담하고 애통했다. 이제 그를 보듬어 줄 사람은 오직 은성뿐이었다. 그는 정신을 차리자마자 은수를 끌어

안았다. 그리고는 아랫입술을 꽉 깨문 채 홀로 눈물을 삼켰다.

　노인은 내놓은 두 자식들은 안중에도 없었다. 그는 핏발선 눈으로 마지막 남은 은우를 노려보며 다그치듯 내뱉었다.

　"은우야, 이 아비를 봐라! 너도 보았느냐? 으응? 은혜가, 우리 은혜가 정말 짐승 간을 빼먹었단 말이냐!?"

　"아, 아닙니다! 보지 못했습니다! 저는 그냥, 그냥…… 픽 쓰러져 죽는 꼴만 보았습니다! 형님들께서 헛것을 본 게 틀림없습니다! 저는 아무것도 보지 못했습니다 아버지!"

　은우는 잔뜩 겁에 질린 채 아무 말이나 지껄여댔다. 눈에선 맑은 눈물이 줄줄 흘렀고, 미친 듯이 고개를 저을 때마다 온 얼굴이 눈물범벅이 되었다. 바닥을 짚은 두 팔도 경련하듯 부들거렸다. 그는 이미 제정신이 아니었다. 두 형제가 아버지에게 버려진 이상, 그들을 신경 쓸 여력 따위는 없었다. 그는 오직 자신의 몸 하나 보전하기에만 바빴다.

　불행 중 다행으로, 노인은 그 말을 믿어 주었다. 그는 대답을 듣자마자 눈물을 닦아내며 우는 소리로 내뱉었다.

　"십수 년 자식 농사 해서 건진 놈이 하나라도 있으니 다행이구나……. 너희 두 놈은…… 지금 당장 떠나거라……. 이젠, 너희 낯짝도 봐줄 수가 없구나……."

곁에 선 부인은 불편한 눈으로 자식들을 굽어보았다. 동네에서 아무리 이상한 소문이 돌고 동네 사람들이 손가락질을 하더라도, 자식들만큼은 거기에 휘말리지 않기를 바랐다. 그것이 가족으로서의 도리라 믿었다. 그러나 지금 보니 그들도 마을 사람들과 다를 바가 없었다. 설령 의심이 들어도 서로 보살피고 끌어안아야 할 가족이 아니던가? 그런 자식들조차 서로를 물어뜯기에 바빴다.

그녀는 끝끝내 자식들을 감싸지 않았다. 그저 입을 다문 채 남편을 부축하며 방으로 돌아갔다.

"쳐 죽일 놈들, 못난 놈들!"

한탄 같은 소리가 한참이나 집 안에 울려 퍼졌다. 은우는 아버지가 사라지자마자 도망치듯 자신의 방으로 숨어 버렸다. 은수가 달려가 그 뒷목을 잡아채려 했지만, 은성이 가까스로 뜯어말렸다.

"은수야, 어리숙한 은우까지 내놓은 자식 만들 순 없다. 그 애를 용서할 수는 없겠지만, 어여삐 여겨야 한다."

은수는 벌겋게 된 눈으로 은우가 사라진 집안을 들여다볼 뿐, 아무런 대꾸가 없었다. 있는 힘껏 베어 문 아랫입술에 서서히 피가 배어 나왔다.

두 형제는 방으로 돌아가 말없이 짐을 챙겼다. 집에서 떠나라는 아버지의 말은 빈말이 아니라는 것을, 두 아들 모두 잘 알고 있었다. 그들은 동이 트기 전에 함께 집을 나서기로 마음먹었다.

모든 것이 잠잠해진 새벽, 방에 웅크려있던 은혜는 조용히 거울을 꺼내 들었다. 그리고는 창가에 흘러들어오는 달빛을 등불 삼아 가만히 들여다보았다. 눈물 젖은 눈가가 여우처럼 얇았고, 맑은 두 눈동자와 머리칼은 검은색이라기보다는 갈색에 가까웠다. 그것이 여우 요괴의 모습인지, 인간의 모습인지, 이제는 확신할 수가 없었다. 그녀는 이내 떨리는 손으로 거울을 내려놓았다. 바닥에 주저앉은 채 치맛자락을 입에 물고 소리 없이 통곡했다.

'네가 어찌 감히 섭리를 거슬러 세상을 어지럽히려 하느냐? 너는 장차 이 가문의 인간 모두를 불행하게 만들 것이니라!'

은혜는 삼신이 쏟아낸 저주를 비로소 이해했다. 그녀가 똑같은 비난을 퍼붓더라도 따박따박 받아칠 자신이 이제는 없었다. 이 모든 것이 자신의 잘못이었지만, 정작 책임을 진 것은 그녀가 아니었다. 죄 없는 혈육들이었다. 그 사실이 그녀의 가슴을 미어지게 했다. 이대로라면 아무 죄 없는 첫째와 둘째가 그녀의 죄를 대신 덮어쓰고 쫓겨나게 될 상황이었다

그녀는 그렇게 가족을 팔아가면서까지 집에 남고 싶은 생각은 추호도 없었다. 이 모든 일에 책임을 지고 집을 떠나야 할 사람은 그들이 아닌 바로 자신이었다.

거기까지 생각이 닿자, 그녀는 다급히 소의 간이 들어 있는 주머니를 챙겼다. 그러고는 치맛자락을 움켜쥔 채 미친 듯이 대문을 뛰쳐나갔다. 대문 너머 흙바닥에 찍힌 두 오라버니의 발자국이 아직 선명했다.

은혜는 마른침을 삼키며 주위를 돌아보았다. 분명 멀리 가지는 못했을 터였다. 그녀는 오로지 앞만 보고 마을 어귀를 향해 내달렸다. 갈림길 한복판에서 눈을 가늘게 뜨고 언덕을 올려다보니, 은성의 모습이 들여다보였다. 그는 근처 우물에 앉아 숨을 돌리고 있었다. 은혜는 그 모습을 보자마자 있는 힘껏 내질렀다.

"은성 오라버니!"

난데없이 들려온 목소리에, 첫째는 고개를 들었다. 언덕 저 아래에 은혜가 서 있었다. 눈시울이 온통 붉었고, 손에는 조금 전에 소의 간을 담아두었던 작은 주머니가 들려 있었다. 그녀는 순식간에 언덕을 뛰어올라 첫째의 앞에 섰다. 그리고는 울음 섞인 목소리로 말을 이어갔다.

"은수 오라버니가 맞습니다, 지금껏 짐승의 간을 빼먹은 건 저예요. 보이는 대로 말하고도 벌을 받는 건 있을 수 없는 일입니다. 그러니까, 우리 같이 집으로 가요. 집으로 가서 부모님께 이걸 보여 드리면, 두 분께서 오라버니를 믿어 주실 거예요."

은혜는 떨리는 손으로 주머니를 풀어 은성에게 내밀었

다. 발간 주머니 속에 새빨간 소의 간이 들여다보였다. 첫째는 말없이 그것을 받아들었다. 그리고는 아이를 달래듯 부드러운 목소리로 대답했다.

"……못 본 것으로 하마."

"……네……?"

은혜는 자신의 귀를 의심했다. 그 자리에 멍하니 서 있는 사이, 은성은 들고 있던 주머니를 우물 속에 내던졌다. 한참이 지나 풍덩 하는 소리가 났다. 은혜는 다리에 힘이 풀려 무너지듯 그 자리에 주저앉았다. 그리고는 오열하듯 내뱉었다.

"오라버니!"

"괜찮다, 은혜야. 어서 일어나거라. 자, 어서."

"어째서 그러셨습니까! 제가 오라버니를 구하려 하는데, 어찌 이런 잔인한 짓을 하십니까!"

"은혜야, 진정하거라. 자고로 군자란, 괴력난신을 논하지 않는 법이다. 헌데 이미 죽은 짐승을 건드린 널 보고 요괴라고 불렀으니, 이 모든 잘못은 성급했던 우리에게 있단다. 나와 은수가 쫓겨난 건 은혜 네 잘못이 아니야. 너를 요괴라고 부르고, 거짓을 고한 우리의 잘못이란다."

그 위로는 안 하느니만 못했다. 그 말을 들은 순간, 은혜는 바닥에 주저앉은 채 울음을 터뜨리고 말았다.

"은성 오라버니…… 이러지 말아요, 이렇게 가시면……

저더러 어떻게 살란 말이에요."

"일이 이렇게 되었으니, 이제 같은 지붕 아래서 살 수는 없을 것 같구나. 너를 두고 떠나려니 가슴이 아프다만, 이것 하나만 약속해 주면 편하게 갈 수 있을 것 같다."

"그것이 무엇입니까?"

"남이 뭐라 하든, 무슨 누명을 쓰든, 너는 우리 가문의 외동딸, 은혜란다. 그 나이에 배가 고프면 누구나 그럴 수 있는 법이니까 말이다. 그러니 앞으로 누가 너를 요괴라 부르거든, 더욱 어깨를 펴야 한다. 힘들고 아플수록, 우리를 떠올리며 굳세게 버텨야 한다. 약속해 줄 수 있겠니?"

"……약속할게요. 약속할게요, 오라버니."

"그래, 너를 떠나기 전에 이것만큼은 말해 주고 싶었는데, 이렇게라도 전할 수 있어 다행이구나."

그 순간, 멎었던 울음이 다시금 터져 나왔다. 장장 천 년을 넘게 살아오면서도 이렇게 가슴이 미어진 적이 없었다. 십수 년을 헛산 게 아니라는 기쁨에 가슴이 벅차오르는 한편, 스스로 가족을 찢어낸 자신에 대한 노여움이 치밀어 올랐다.

그 터질 듯한 슬픔 속에서, 은혜는 차마 고개를 들 수가 없었다. 은성을 마주 볼 면목이 없어서였다. 마지막 떠나는 길조차 얼굴을 보고 배웅해 줄 수가 없는 사실이 너무도 억울하고 가슴 아팠다.

"자, 이제 그만 돌아가거라. 언제 은수가 돌아올지 모르니, 어서!"

은혜는 그제야 정신을 차렸다. 정말 저 멀리서부터 사내의 발소리가 들려오고 있었다. 그녀는 황급히 몸을 일으켜 언덕 아래로 내달렸다. 그러면서도 못내 마음을 끊지 못하고, 수시로 멈춰 그렁그렁한 눈으로 은성을 돌아보았다.

은성은 어깨를 늘어뜨린 채 우물에 기대어 있었다. 그러나 은혜와 눈이 마주칠 때면 애써 어깨를 펴고 당당한 얼굴로 웃어 주었다. 그는 은혜가 완전히 떠나고 나서야 비로소 눈물을 머금었다. 그리고는 몇 번씩이나 스스로에게 되뇌었다. 저렇게 착한 여동생이 요괴일 리가 없다고, 차라리 자신이 떠나는 것이 잘된 일이라고.

* * *

집안의 소리가 반 넘게 줄었다. 노부부도 말이 줄었고, 셋째와 은혜 역시 꼭 필요한 일이 아니라면 입을 열지 않았다. 집안 꼴이 이렇게 되자, 종들 역시 함부로 말하는 것을 삼갔다. 저택은 한낮에도 쥐죽은 듯 고요했다.

한편 은우와 은혜는 결코 서로 마주치려 들지 않았다. 어쩔 수 없이 마주칠 때에는 은혜가 먼저 고개를 숙여 공손하게 인사했다. 그러나 은우는 그녀를 거들떠보지도 않았다. 오히려 흙바닥에 침을 뱉고 그 자리를 떠나 버리기 일쑤였다. 그럴 때마다 은혜는 오라버니의 기척이 사라지고 나서야 고개를 들었다.

두 아들이 집안을 떠났으나, 노부부와 은우의 삶은 이전과 다르지 않았다. 바뀐 것은 오직 은혜뿐이었다. 그녀는 오로지 땅에서 나는 것만을 먹으며, 함부로 자신의 방을 나서지 않았다. 은성이 남기고 간 문방사우가 그녀의 소소한 활력이 되어 주었다.

아침에 눈을 뜨면, 그녀는 벼루에 먹을 갈았다. 화선지를 펼쳐 아름드리 감나무를 피워내고, 앙상한 가지 끝에 덜 익은 감을 달았다. 그녀는 늦가을의 감나무나 겨울의 감나무를 그리는 법이 없었다. 오로지 초가을의 감나무만을 화선지에 담아냈다. 비록 설익은 감을 그려내느라 색감이 풍성하지는 않았으나, 은혜의 그림은 나름의 쓸쓸한 운치가 있었다. 노부부는 그것을 자랑스럽게 여겨 손님이 찾아올 때마다 은혜가 쳐낸 감나무 그림을 넌지시 내밀곤 했다.

장장 수년 동안 정진을 거듭한 그녀의 그림은 은근한 매력이 있어, 감히 실력을 흠잡는 이가 없었다. 하지만 이따금씩 어째서 잘 익은 늦가을의 감이나 한겨울의 홍시가 아닌, 초가을의 떫은 감만을 그리느냐고 묻는 사람이 있었다. 그런 물음을 받을 때마다 은혜는 한결같은 대답을 내놓았다.

"늦가을의 감과 한겨울의 홍시가 달고 맛있다 하나, 저는 초가을의 떫은 감만큼 맛있는 것이 없습니다. 저는 그 맛을 그리워하여 매일 초가을의 감을 그린답니다."

그리 대답하면 사람들은 더 이상 캐묻지 않았다. 그저 독특한 입맛이라며 웃어넘길 뿐, 그 속에 숨은 추억을 꿰 뚫어 보는 이는 아무도 없었다.

시간은 하염없이 흘러만 갔다. 은혜는 완전히 어린 티를 벗어내고 호리호리한 미인이 되었다. 그러나 마을 청년 중 선뜻 구혼해 오는 이는 아무도 없었다. 보다 못한 중매쟁이 들이 중매를 서 보려 해도 짝이 되겠다는 사람은 좀처럼 나타나지 않았다. 은혜가 여우 요괴이며, 벌써 집안의 두 아들을 내쫓고 온 집안의 기를 빨아먹으려 한다는 소문 때문이었다.

그 흉흉한 소문은 돌고 돌아 이내 노인의 귀에까지 들 어가게 되었다. 예전 같았으면 그저 흘려듣고 말았겠지만, 상황이 많이 변해 있었다. 부인은 병을 얻어 앓아누운 지 오래였고, 셋째 역시 혼사가 막혀 집에만 틀어박혀 있는 상황이었다. 그러나 은혜는 혼사가 막힌 것을 조금도 아쉬 워하지 않았다. 그녀는 좋아하던 책과 붓마저 내려놓고 날 마다 지극정성으로 부인을 간호했다.

하지만 차도는 일절 없었다. 오히려 점점 악화되기만 했다. 노인의 은혜를 대견하게 보았지만, 그 시선은 날이 갈수록 착잡해져만 갔다. 이렇게 착한 딸이 요괴라는 누명을 뒤집어쓴 것이 안쓰러우면서도, 마음속 깊은 곳에서는 정말 딸에게 여우의 피가 흐르는 것이 아닌가 하는 의문이 들기도 했다.

노인은 그런 생각이 들 때마다 애써 고개를 저었다. 세상 사람 모두가 은혜를 손가락질하더라도 그는 그래서는 안 되었다. 그것이 가족으로서, 아비로서의 도리였다. 게다가 지금은 부인의 목숨이 경각에 달려 그런 소문에 일일이 마음을 쓸 때가 아니었다. 그는 다소 비싼 값을 치르더라도 당장 바깥 마을에서 용한 의원을 불러오기로 마음먹었다.

이미 쇠약해진 노인은 밖으로 나설 수가 없었다. 그는 은우를 시켜 먼 곳의 의원을 모셔오도록 했다. 그는 이야기를 듣자마자 마치 기다렸다는 듯 돈을 바리바리 싸들고 집을 나섰다. 그러고는 며칠이 지나서야 의원을 데리고 돌아왔다.

의원은 어딘가 모르게 주눅이 들어 있었다. 그는 노인과 제대로 눈을 마주치려 들지도 않았고, 진맥을 볼 때에도 자꾸만 눈치를 보았다. 그는 고개를 떨어뜨리고 두 손으로 바닥을 짚은 채 땅이 꺼지도록 한숨만 푹푹 쉬다가, 이윽고 노인을 따로 불러냈다. 그리고는 어렵사리 입을 열어 말했다.

"아무래도…… 부인은 뭔가에 중독되어 있는 듯합니다."

청천벽력 같은 소리였다. 음식을 제대로 입에 대지도 못하는 부인이 중독이라니, 뭔가 잘못되어도 크게 잘못된 게 틀림없었다. 노인은 눈을 부릅뜬 채 신경질적으로 대꾸했다.

"그게 무슨 뜻이오? 우리가 부인한테 독약을 먹이기라고 했단 말이오?"

"그런 뜻으로 드린 말씀이 아니오라…… 부인한테는 사람의 맥과 짐승의 맥이 섞여 있습니다. 그것이 독이 되어 이렇게 된 것이지요. 자연적으로는 이렇게 될 리가 없으니, 혹 근처에 수상한 사람이 있다면 잘 둘러보도록 하십시오. 그것 말고는 드릴 처방이 없습니다."

그것을 마지막으로, 의원은 도망치듯 집을 떠났다. 차라리 비싼 약값을 요구했더라면 의심이라도 들었겠지만, 그는 아무것도 요구하지 않았다. 돈조차 챙기지 않고 허둥지둥 떠나는 모습이, 어딘가 모르게 이상했다.

하지만 노인은 그런 것을 눈치챌 기력조차 남아 있지 않았다. 그는 그저 방바닥에 털썩 주저앉은 채 멍하니 두 눈을 끔벅였다. 만약 의원의 말이 사실이라면, 부인에게 음식을 먹이는 사람이 독을 먹인다는 것이나 다름없었다. 그리고 그것이 가능한 사람은 매일같이 부인을 간호하는 은혜한 사람뿐이었다.

의원은 이 마을 사람이 아니었다. 은혜를 손가락질하는 동네 의원이라면 몰라도, 다른 마을의 의원까지 이런 말을 하니 도저히 흘려들을 수가 없었다. 노인은 머리를 싸맨 채 지금껏 들어왔던 흉흉한 소문을 떠올렸다.

'여우 요괴가 인간의 몸을 빌어 태어났으니, 이제 그 집 안 사람은 기가 빨려 다 죽겠구나.'

노인은 망연히 주저앉아 탄식했다. 이제는 뭘 어떡해야 할지 감조차 잡히지 않았다. 일찍이 집에서 쫓아냈던 은성과 은수라면 분명 도움이 될 만한 이야기를 해 주었으리라.

그것을 떠올린 순간, 노인은 그리움에 눈물을 글썽였다. 기실 몇 년 전부터 은근하게 들던 감정이었지만, 그때는 미움 또한 만만치 않게 섞여 있었다. 그러나 이제는 달랐다. 증오는 일절 없고, 부모자식간의 정만이 남아 그저 미안한 감정만 피어오를 뿐이었다.

그 시각, 은혜는 자신의 방에서 전전긍긍하고 있었다. 의원이 온 것은 다행이었지만, 처방이 내려지기 전까지는 조금도 안심할 수가 없었다. 그녀는 두 손을 모은 채 열과 성을 다해 기도했다. 부디 올바른 처방이 내려지기를, 자신이 감당할 수 있는 처방이 내려지기만을 간절히 빌었다.

그때였다. 방 밖에서부터 귀에 익은 목소리가 들려왔다.

"안에 있느냐."

은우의 목소리였다. 12살 이래, 지금껏 그가 먼저 말을 걸어 준 적은 한 번도 없었다. 은혜는 두려움 반, 반가움 반으로 문을 열어젖혔다.

조심스레 밖을 내다보니, 셋째가 애써 화를 삭이는 듯한 얼굴로 자신을 내려다보고 있었다. 은혜는 고개를 숙인 채 기어들어 가는 목소리로 대꾸했다.

"예, 오라버니. 어쩐 일이신지요?"

"처방이 나왔다."

"정말입니까? 어떤 처방입니까?"

은혜는 서먹한 것도 잊고 반가운 목소리로 되물었다. 그러나 정작 돌아온 대답은, 그녀의 예상을 아득히 뛰어넘는 것이었다.

"반요의 피를 먹이면 낫는다는구나."

등골이 오싹했다. 은혜는 자기도 모르게 뒷걸음질치며 멍하니 은우를 올려다보았다. 처음에는 그저 자신을 도발하려는 것인 줄로만 알았다. 그러나 그 얼굴을 자세히 들여다보면 볼수록 도무지 거짓말 같지가 않았다. 그는 무서우리만치 진지한 얼굴에, 진중하기 짝이 없는 목소리로 말해 오고 있었다.

그것이 거짓이 아니라고 확신한 순간, 은혜는 자기도 모르게 두 팔을 늘어뜨렸다. 그러고는 넋이 나간 듯 힘없이 되물었다.

"반요라니요······ 그것이 무엇입니까······?"

"그것도 모르느냐? 인간의 탈을 뒤집어쓴 요괴를 말하는 것이니라. 그 반요의 피 한 모금이면 어머니께서 씻은 듯이 낫는다는데, 구할 길이 없으니 큰일이구나."

그는 비꼬듯 내뱉고는, 미련 없이 자리를 떠났다. 그가 복도 너머로 사라지자, 은혜는 그제야 자리에 무너져 내렸다.

눈앞이 아찔하고 가슴이 턱 막혀 왔다. 이 무슨 운명의 장난이란 말인가? 효자가 한겨울에 산딸기를 구해 어머니를 살린 이야기는 익히 들어 보았지만, 요괴의 피를 구해 부모를 살리는 처방은 도무지 납득할 수가 없었다. 하지만 그것이 사실이라면, 지푸라기 잡는 심정으로라도 받아들이는 수밖에 없었다.

거기까지 생각이 닿자, 은혜는 절박한 눈으로 거울을 돌아보았다. 거울에 비친 자신의 모습은 평소와 다를 바가 없었다. 눈매가 얇게 치켜 올라가 있었고, 머리칼은 밝은 갈색이었다. 그런데 어째서인지 그 모습이 평소와는 달리 보였다. 그것은 인간이라기보다는 마치 여우의 얼굴을 보는 듯했다.

은혜는 멍한 눈으로 창밖을 내다보았다. 초가을의 감나무가 제법 영글어 있었다. 그것을 보자, 은성과 맺었던 약속이 자꾸만 귓가에 어른거렸다.

'누가 너를 요괴라 부르거든, 더욱 어깨를 펴야 한다. 힘들고 아플수록, 우리를 떠올리며 굳세게 버텨야 한다.'

은혜는 그 말을 영원히 잊을 수 없었다. 남들이 어떤 시선으로 자신을 보든, 자신만큼은 은성의 말을 따라 인간으로 살아갈 생각이었다.

그러나 이제는 상황이 바뀌었다. 비참하게도, 이제 은혜는 스스로가 요괴이기만을 빌어야만 했다. 자신이 요괴가 되지 않으면, 어머니를 살릴 수 없었다.

거기까지 생각이 닿자, 은혜는 실성하듯 웃었다. 그녀는 창밖의 감나무를 내다보며 멍하니 중얼거렸다.

"평생을 인간으로 살기로 다짐했거늘, 세상이 나더러 요괴가 되어 달라는구나."

* * *

그날 밤, 은혜는 손수 어머니를 자리에 뉘었다. 병마 끝에 어머니는 이미 백발이 성성했다. 은혜는 이불을 턱 밑까지 끌어다 덮어주며 살갑게 말을 붙였다.

"어머니, 다 나으시면 저랑 꽃놀이 가요. 화전 두어 장 싸서 가 본 게 대체 얼마만인지…… 꼭 한 번 어머니랑 가보고 싶어요."

"그래, 정말 그랬으면 소원이 없겠구나."

"의원이 다녀갔으니, 정말 그렇게 될 거예요."

노인은 대답 대신 희미하게 웃었다. 그녀는 눈을 감은지 얼마 지나지 않아 고른 숨소리를 내며 잠들었다.

은혜는 그제야 조용히 바느질거리를 내려놓았다. 쓸쓸한 눈으로 창가를 내다보니, 감나무가 보였다. 마치 그리하면 안 된다는 듯, 바람결에 가지를 저어가며 뚫어지게 은혜를 들여다보고 있었다.

그러나 은혜는 애써 시선을 거두었다. 이미 정한 일, 인제 와서 후회해 봐야 돌이킬 수 없었다. 그녀는 굳은 얼굴로 바늘을 들어 올렸다. 그 끝으로 엄지손가락을 지그시 찌른 뒤, 조심스레 어머니의 입가에 가져다 댔다. 송글송글 맺혀 나온 새빨간 피가 조금씩 입술 사이로 흘러 들어갔다. 그러나 한 모금을 채우기에는 턱없이 부족한 양이었다. 은혜는 손끝이 새파랗게 되도록 피를 짜냈다. 더 이상 피가 나오지 않자, 다른 손가락을 찔러 어머니의 입에 흘려 넣었다. 그렇게 열 손가락을 다 따고 나서야 겨우 한 모금이 되었다. 은혜는 그제야 창백한 얼굴로 자리에서 일어났다. 그녀는 촛불을 불어 끈 뒤, 조용히 방을 나섰다.

이제 모든 것은 하늘의 뜻에 달려 있었다. 은혜는 나지막이 한숨지으며 복도를 걸었다. 아무에게도 들키지 않았으니 문제 될 것은 없다고 여겼다.

그러나 그 모습을 지켜본 이들이 있었다. 아버지와 은우였다. 노인은 문풍지에 난 구멍으로 그 모든 것을 지켜보고는, 망연자실한 얼굴로 맨바닥에 주저앉았다. 두려움에 자꾸만 가슴이 두근거리는 한편, 화가 치밀어 피가 끓어올랐다.

'부인한테는 사람의 맥과 짐승의 맥이 섞여 있습니다. 그것이 독이 되어 이렇게 된 것이지요. 자연적으로 이렇게 될 리가 없으니, 혹 근처에 수상한 사람이 있다면 잘 둘러보도록 하십시오.'

의원이 남긴 그 말이 자꾸만 머릿속에서 울렸다. 탄식을 토하고 싶어도 좀처럼 목소리가 나오질 않았다. 지금껏 은혜가 부인에게 피를 먹여 왔다고 생각하니, 배신감에 손발이 부들거렸다.

그러나 그 무엇보다도 그를 괴롭힌 것은 죄책감이었다. 몇 년 전, 두 아들이 쏟아냈던 말이 뒤늦게 비수가 되어 가슴에 꽂혔다. 그토록 억울해하던 은수, 은수를 감싸안은 채 자비를 구하던 은성······. 그 아이들을 쫓아낸 사람은 다른 누구도 아닌, 자기 자신이었다.

깨달은 순간, 노인은 눈시울을 붉혔다. 죄책감에 몸부림치며 미친 듯이 마룻바닥을 내리찍었다. 그러나 은우는 괴로워하는 아버지를 보고도 슬퍼하는 기색이라고는 눈곱만큼도 없었다. 그는 노인을 위로하기는커녕 득의양양한 목소리로 다그쳤다.

"보십시오! 짐승 간을 빼먹은 것도, 어머니를 말려 죽이려 한 것도, 다 저년입니다! 예전에 형님들이 말하지 않았습니까!? 저년은 아버지 딸이 아니라 요괴라구요!"

노인은 대답 대신 망연히 은우를 올려다보았다. 정신이 혼미한 데다, 일찍이 지은 죄가 있어 아무런 대꾸도 할 수 없었다. 기세를 잡은 은우는 목청을 높여가며 재차 노인을 다그쳤다.

"이게 다 아버지 잘못입니다! 이제 저년을 가만 놔두면, 어머니도 죽습니다! 저 요괴한테 형님들도 내주고, 어머니까지 내줄 생각입니까? 어서 가서 장정들을 부르십시오! 이 기회에 바로 때려죽여야 합니다!"

"지금 이 아비더러, 내 딸을 쳐 죽이라는 말이냐? 은우야, 너는 피도 눈물도 없느냐?"

"아버지니까 더더욱 그래야지요! 딸년을 지키겠답시고 아무 죄 없는 형님들을 내쫓은 것도 결국 아버지 아닙니까!? 인제 와서 또 저 딸년을 감싸다가, 어머니까지 잃으셔야 정신을 차리겠습니까?"

노인은 한동안 대답이 없었다. 그저 멍한 눈으로 부인의 처소를 응시하다가, 쥐어짜듯 한 마디 내뱉었다.

"사람들을 모으거라. 나도 준비를 해야겠다."

***

　유난히 밖이 소란스러웠다. 은혜는 잠에서 깨어 천천히 몸을 일으켰다. 가만히 귀를 기울여 보니, 사박거리는 발소리와 소곤거리는 목소리가 사방에서 울려오고 있었다.

　그녀는 가만히 창가를 바라보았다. 누런 창호지 너머 석양 같은 붉은 빛이 어른거렸다. 닭이 우는 소리도 미처 듣지 못했거늘, 벌써 동이 트나 싶었다.

　그때였다. 우레 같은 굉음과 함께 문짝이 떨어져 나갔다. 어찌나 세게 걷어찼는지, 박살 난 문짝이 한참이나 바닥을 굴렀다.

　은혜는 기절할 듯 놀라 고개를 들었다. 집안의 머슴들이 저마다 몽둥이를 들고 서 있었다. 시뻘겋게 타오르는 횃불이 도깨비처럼 얼굴을 물들여, 하나같이 살기가 등등했다.

　은혜는 입이 얼어 아무런 말도 할 수 없었다. 두 오라버니가 맨몸으로 쫓겨나던 그날의 사건이 불현듯 뇌리를 스쳤다. 모든 것이 탄로났다는 것을 깨달은 순간, 두 팔이 포승줄로 묶였다. 은혜는 반쯤 넋이 나간 채 마당으로 질질 끌려나갔다. 횃불이 사방에 즐비해, 한밤중인데도 낮처럼 밝았다.

　그제야 정신이 들었다. 은혜는 두 눈을 부릅뜬 채 다급히 부모를 찾았다. 당장 용서를 빌어야만 했다. 자초지종을 설명하고 가족의 정에 호소한다면, 어쩌면 용서받을 수 있을지도 모를 일이었다.

어디에도 어머니는 보이지 않았다. 다만 아버지와 은우는 쉬이 찾을 수 있었다. 그들은 마루에 선 채 차가운 표정으로 자신을 내려다보고 있었다.

은우가 그런 눈으로 자신을 보는 것은 익숙했다. 그러나 아버지가 그런 눈으로 자신을 내려다본 것은 이번이 처음이었다. 은혜는 문득 등골이 오싹했다. 용서받을 선을 넘었다는 것을 직감적으로 알 수 있었다. 은혜는 겁에 질린 얼굴로 아버지를 올려다보며 나지막이 중얼거렸다.

"아버지……?"

"닥쳐라, 이 더러운 요괴야!"

은혜는 말문이 막혔다. 세상 모든 사람이 자신을 요괴라 하더라도, 아버지만큼은 그러지 않으리라 믿었다. 그러나 굳게 믿었던 그 아버지가 자신을 요괴라고 부르고 있었다. 그녀는 눈시울을 붉힌 채 아버지를 향해 부르짖었다.

"아버지! 어찌 저를 요괴라고 하십니까! 제가 무슨 잘못을 저질렀단 말입니까? 혹, 제가 짐승 간을 빼먹어서입니까? 정말 그것만으로 저를 요괴라고 하시는 겁니까?"

"참으로 염치없는 요괴로다. 우리가 이미 네 악행을 모조리 지켜보았느니라! 짐승의 간을 빼먹은 주제에 그 죄를 무고한 형제에게 뒤집어씌우고, 그것도 모자라 이제는 제

어미마저 제 손으로 죽이려 하니, 네년을 쳐 죽여 저잣거
리에 목을 거는 것이 도리일 것이다!"

아버지 대신 은우가 기고만장한 얼굴로 을러왔다. 그러
나 은혜는 은우 따위는 안중에도 없었다. 그녀는 오로지
아버지만을 올려다보고 있었다. 은혜는 구슬 같은 눈물을
뚝뚝 흘려가며 애타는 목소리로 되물었다.

"아버지, 정녕 아버지께서도 그렇게 생각하시는지요?"

노인의 눈빛이 일순 흔들렸다. 그러나 그것은 정말 한순
간이었다. 그에게는 이제 가족을 지켜내겠다는 일념밖에
남아 있지 않았다.

노인은 생전 그 어느 때보다도 마음을 모질게 먹었다. 그
리고는 한껏 목청을 돋워 요괴를 향해 윽박질렀다.

"네 비록 요괴라고는 하나, 우리는 너를 금지옥엽으로 키
웠다. 허나 네년은 일찍이 형제간에 분란을 일으켜 오륜을
무너뜨리고, 이제는 제 어미의 목숨마저 취해 집안을 풍비
박산내려 하니, 이제라도 너를 참하여 기강을 바로잡아야
할 것이다."

그가 말을 마친 순간, 곁을 에워싼 장정들이 일제히 몽
둥이를 치켜들었다. 은혜는 차마 피할 생각도 못하고 아찔
한 눈으로 울부짖었다.

"아닙니다, 아닙니다. 아버지…… 아버지!"

그 직후, 둔탁한 소리가 마당을 울렸다. 웅크리고 있던

은혜의 몸뚱이가 크게 기우뚱했다. 용케 넘어지지는 않았으나, 제대로 중심을 잡지 못하고 연신 몸을 까딱였다. 은혜는 두 눈을 부릅뜬 채 앞을 내다보려 했다.

그러나 이젠 아무것도 보이지 않았다. 눈앞이 흐릿하고, 가슴이 텅 비어 어떤 생각도 들지 않았다. 멍한 눈 아래로 뜨거운 것이 주르륵 흘러내렸다. 무엇인고 하니 피눈물이었다. 그녀의 몸뚱이는 죽어 가고 있었다.

그것을 깨달은 순간, 은혜는 아버지가 서 있는 곳을 향해 고개를 들었다. 딱딱하게 굳어 가는 혀를 겨우 움직여 가며 마지막으로 내뱉었다.

"아버…… 지……. 아버지 눈에 보이는 것이…… 은혜입니까…… 요괴입니까?"

"뭘 하느냐? 당장 저 요괴를 쳐라!"

은우의 목소리가 귓가에 어른거렸다. 아버지의 대답은 끝내 들을 수 없었다. 그 직후, 팔뚝만 한 몽둥이가 가차없이 은혜의 몸을 후려쳤다. 둔탁한 소리가 연달아 울려 퍼졌다. 핏기 하나 없이 창백한 몸뚱이가 깨어지고 으스러졌다.

이제 은혜는 더 이상 몸을 가누지 못했다. 그저 흙바닥에 엎어진 채 파르르 눈꺼풀을 떨었다. 흘러나온 피눈물이 온 얼굴을 적시고, 흙바닥을 적셨다.

울컥하며 가슴에 치밀어 오르는 것이 있었다. 죽을힘을

다해 입을 벌리자, 막혔던 핏덩이가 터져 나왔다. 덜컥거리며 귓가에 울리던 심음이 점점 더디어지고, 온몸에 얼얼하던 통증도 점점 무뎌져 갔다.

은혜는 끝끝내 눈을 감지 못했다. 온 얼굴에 피칠갑을 한 채, 그대로 절명했다.

그것으로 모든 것이 끝난 줄로만 알았다. 장정들은 저마다 바닥에 침을 뱉으며 액땜했다. 노인은 그 자리에 무너져 내린 채 눈물을 머금었고, 은우는 실성한 듯 웃어젖혔다.

그 많은 사람 중, 차가워진 은혜의 몸뚱이를 신경 쓰는 사람은 아무도 없었다. 모두 등을 돌려 자리를 떠나려던 순간, 고운 미성이 마당을 울렸다.

"너희가 나를 요괴라 부르니, 그렇게 되어 줄 수밖에 없겠구나."

은혜의 목소리였다. 마당에 모인 모두가 소스라치게 놀라 바닥을 돌아보았다. 아무렇게나 널브러져 있던 시신이 느리게 꿈틀거리고 있었다. 시신은 마치 실을 매달아 잡아당기듯, 손과 다리를 일절 쓰지 않고 유령처럼 자리에 섰다.

이윽고 시신은 눈을 떴다. 부릅뜬 두 눈이 마냥 붉었다. 고운 손톱은 칼날이 되었고, 댕기머리는 산발이 되었다. 그 모습은, 진정 요괴라 부르기에 부족함이 없었다.

요괴는 말없이 발을 내디뎠다. 나비처럼 춤을 추며, 사방에 요염한 기운을 흘렸다. 한껏 뻗어낸 손톱이 꽃처럼 피어났다. 그녀는 장정들이 든 횃불을 떨어뜨리고, 그들의 머리와 사지를 떨어뜨렸다.

사방에 팔다리가 흩날렸다. 그 모습이 어지럽고 어지러웠다. 횃불이 사방으로 옮겨붙고, 터져 나온 핏줄기가 비처럼 쏟아졌다. 여기저기서 통곡이 흐르다가, 이내 잠잠해졌다.

마당에는 혈화가 흐드러졌고, 굳게 닫힌 대문 밖으로 핏물이 강처럼 흘렀다. 이제 마당에 장정들은 더 이상 남아 있지 않았다. 오직 두 혈육만이 바닥에 주저앉아 요괴를 올려다보고 있었다.

은혜 역시 그들을 내려다보았다. 벌겋게 충혈된 두 눈동자에 온기라고는 조금도 없었다. 그녀는 입을 열어 넌지시 물었다.

"아버지 눈에 보이는 것이, 은혜입니까? 요괴입니까?"

은혜가 물었다. 노인은 간신히 입을 열어 대답했다.

"으, 은혜야, 은혜야…… 내가 잘못했다, 내가, 다 내가 잘못했다……."

"무엇을 잘못하셨습니까."

"나는…… 나는……."

노인은 끝내 아무 말도 하지 못했다. 다음 순간, 요괴가 두 손을 뻗었다. 손을 거두자, 누런 눈알이 뽑혀 나왔다.

"보고 싶은 것만 보는 두 눈을 가져갑니다."

노인은 가래 끓는 소리를 내며 앞으로 엎어졌다. 미친 듯이 바닥을 더듬으며 몸을 일으켜 보려 했으나, 아무 의미 없는 발악이었다. 얼마 지나지 않아 그는 돌처럼 굳었다. 입가에 부글거리던 흰 거품도 이내 잠잠해졌다.

은혜는 그제야 고개를 돌렸다. 은우가 풀린 두 다리를 적셔가며 저 멀리까지 기어가고 있었다. 은혜는 말없이 가까이 다가가, 그의 머리채를 휘어잡았다. 미친 듯이 흔들리는 두 눈동자를 똑바로 마주 보며, 조용히 물었다.

"아버지께 거짓을 고한 것이 당신입니까?"

"아니다, 아니다! 나, 나는…… 나는 아무것도……!"

은우가 입을 연 직후, 벌어진 입에 무언가 처박혔다. 앞니가 부러지고 어금니가 깨졌다. 비릿한 피 내음과 쇳내가 입안 가득 고였다.

은우가 고통에 울부짖었다. 뭔가 더 말하고 싶은 눈치였다. 은혜는 가만히 손톱을 빼냈다. 누런 이가 딸려 나와 바닥에 주르륵 흩어졌다.

"아이야…… 내가 아이야, 아어이, 아어이아……."

은혜는 잠시 고개를 숙였다. 온 얼굴에 웃음이 가득했다. 그녀는 몇 차례 웃고는, 다시 고개를 들었다. 요괴는 울며 웃고 있었다.

"……거짓밖에 말하지 못하는 목을 가져갑니다."

요괴는 사내의 입안 깊숙이 손을 박아 넣었다. 칼날 같은 손톱이 목을 뚫고 바닥에 박혔다. 은우는 발작하듯 몸을 떨며 미친 듯이 두 팔을 휘저었다. 그러나 그것도 오래가지 못했다. 그의 몸뚱이는 이내 차게 식어 잠잠해졌다. 은우의 마지막 비명은 바람 소리에 섞여 제대로 들리지 않았다.

요괴는 그제야 몸을 일으켰다. 곧장 자신의 방으로 돌아가려다가, 문득 고개를 들어 침소를 돌아보았다. 그녀에게는 아직 어머니가 남아 있었다. 깨달은 순간, 은혜는 물 흐르듯 안방으로 향했다. 흐트러진 머리칼을 묶고, 치마저고리에 피묻은 손을 닦았다.

문은 반쯤 열려 있었다. 은혜는 그 안에 대고 나지막이 내뱉었다.

"어머니."

대답이 없었다. 은혜는 그제야 고개를 들어 방문을 보았다. 촛불 어른거리는 문풍지에 검은 그림자가 미동 없이 세로로 늘어져 있었다.

가만히 문을 밀자, 어머니의 모습이 보였다. 그녀의 몸은 대들보에 매달려 있었다. 이미 한참이 지난 듯, 움직임은 없었다.

요괴는 천천히 몸을 돌렸다. 입은 웃고 있었으나, 두 눈에서는 피눈물이 흘렀다. 그녀는 망연히 달을 우러러보았다. 사방에 불길이 번져 달빛이 내려앉을 곳은 없었다.

요괴는 그 자리에 주저앉아 감나무를 보았다. 그리고는 어릴 적 은성에게 들었던 노랫가락을 나지막이 흥얼거렸다. 구슬프고 섬뜩한 선율이 피비린내와 섞여 만리까지 뻗어 나갔다.

* * *

"옴 아모카 바이로차나 마하무드라 마니 파드마 즈바라 프라바를타야 훔."

은성은 멍한 얼굴로 중얼거렸다. 일찍이 은혜가 소의 앞에서 읊었던 말이었다. 은수와 함께 절에 들어온 지 5년, 이제는 그것이 무슨 뜻인지 알고 있었다.

그것은 바로 광명진언이었다. 승려들이 육식을 한 뒤 자신의 죄를 씻고, 축생의 혼을 극락정토로 보내주고자 외우는 것이었다. 처음 노승에게 그 사실을 들었을 때에는 역시 은혜가 요괴일 리가 없다고 믿었다.

그러나 그로부터 3년 뒤, 절에 들른 사람들로부터 고향이 풍비박살났다는 이야기를 들었다. 여우 요괴가 온 마을의 장정을 토막 내어 죽였다는 흉흉한 소문이었다.

은성은 그 소식을 듣자마자 반쯤 정신을 놓았다. 그날 이후 홀로 언덕에 앉아 광명진언을 외우기를 반복했다. 그는 은수가 자신을 데리러 올 때를 빼고는, 아무에게도 마음을 내보이지 않았다.

그때였다. 등 뒤에서 낯선 인기척이 들렸다. 숨기려 한들 숨길 수 없는 투박한 발소리였다. 그러나 은성은 끝끝내 뒤조차 돌아보지 않았다. 그저 진언을 외우며 가만히 달을 올려다볼 뿐이었다.

"애야, 정신 차리거라."

그 투박한 목소리에, 문득 눈앞이 트였다. 머리가 맑아지고 정신이 들었다. 은성은 그제야 천천히 등 뒤를 돌아보았다.

등 뒤에 서 있는 것은 붉은 저고리를 차려입은 노파였다. 한 손에는 고추와 자패가 들려 있었고, 다른 한 손에는 붉은 주머니와 낡은 지팡이가 들려 있었다. 그녀는 우는 아이를 어르듯 슬픈 목소리로 물어왔다.

"네 여동생이 어찌 되었는지, 알고 있느냐?"

그 말을 들은 순간, 가슴이 아렸다. 은성은 대답 대신 눈물만 흘렸다. 알고 있는데도 차마 대답할 수가 없었다. 입술을 열면 숨이 턱 막혀, 끝끝내 목소리가 나오질 않았다.

노파는 대답을 재촉할 생각이 없었다. 그녀는 안쓰러운 듯 나지막이 한숨짓고는, 허리를 굽히고 뒷짐을 진 채 지팡이를 짚어가며 서서히 언덕을 올랐다. 그녀는 이내 은성의 앞에 다가와, 천천히 손을 내밀었다.

"자, 이걸 받거라."

은성은 멍하니 손을 뻗었다. 받아 보니 붉은 주머니였다. 그는 곧 주머니를 열어 안에 든 것을 손바닥에 털어보았다.

아름다운 구슬 세 개가 손바닥 위로 굴러떨어졌다. 각각 녹색 구슬, 청색 구슬, 홍색 구슬이었다. 형형색색으로 흘러나오는 청아하고 맑은 기운에 뼛속까지 몸이 시렸다. 노파는 잔잔한 목소리로 은성에게 말했다.

"그 아이가 하늘의 순리를 거슬러 요괴가 되었으니, 혈육인 네가 목을 치는 것이 맞을 것이야."

"왜 하필 저입니까?"

"네가 그 아이를 믿어 주었기 때문이란다."

"그 아이를 믿어 준 것이 죄입니까?"

"그게 어찌 네 잘못이겠느냐마는…… 죄를 짊어질 인간이 너와 네 동생밖에 남지 않았으니, 너희가 책임을 지지 않는다면 달리 누가 지겠느냐."

"그렇다면 제 어머와 아비도 죄인입니까? 그 나이에 딸을 바란 것이 죄가 됩니까? 가족을 믿고, 끝까지 지키려던 것이 죄가 됩니까? 일찍이 이 사달이 날 것을 알고도 내버려 둔 당신의 죄는 아닙니까?"

노파는 차마 대답할 수가 없었다. 그녀는 들고 있던 지팡이를 바닥에 내려놓고는, 뒷짐을 진 채 언덕을 걸어 내려갔다. 나지막이 중얼거리는 목소리가 유독 서글펐다.

"가엾구나, 가여워라. 믿어서 배신을 당하고, 믿지 못해 배신을 당하고…… 인간이나 짐승이나 과욕을 부려 모두 잃는구나. 악연이 얽힌 실과도 같으니…… 옥황도, 염라도 손을 댈 수가 없네."

노파의 모습은 이윽고 안개처럼 흩어졌다. 은성은 그제 야 노파가 남기고 간 지팡이를 들었다. 그러고는 손바닥을 펼쳐 그 안에 든 푸른 구슬을 가만히 들여다보았다.

구슬은 일견 투명한데 그 안이 들여다보이지 않았다. 살 며시 움켜쥔 순간, 사아아 하는 파도소리가 청아하게 귓가 에 맴돌았다. 녹색 구슬에서는 짙은 풀내음이 흘러나왔고, 홍색 구슬은 후끈한 열기로 가득했다. 은성은 그것을 주머 니에 갈무리했다. 그는 지팡이를 짚어 가며 절을 향해 터 덜터덜 걸어 내려갔다. 두 형제는 언제라도 절을 떠날 준비 가 되어 있었다.

* * *

어느 한낮, 은혜는 홀로 머리를 빗었다. 그것 말고는 달 리 할 일이 없었다. 음식은커녕 물조차 입에 대지도 않았 고, 흙가 밖으로 나가는 일도 없었다. 그녀에게 남은 것이 라고는 거울 속에 비친 자신의 모습뿐이었다.

은혜는 가만히 손을 뻗어 거울을 어루만졌다. 입술은 홍 시를 베어 문 것처럼 붉었고, 피부는 밀가루처럼 희었다.

거울에 비친 것은 아름다운 인간의 모습이었지만, 은혜는 그 모습이 마냥 애틋하게만 보였다.

그때였다. 적막한 가을바람에 사람의 발소리가 섞여들었다. 참으로 오랜만에 듣는 인기척에, 은혜는 가만히 고개를 들어 창가를 내다보았다. 창밖에도 사람의 모습은 좀처럼 보이질 않았지만, 발소리는 점점 가까워져 왔다. 그녀는 비로소 몸을 일으켜 마루로 나섰다.

은혜가 지내는 흉가는 겉보기에는 그럴듯했다. 그러나 대문 안으로 들어서면 문이나 창문은 거의 남지 않아 그 안이 훤히 들여다보였다. 그나마 온전한 곳은 오직 은성과 은수의 방뿐이었다. 황톳빛 벽 곳곳에는 군데군데 그을린 자국이 있었고, 마당에는 새하얀 백골이 사방에 즐비했다. 어쩌다 물 한 잔 얻어마시러 들르는 나그네마다 그 꼴을 보고는 경악하며 도망치기 일쑤였다.

이번에도 다를 것은 없으리라 여겼다. 은혜는 천천히 대청마루 앞에 나섰다. 마당을 굽어보니, 거지꼴을 한 두 사내가 보였다. 거뭇거뭇한 짚신은 귀퉁이가 거의 떨어져 나갈 지경이었고, 걸친 옷도 먼지와 땀으로 범벅이 되어 있었다. 둘 중 한 명은 지팡이를 들고 있었고, 다른 한 명은 호리호리한 몸에 아무것도 들고 있지 않았다.

마른 사내는 멍하니 은혜를 올려다보았다. 은혜 역시 그와 눈이 마주쳤다. 그 순간, 마냥 건조하던 눈동자가 일순 요동쳤다. 장장 몇 년이 흘렀건만, 그들은 동시에 서로를 알아보았다.

"……은혜야."

은성이 먼저 입을 열어 불러보았다. 그러나 은혜는 아무런 대꾸도 할 수 없었다. 그녀는 입을 꾹 다문 채 핏발 선 눈으로 가만히 혈육을 들여다보았다.

"……정녕 네가 한 짓이냐?"

은성이 재차 물어왔다. 침통한 목소리였으나, 분노는 일절 느껴지지 않았다. 은혜는 그제야 입을 열어 담백한 목소리로 대답했다.

"예, 제가 그리 했습니다. 이제 어떡하시렵니까? 절 죽이기라도 할 작정이십니까?"

그 무덤덤한 대답에, 은수의 눈이 뒤집혔다. 그는 대답 대신 은성에게 지팡이를 빼앗아 미친 듯이 마루로 내달렸다. 미처 말릴 틈도 없었다. 그는 금세 마루로 뛰어올라, 있는 힘껏 지팡이를 휘둘렀다.

둔탁한 타격음이 마당을 울렸다. 은혜는 머리를 맞고도 미동조차 하지 않았다. 그저 가만히 고개를 들어 둘째를 올려다보더니, 순식간에 팔을 뻗어 목을 휘어잡았다.

은수가 들고 있던 지팡이는 이내 바닥을 굴렀다. 두 다리가 허공에 매달렸고, 꺽꺽거리는 소리만이 입 밖으로 새어 나왔다. 은수의 얼굴이 삽시간에 시뻘겋게 달아올랐다.

금방이라도 숨이 넘어갈 것만 같았다.

"은혜야!"

은혜는 비로소 은성을 돌아보았다. 그 낯익은 얼굴을 본 순간, 뭐라 형용할 수 없는 애틋한 마음이 용솟음쳤다. 가슴팍까지 치밀어 오르던 살기는 온데간데없었다. 그녀는 그것이 한낱 부질없는 정이라는 것을 잘 알고 있었다. 그러나 알면서도 내칠 수 없는 것 또한 인간의 정이었다. 그녀는 마지막까지 은성만큼은 모질게 내칠 수가 없었다.

은혜는 가만히 두 눈을 감았다. 으스러져라 틀어막고 있던 숨통을 놓고는, 서서히 손아귀의 힘을 풀었다.

은수는 곧 바닥에 나뒹굴었다. 그러자 은성은 기다렸다는 듯 다급히 달려와 동생을 끌어안았다. 코앞에 은혜의 손톱이 날카롭게 늘어져 있었지만, 그는 조금도 두려워하는 기색이 없었다.

은혜는 그제야 두 손을 슬며시 소매로 가렸다. 그러고는 차분하게 가라앉은 목소리로 내뱉었다.

"방으로 가시지요. 요깃거리라도 내오겠습니다."

은성은 고개를 들어 은혜를 보았다. 그의 두 눈에 서린 감정은 두려움보다는 애틋함에 가까웠다. 그는 한참이 지나서야 대답 대신 가만히 고개를 끄덕였다. 그대로 은수를 부축해 일으키고는, 수시로 은혜를 돌아보며 천천히 자신이 머물던 방으로 향했다.

은혜는 기둥에 기대어 선 채 끝까지 그들을 지켜보았다. 그녀는 두 사람이 방에 몸을 들이는 것을 확인하고 난 다음에야 뒷마당으로 향했다.

* * *

은혜는 감나무 앞에 다가가 섰다. 아직 초가을이라 설익은 감밖에 없다고는 하나, 올해는 흐뭇하리만치 감이 풍년이었다. 가지마다 주먹만 한 감이 달려있었고, 발돋움을 하지 않은 채 손만 뻗어도 몇 개는 족히 딸 수 있을 듯했다.

은혜는 천천히 손을 뻗어 감을 땄다. 서너 개를 품에 안은 뒤, 가만히 두 눈을 감았다. 지나간 옛 추억이 꿈처럼 눈앞에 어른거렸다.

'맛있어요, 오라버니.'

'그래? 덜 익었으면 어쩌나 싶었는데 다행이구나.'

'다음에 제가 조금 더 자라면요, 직접 감을 따드릴게요.'

조금 전까지만 해도 그럴 일은 영영 없으리라 믿었다. 그러나 이제는 얼마든지, 몇 개라도 직접 따줄 수 있었다.

은혜는 아직 모든 것을 잃은 것이 아니었다. 그녀에게는 가장 소중한 가족, 은성이 남아 있었다. 설령 은성이 자신을 죽이기 위해 돌아온 것이라 할지라도 그녀는 기회를 주고 싶었다. 일찍이 그가 자신을 믿어 주었던 것처럼 단 한 번이라도 그를 믿어 주고 싶었다. 만약 그가 모든 것을 잊고 인간으로서 자신을 받아들여 준다면, 그녀 역시 인간으로서, 가족으로서 은성을 받아들일 마음이 있었다.

은혜는 설레는 마음을 억누르며 첫째의 방으로 향했다. 낡은 문풍지 너머로 사람의 형상이 어른거렸다. 그녀는 조심스레 입을 열어 오라버니를 불러보았다.

"……오라버니."

"오라버니 여기 있다."

옛 기억에 남아 있던 따뜻하고 부드러운 목소리였다. 듣는 순간 가슴이 뭉클하고 눈시울이 뜨끈했다. 모든 것을 알고도 남아 준 것이 고마웠고, 이렇게 살갑게 대해 주는 것이 더더욱 고마웠다. 은혜는 눈물을 글썽이며 재차 말을 이어갔다.

"은성 오라버니, 마당에서 감을 따 왔어요. 아직 떫을지도 모르지만…… 한번 드셔 보세요."

"오라버니 여기 있다."

"……오라버니?"

"오라버니 여기 있다."

은혜는 감을 내려놓았다. 가만히 문을 열어 젖히니, 안에는 아무도 남아 있지 않았다. 문간에 밧줄로 동여맨 지팡이만이 저 혼자 지껄이고 있었다.

은혜는 가만히 자리에 주저앉았다. 이제는 아무 생각도 들지 않았다. 그저 멍하니 앉아 있는 가운데, 메마른 눈가가 촉촉이 젖어 들었다. 어째서 눈물이 나오는지 알 수 없었다. 그저 저 혼자 눈물이 났다. 배신감 때문인지, 슬픔 때문인지, 종잡을 수가 없었다.

은혜는 감나무를 올려다보았다. 두서없이 떠오르는 말을 차마 혼자 품을 수가 없었다. 그녀는 오라버니가 남기고 간 지팡이를 벗 삼아 망연히 내뱉었다.

"오라버니, 그때의 약속을 기억하시는지요? 다음에 제가 조금 더 자라면, 직접 감을 따드리겠다고, 그렇게 약속했지요. 이제는 저 혼자 손이 닿더랍니다."

"오라버니 여기 있다."

"조금만 있으면 저 감이 다 익겠지요. 아삭하고 달콤해서, 얼마나 맛있는지 몰라요."

"오라버니 여기 있다."

"두어 개 남겨놓고 하나는 까치밥, 하나는 홍시를 해서 먹지요. 얼마나 달고 부드러운지, 차마 저 혼자 먹기에는 아까워 나눠 먹고 싶었답니다."

"오라버니 여기 있다."

"하지만 오라버니, 제가 제일 좋아하는 감이 무엇인 줄 아세요?"

"오라버니 여기 있다."

"잘 익은 감도, 홍시도 아닙니다. 설익은 감이어요. 오라버니가 따준 그 설익은 감이 왜 그렇게 맛있었는지…….
나는 그것보다 맛있는 게 없었노라고, 꼭 한 번 말씀드리고 싶었어요."

"오라버니 여기 있다."

"그 시절로 돌아갈 수만 있다면…… 얼마나 좋을까요?
얼마나 행복할까요?"

"오라버니 여기 있다."

단지 그것만으로도 충분한 대답이 되었다. 은혜는 서서히 몸을 일으켜 산을 올려다보았다. 저 너머 산자락을 내다보며, 나지막이 중얼거렸다.

"오라버니, 멀리멀리 가셨지요?"

"오라버니 여기 있다."

늘어뜨린 두 손 아래 새하얀 손톱이 비어져 나왔다. 새하얀 꼬리가 만개하고, 짐승의 귀가 머리칼을 헤치고 꽃처럼 펼쳐졌다.

은혜는 고개를 들었다. 두 눈동자가 벌겋게 빛나고, 머리칼이 하얗게 새었다. 그녀는 진정 요괴가 되었다.

"이제, 오라버니 죽이러 갑니다."

말을 마치니, 그녀의 모습은 간 데가 없었다.

***

마을은 이미 폐허가 되어 있었다. 정신없이 도망치는 두 형제를 숨겨 주거나 도와줄 사람들은 더 이상 남아 있지 않았다.

그들은 텅 빈 당집을 지났다. 일찍이 함부로 입을 놀렸던 무당이 지내던 곳이었다.

바싹 말라 버린 우물도 지났다. 일찍이 은성과 은혜가 헤어졌던 곳이었다.

그러나 은성은 그 사실을 알아차리지 못했다. 그저 북채처럼 두 다리를 놀리며 멀리 달아나기 바빴다.

한참이 지나, 그들은 드디어 마을 언덕에 올라섰다. 그곳에서는 마을 전체가 내려다보였다. 그들이 살던 집은 물론이거니와, 먹을 감던 냇물과 잡초가 무성한 밭에 이르기까지, 모든 것이 들여다보였다.

제법 멀리까지 왔다고 생각하던 찰나, 새하얀 짐승 같은 것이 눈에 들어왔다. 그것은 눈 깜짝할 사이 폐가 몇 채를 지나치고, 한걸음에 수십 보를 건너뛰었다.

참으로 무서운 속도였다. 마치 활시위를 떠난 화살 같았다. 두 형제는 눈을 가늘게 뜨고 그것을 들여다보았으나, 너무도 빨라 잔상밖에 보이지 않았다.

은성은 다급히 품속에서 구슬을 꺼내 은수에게 내밀었

다. 그러고는 신신당부하듯 내뱉었다.

"은수야, 여기서 갈라져야겠다. 너는 숲으로 가거라, 나는 길가로 갈 테니."

"형님, 둘이 떨어지면 더 위험하지 않겠습니까?"

"구슬이 있으니 걱정하지 마라. 혹, 위험한 일이 생기면 주저 말고 쓰도록 해라."

두 형제는 그 자리에서 갈라졌다. 은수는 숲속으로 뛰어들었고, 은성은 언덕길을 내달렸다. 금세 숨이 차 더 이상 뛰지 못하게 되자, 그는 간신히 우물가에 기대어 섰다.

그는 숨으려 들지 않았다. 그저 거친 숨을 몰아쉬며 언덕 아래를 굽어보았다. 둘 다 살아남을 수 없다면, 적어도 은수만큼은 살아야만 했다.

저 아래에서부터 새하얀 짐승이 가파른 언덕길을 뛰어올라왔다. 잠시 허리를 펼 때에는 아름다운 여인이 되었다가, 도로 굽히니 짐승이 되었다. 먼발치에서 부르짖는 울음소리가 등 뒤에서 울리는 것처럼 생생했다.

"오라버니, 우리 오라버니, 요기도 안 하고 어딜 그리 급하게 가십니까? 이 누이가 그립지도 않으십니까?"

은성은 그제야 언덕 아래를 내려다보았다. 은혜가 그 자리에 우뚝 선 채 자신을 올려다보고 있었다.

그녀는 예전에 기억하던 모습과는 조금도 닮아 있지 않았다. 두 눈이 온통 핏빛이었고, 산발이 된 머리가 온통 하얗게 새어 마치 짐승을 보는 듯했다.

은성은 두려움을 애써 가라앉혔다. 어깨를 펴고 간신히 입을 열어 다그쳤다.

"은혜야, 왜 그렇게 죽일 듯이 쫓아오는 것이냐? 정녕 날 죽일 셈이냐?"

"예, 오라버니 죽이러 왔습니다."

"내가 무슨 죄를 지었다고 이러는 것이냐?"

"이승이 우리를 함께 두지 않으니, 저승에서라도 만나야 하지 않겠습니까? 눈을 감으시지요. 저도 금방 오라버니 따라가겠습니다."

달빛에 비친 얼굴이 광기로 희번득했다. 설득하고자 한들 가망이 보이질 않았고, 이렇게 일찍 잡혔다가는 은수도 지킬 수가 없었다.

거기까지 생각이 닿자, 은성은 드디어 마음을 다잡았다. 그는 품속에서 청색 구슬을 꺼내 들고는 두 눈을 질끈 감았다. 그리고는 나지막이 속삭이며 언덕 아래를 향해 내던졌다.

"나를 용서하거라."

은혜는 그것을 막지 않았다. 그저 가만히 서서 지켜볼 뿐이었다. 마침내 구슬이 땅에 닿자, 우레 같은 핑음이 터져 나왔다.

뼈가 시릴 정도로 차디찬 폭포가 삽시간에 언덕을 채우

고, 은혜의 형상을 집어삼켰다. 터져 나온 물은 금세 언덕을 넘어 마을 전체를 덮었다.

버려진 마을은 그대로 연못이 되었다. 그 어마어마한 광경에, 첫째는 그제야 자신이 저지른 짓을 실감했다. 그는 쏟아지는 죄책감을 이겨내지 못하고 그 자리에 주저앉고 말았다.

그러나 다음 순간, 잔잔하던 수면이 일순 흔들렸다. 작은 기포가 몇 방울 떠올랐다가. 이내 끓어오르는 것처럼 사방에서 거품이 터져 나왔다.

은성은 반사적으로 몸을 일으켰다. 감히 들여다볼 생각도 하지 못한 채, 입술을 꽉 깨문 채 멀거니 그 모습을 지켜보았다.

이윽고 달빛이 수면에 비쳤다. 차갑게 식은 수면 위로 새하얀 짐승이 번개처럼 뛰쳐나왔다. 온 털이 창백한 빛을 띠고 있었으나, 두 눈만큼은 새빨갛게 이글거리고 있었다.

은성은 가까스로 발톱을 피했다. 팔이 뜨끈해 내려다보니, 긁힌 팔에서 새빨간 선혈이 흐르고 있었다. 그러나 상처를 살필 여유 따위는 없었다. 그는 다급히 몸을 돌려 언덕을 내달리기 시작했다. 두 번째 구슬이 남아 있었지만, 조금 전의 광경을 보고는 차마 내던질 수가 없었다.

짐승은 두 눈을 새빨갛게 부릅뜬 채 은성을 쫓았다. 순식간에 거리가 좁혀져, 이윽고 발만 뻗으면 닿을 정도가 되었다. 짐승은 도로 인간의 몸으로 돌아와 손을 뻗었다.

칼날 같은 손톱이 옷깃에 닿았다. 힘을 주어 잡아당긴 순간, 앞섶이 풀렸다. 풀어진 앞섶에서 녹색 구슬이 흘러나와 땅에 굴러떨어졌다.

다시금 굉음이 울렸다. 은성은 소스라치게 놀라 그 자리에 멈췄다. 진한 풀 내음이 사방에 번져 날카롭게 코를 찔러왔다. 우드득 우드득 하는 소리가 연이어 귓가에 울렸고, 등 뒤를 잡은 손길은 간 데가 없었다.

그는 비로소 등 뒤를 돌아보았다. 은혜의 손이 녹색 덩굴에 감겨 있었다. 새하얀 손끝에 선혈이 맺혀, 이따금 경련하듯 바들거렸다.

덩굴에 감긴 것은 팔뿐만이 아니었다. 은혜의 온몸이 덩굴에 감겨 있었다. 팔뚝만 한 줄기에 손가락 마디만 한 가시가 빽빽하게 돋아, 마구 뒤틀리며 은혜의 살을 사정없이 찢고 할퀴었다.

그러나 은혜는 비명 한 번 지르지 않았다. 멍한 눈빛으로 은성을 응시하며, 자꾸만 입을 뻐끔거렸다. 빠져나가려 버둥거리긴 했으나, 그럴수록 가시가 깊게 박혀 들어갈 뿐이었다.

그녀는 이내 움직임을 멈췄다. 그저 초점 없는 눈으로 오라버니를 바라보다가, 꿈꾸듯 멍한 목소리로 중얼거렸다.

"오라버니, 정말 저를 죽이러 오셨군요."

"은혜야, 아니다, 아니야! 나는…… 나는……."

"고맙습니다, 오라버니. 이제 오라버니를 죽여도 저는 아무런 후회가 없겠습니다."

말을 마친 순간, 그녀는 서서히 몸을 비틀었다. 희고 얇은 피부가 결대로 찢겨 나가고, 새빨간 근육 아래 새하얀 뼈가 드러났다. 호리호리하던 온몸이 금세 핏빛으로 번들거렸다.

핏물이 흘러 사방에 피비린내가 진동하고, 찢어지고 으깨지는 소리로 가득 찼다. 억세게 몸을 조이던 덩굴은 그 힘을 이기지 못하고 서서히 벌어져, 이내 느슨하게 되었다.

그녀는 벌어진 틈 사이로 고개를 내밀었다. 너덜너덜해진 몸뚱이와 사지가 잇따라 빠져나왔다. 온몸의 피가 모조리 새어 나와, 피부가 핏기 하나 없이 창백했다.

은혜는 해골 같은 얼굴로 가만히 은성을 내려다보았다. 그는 자리에 털썩 주저앉아 눈물을 글썽일 뿐, 도망치려는 기색은 일절 없었다.

은혜는 미련 없이 팔을 치켜들었다. 길고 긴 악연 끝에, 드디어 질긴 연을 끊을 수 있으리라 믿어 의심치 않았다.

"……내 피로 땅을 적시고, 곧 오라버니 따라가겠습니다."

그대로 팔을 뻗은 순간이었다. 은성이 입을 열어 울음처럼 부르짖었다.

"은혜야!"

은혜는 그대로 얼어붙었다. 다음 순간, 물기 어린 목소리가 따라붙었다.

"네 눈에 보이는 것이 정녕 철천지원수란 말이냐? 날 보거라! 네 오라버니가 아니더냐!"

그 한마디에, 정신이 아찔했다. 펼친 은성의 손바닥에 지난 날의 상흔이 그대로 남아 있었다. 어릴 적, 자신에게 목마를 태워 주다 생긴 그 상처였다.

'아버…… 지……. 아버지 눈에 보이는 것이…… 은혜입니까…… 요괴입니까?'

그때, 아버지는 아무 대답도 하지 않았다. 만약 아버지에게 조금만 더 생각할 시간이 있었더라면, 곁에 은우가 없었더라면, 다른 대답이 돌아오지 않았을까.

그 미련에 마음이 흔들렸다. 몸 또한 흔들렸다. 목으로 향하던 손톱이 일순 기우뚱하며 바닥을 찍었다. 그러나 은혜는 그 손을 거두지 않았다. 그저 돌처럼 굳은 채 가만히 바닥을 내려다보았다.

기력이 다해서도, 고통 때문도 아니었다. 마지막까지 정이 그녀의 발목을 잡았다. 다른 모두를 죽여도, 은혜는 은성만큼은 건드릴 수 없었다.

그때였다. 어디선가 새빨간 구슬이 날아들었다. 바닥에 닿은 순간, 수천 개의 불씨가 아우성치며 사방에 흩어졌다. 어두컴컴한 언덕에 순식간에 불길이 번졌다. 이글거리는 홍염 속에서, 은혜는 고개를 들었다. 희었던 머리칼이 어느새 짙은 갈색으로 물들었고, 두 눈동자도 맑은 색으로 돌아와 있었다.

그녀는 아리따운 여인이 되어 불길 너머를 내다보았다. 두 오라버니의 모습이 아련하게 어른거렸다. 그들이 어떤 표정을 짓고 있는지는 알 수 없었으나, 구태여 확인하고 싶지는 않았다.

그들이 웃고 있을까 봐, 기쁜 기색을 보일까 봐, 마지막에 마지막까지 배신을 당할까 봐. 그녀는 그것이 두려웠다. 차라리 눈을 감고 두 팔을 늘어뜨린 채, 그녀는 잔잔한 목소리로 나지막이 읊조렸다.

"곁에 남은 사람 하나 없이 이 세상 등지려 하니, 물불이 나를 희롱하고 가시가 조롱하는구나……. 맑은 날 보지 못하고 지하로 돌아가니, 멍든 피 푸르러 천년을 가리."*

그것을 마지막으로, 은혜는 불길을 받아들였다. 몸뚱이가 순식간에 불길에 잠겨, 이내 흔적조차 남지 않았다.

수 시간이 지났다. 이글거리던 불길이 거짓말처럼 사그라지고, 강물과 덩굴도 먼지처럼 흩어져 버렸다.

은성은 그제야 자리에 무너져 내렸다. 그리고는 실성한

---

* 항일 의병운동가 덕홍 심남일의 사세구를 참고.

듯 하늘을 올려다보았다. 새하얀 얼굴이 달빛을 받아 그 어느 때보다도 창백했다.

그러나 은수는 조금도 슬픈 기색이 없었다. 그는 은혜가 남아 있던 자리로 다가가, 말없이 땅을 파헤쳤다. 고기 타는 악취가 코를 찔렀다. 숯처럼 쌓인 잿더미 사이로 백골이 들여다보였다.

"형님, 분명 여우 뼈가 남아 있을 겁니다."

은수가 확신 어린 목소리로 내뱉었다. 잿더미를 들추자, 전신의 뼈가 얼핏 들여다보였다. 아무리 헤집어보아도 그저 인간의 뼈였다. 짐승의 발톱과 손톱은 어디에도 없었다.

마치 구슬과도 같은 새하얀 사리만이 남아, 텅 빈 갈비뼈 아래에서 눈물처럼 반짝였다.

야운하시곡

1판 1쇄 찍음 2021년 3월 5일
1판 1쇄 펴냄 2021년 3월 12일

지은이 | 하지은, 호인, 이재만, 김이삭, 한켠, 서번연, 지언
발행인 | 박근섭
편집인 | 김준혁
책임편집 | 최고운
펴낸곳 | 황금가지

출판등록 | 2009. 10. 8 (제2009-000273호)
주소 | 06027 서울 강남구 도산대로 1길 62 강남출판문화센터 5층
전화 | **영업부** 515-2000 **편집부** 3446-8774 **팩시밀리** 515-2007
홈페이지 | www.goldenbough.co.kr

도서 파본 등의 이유로 반송이 필요할 경우에는 구매처에서 교환하시고
출판사 교환이 필요할 경우에는 아래 주소로 반송 사유를 적어 도서와 함께 보내주세요.
06027 서울 강남구 도산대로 1길 62 강남출판문화센터 6층 민음인 마케팅부

© 황금가지, 2021. Printed in Seoul, Korea
ISBN 979-11-5888-869-5 03810

㈜민음인은 민음사 출판 그룹의 자회사입니다.
황금가지는 ㈜민음인의 픽션 전문 출간 브랜드입니다.